PINO IMPERATORE

BENTORNATI IN CASA ESPOSITO

UN NUOVO ANNO TRAGICOMICO

GIUNTI

http://narrativa.giunti.it

Via Bolognese 165 – 50139 Firenze – Italia
Via Borgogna 5 – 20122 Milano – Italia
Prima edizione: febbraio 2013

Ristampa	Anno
6 5 4 3 2 1 0	2017 2016 2015 2014 2013

Alle vittime innocenti della criminalità

«Solo i giovani possono dare nuova voce
alla voglia di legalità delle nostre terre.»

Amato Lamberti (1943-2012)

I

CON IL SANGUE AGLI OCCHI

Pietro De Luca, boss del rione Sanità, si svegliò con il sangue agli occhi. Sangue di rabbia, sangue d'odio. Accumulato per mesi, per anni. Contro la vita, e contro una persona che aveva cambiato il corso della sua vita. Che ora doveva pagare.

Guardò il corpo nudo disteso al suo fianco. Forme perfette, eccitanti. Il corpo di Caren, una modella brasiliana con cui aveva fatto l'amore per festeggiare l'arrivo del nuovo anno. Una delle tante donne con cui trascorreva le sue notti, per tenere lontana la solitudine.

Scese dal letto e andò a farsi una doccia. Acqua gelata, come sempre. Indossò un accappatoio e raggiunse lo studio. La stanza preferita della sua villa, la più grande, la più accogliente. Gli dava sicurezza, forza. Lì riusciva a riflettere con la massima freddezza e a preparare con cura le sue strategie criminali. Nel mondo della malavita lo chiamavano *'o Tarramoto* perché era venuto alla luce negli stessi istanti in cui Napoli veniva colpita da un sisma devastante. Il soprannome e le circostanze della nascita si erano rivelati profetici: da quando s'era messo a delinquere, in pochi avevano avuto il privilegio di ottenere la sua pietà.

Osservò i quadri su una delle pareti. Tele di pittori contemporanei, soprattutto surrealisti. Ryden, Yerka, Kush, Olbinski, Schute. Sequenze di colori, visioni, suggestioni. L'arte era una delle sue passioni, insieme ai libri noir, alla musica elettronica e rock, alle moto. E alle armi.

Da una vetrata sullo sfondo filtravano le luci dell'alba. Dopo l'orgia della festa notturna, Napoli stava accogliendo il primo sole del duemilaundici. Sui tetti delle case, nei labirinti dei vicoli, nei quartieri collinari, in tutti i rioni popolari. Sui volti della sua gente. Un nuovo giorno della sua storia millenaria.

"Il giorno ideale" pensò il boss "per scendere in battaglia contro il mio nemico. Per ricominciare tutto daccapo."

Si sedette alla scrivania. Appoggiò i gomiti sul ripiano e si coprì il viso con le mani. La mente correva veloce. Nomi, agguati, minacce, vendette. Il primo omicidio, all'età di vent'anni. E tutti quelli venuti dopo. Sangue, tanto sangue. Anche sangue innocente. Lo sguardo di una bambina, mano nella mano con la madre. Il suo vestitino bianco. In una sparatoria per strada, era finita sulla traiettoria dei proiettili. De Luca l'aveva vista cadere davanti a sé, come un angelo di pezza. L'aveva vista morire, e non se l'era mai perdonato.

Le lacrime cominciarono a scorrergli sulle guance. Quanti ricordi. Quanto sangue.

Caren entrò nella stanza. Con passo morbido.

«Tesoro, perché piangi?»

«Vattene» le rispose il boss.

«Non mi vuoi ancora un po'?»

«Vattene!»

Un boss non può mostrarsi fragile, agli occhi di nessuno.

In silenzio, la modella uscì, a capo chino.

Con uno scatto, come se volesse scrollarsi di dosso l'angoscia, De Luca si alzò. Si avvicinò alla libreria, con una mano sfiorò i dorsi di alcuni volumi. La prima edizione americana dei *Racconti del grottesco e dell'arabesco* di Edgar Allan Poe. *A sangue freddo* di Truman Capote. *Casino totale* di Jean-Claude Izzo. La sezione dei libri antichi, con le legature in pelle e i titoli in oro. Secoli di ingegno e sapienza.

Ora voleva caricarsi, recuperare le energie. Andò verso l'impianto stereo, scelse un cd, lo inserì nel lettore e premette un pulsante del telecomando. Dalle casse uscì un suono prima lento, poi ossessivo, martellante. Un ritmo tribale, ad altissimo volume. *Inertia Creeps* dei Massive Attack. La voce tenebrosa di Robert Del Naja: «Surrounds me though I get lonely, slowly. Moving up slowly, inertia keeps. She's moving up slowly, slowly. Moving up slowly, inertia creeps. Moving up slowly, she comes».

Il boss si liberò dell'accappatoio e si mise a ballare al centro della stanza. Nudo. Con movimenti leggeri, rilassati, come se stesse eseguendo una danza Kabuki.

Sul finale del brano, mentre la musica sfumava, telefonò a Tatore *Mezarecchia*, uno dei suoi due guardaspalle: «Tra mezz'ora voglio a te e a Ciruzzo ccà».

Basta con le esitazioni, con le debolezze. Era tempo di agire.

Nella lingua napoletana il termine *schiattamuorto* indica il becchino o una persona lugubre, funesta, da tenere alla larga. *Schiattamuorti* erano coloro che anticamente avevano il macabro compito di accelerare la decomposizione dei cadaveri messi a *scolare* nelle catacombe della città partenopea. Ne perforavano la superficie corporea con dei punteruoli, in modo che i liquidi interni defluissero verso appositi canaletti scavati nel tufo.

Nella sua carriera criminale, Ciruzzo di corpi umani ne aveva *schiattati* parecchi. Senza punteruoli, ma con le pallottole delle sue pistole. Glaciale, affidabile, non aveva mai sbagliato un colpo. Un killer atipico, innamorato del Diritto, della Legge. In possesso di approfondite conoscenze giuridiche e di una loquela da burocrate. Magro, il viso tagliente, un paio di basettoni a scimitarra, le labbra sottili e tristagnuole, vestiva sempre di scuro e trascorreva il tempo libero in giro per esequie, messe di suffragio, trigesimi e cortei funebri. Non se ne perdeva uno: i defunti erano la sua fissazione. Per questo lo chiamavano *'o Schiattamuorto*.

Quando le circostanze lo consentivano, Ciruzzo, arma in pugno, concedeva un breve supplemento di vita alla vittima di turno, per comunicarle con solennità la sua personale sentenza di morte. In quei secondi estremi, il malcapitato assumeva un'espressione a metà strada fra lo stupore e il panico, e non sapeva se ridere o implorare. Impassibile, Ciruzzo estraeva dal cilindro del suo lessico tutte le argomentazioni del caso e le pronunciava con un tono di voce cupo, inesorabile: «Prima che il mio piombo ti trafigga, devo rammentarti che ti sei reso colpevole di un grave reato contro la persona: hai avuto l'ardire di posare le immonde estremità dei tuoi arti superiori sull'apparato lombare di un essere umano dotato di due cromosomi identici. Ovvero, un essere di sesso femminile. Inoltre, pusillanime che non sei altro, hai allungato gli arti medesimi verso gli organi mammellari del soggetto medesimo, tentandone una palpazione. Nella fattispecie, si configura un'aggravante: il soggetto in questione appartiene a un nucleo familiare a me molto caro. Difatti, trattasi di una mia cugina di primo grado. Ordunque, ora ti aiuterò a lasciare il mondo terreno». Pam!

Di tutt'altra indole e costituzione fisica era Tatore *Mezarecchia*. Corpo sovrappeso e quoziente intellettivo di poco superiore a quello dell'Homo erectus, era un tipo pratico, sbrigativo. Un brutale esecutore di ordini. La testa gli pendeva leggermente da un lato per via di un'assenza: durante una zuffa, il lobo del suo orecchio sinistro era finito tra le mandibole di un morsicatore nervosetto.

Se c'era da fare a botte, *Mezarecchia* col suo panzone era sempre in prima fila. Aveva le sembianze di un lottatore di sumo e un paio di mani grosse come vanghe, tant'è che era costretto a far segare le guardie intorno ai grilletti delle sue pistole, per evitare che la ciccia del dito indice destro, quello con cui sparava, vi si incastrasse.

Mettersi sulla traiettoria di un pugno o di uno schiaffone di Tatore equivaleva a un tentato suicidio. Chi aveva provato questa entusiasmante esperienza, non s'era più ripreso dallo shock. Un tizio che poteva vantarsi di essere sopravvissuto a uno scontro stradale con un autotreno e a una scazzottata con *Mezarecchia*, raccontava che il primo era stato di gran lunga meno traumatico della seconda.

Con un paziente come Tatore, il buon Freud ci avrebbe campato una decina d'anni, e almeno tre li avrebbe impiegati alla ricerca del suo subconscio, ben nascosto nelle zone d'ombra di una psiche molto intricata. Dietro il suo aspetto gorillesco, *Mezarecchia* celava un'infanzia turbolenta vissuta in una famiglia sotto la soglia di povertà, un'adolescenza balorda e una sessualità incerta. Poco si sapeva della sua vita privata. Come De Luca e Ciruzzo, era single e non aveva amici.

«Nu criminale nun po' tene' cumpagni» ripeteva.

Erano le otto e un quarto quando Tatore e Ciruzzo arrivarono affiancati, a bordo delle loro enduro, davanti alla villa di Pietro De Luca, sulla collina del Moiariello. Si posizionarono ai lati del cancello e si tolsero i caschi. All'apparenza, costituivano una coppia di delinquenti male assortita. Nella realtà, formavano un duo affiatato, che assicurava protezione e fedeltà al boss.

«Neh, Ciru', addò si' stato stanotte, a qualche veglione?» chiese Tatore. «Tieni 'a faccia bianca comme 'na supposta.»

«Caro Tatore, *in primis*, ti prego di utilizzare termini di paragone meno disgustosi. *In secundis*, sai bene che non sono aduso a frequentare luoghi effimeri e simposi festaioli, durante i quali la dignità umana precipita nei bassifondi dell'edonismo. La notte è fatta per dare sollievo alle membra e per meditare.»

«Pure 'a notte d' 'o primmo 'e ll'anno devi meditare? Ogni tanto, puorte 'a capa nu poco in ferie, si no va in ebollizione.»

«Non ho di queste apprensioni. La mia *capa*, come tu rozzamente la definisci, è munita di un prodigioso impianto di raffreddamento composto di pensieri nobili e sublimi.»

Prima che Tatore potesse replicare, il cancello della villa si spalancò, e De Luca uscì in sella alla sua moto: «Venite appriesso a me».

In fila indiana, i tre si diressero verso il cuore del rione Sanità e in pochi minuti raggiunsero la basilica di Santa Maria. Uno dei luoghi di culto più suggestivi di Napoli. Il tempio in cui veniva osannato e venerato il santo valenciano Vincenzo Ferrer, *'o Munacone*, patrono del quartiere.

De Luca si fermò accanto al sagrato, smontò dalla moto, agganciò il casco al manubrio e ordinò: «Guagliu', devo andare dentro a fa' 'na cosa. Finché non esco, nun facite trasi' a nisciuno, ok? A nisciuno».

Ciruzzo e Tatore annuirono.

Il boss entrò nella chiesa ancora deserta, percorse la navata principale, e poco prima di svoltare a sinistra guardò per un attimo in direzione della statua del *Munacone*. Passò davanti agli ex voto donati a *san Becienzo* ed entrò nella sacrestia.

Come aveva previsto, il sacerdote era già lì. In preghiera, inginocchiato davanti all'altare settecentesco che dominava la sala.

Padre Francesco era parroco della basilica da meno di un anno. Dopo un periodo trascorso in Sicilia e in Calabria, era tornato alla Sanità, il rione che gli aveva dato i natali, e si era lanciato in un'opera di apostolato di forte impatto, coinvolgendo molte famiglie e i ragazzi del luogo. Con l'obiettivo dichiarato di scuotere le coscienze dei fedeli e di spronarli a ribellarsi ai soprusi, alle ingiustizie, alla criminalità. Aveva poco più di trent'anni. La stessa età di Pietro De Luca.

«Me vulesse cunfessa'» esordì il boss toccandosi il fianco sinistro, dove aveva la pistola.

Padre Francesco riconobbe subito la voce e si voltò: «Buongiorno, Pietro, buon anno».

'O Tarramoto non ricambiò l'augurio: «Allora? Me pozzo cunfessa'?».

«Certo che puoi» confermò il sacerdote alzandosi. «Andiamo in chiesa.»

«No, me voglio cunfessa' ccà. Stamme cchiù tranquilli.»

«Come vuoi» rispose il parroco, tracciando con la mano destra una croce nell'aria. «Nel nome del Padre, del Figlio e dello Spirito Santo.»

De Luca fece un passo avanti: «Da questo momento stiamo sotto confessione?».

«Sì.»

«Tutto quello ca ce dicimme restarrà nu segreto tra me e te?»

«Sarebbe comunque rimasto un segreto.»

'O Tarramoto ridacchiò: «Nun dicere strunzate. Io 'e te nun me pozzo fida'».

«Perché, che t'ho fatto?»

Il boss ridusse di un altro passo la distanza tra sé e il parroco:

«Che m'he fatto? E me lo domandi pure? Nun 'o ssaje? Te si' scurdato d' 'o passato, France'? Fai finta 'e nun sape'? Te si' lavato 'e mmane comme Ponzio Pilato?».

«Ma che stai dicendo? Parla chiaro, non andartene per vicoli e vicarielli.»

«E va bene, va bene, parlo chiaro» fece De Luca con tono di scherno. «Tanto, 'sta tonaca che tieni addosso nun è 'na curazza ca te po' proteggere. Per prima cosa: pecché si' turnato? Pe' rompere 'e palle a me?»

Padre Francesco alzò la voce: «Non ti permetto di usare queste espressioni nella casa del Signore!».

De Luca ridacchiò di nuovo: «Io uso le espressioni ca voglio quanne me pare e piace».

«Sei in una chiesa, e qua dentro non comandi il resto di niente. Il boss lo fai là fuori, non qui. Che sei venuto a fare, a minacciarmi? Che vuoi?»

«Non hai risposto alla domanda: pecché si' turnato?»

«Perché ho sentito il bisogno di stare tra la mia gente. Dovevo dar conto a te?»

Ora erano faccia a faccia. Simili in tanti particolari: la statura, i capelli castani, la fisicità prestante. Identici i loro sguardi senza paura. Si distinguevano solo per i colori degli occhi: grigi e gelidi quelli di De Luca, scuri e teneri quelli di padre Francesco.

'O Tarramoto fece rotta sul passato: «T'arricuorde, France', quando eravamo ragazzi, quando stavamo sempre insieme? "Amici per la vita" ci dicevamo. Avanti e indietro per il rione. Mattina, pomeriggio, sera, notte: sempre insieme. Ci chiamavano *'e Gemelli*. T'arricuorde?».

In piedi accanto al portale della basilica, Tatore e Ciruzzo conversavano di Estetica comparata.

«Ciru', si me faccie crescere 'o pizzetto addivento cchiù fascinante?»

'O Schiattamuorto squadrò il compagno dalla testa ai piedi: «Sì, un ciuffetto di peluria sul mento darebbe un tocco di classe all'adiposità della tua figura e consentirebbe agli osservatori di non provare ripugnanza verso la tua persona».

«Quanno te sento 'e parla', m'arrapo» commentò *Mezarecchia*. «Però nun capisco niente 'e chello ca dici. Che significa *adeposetà*?»

«Grasso in eccesso.»

«Quindi so' chiatto?»

«Robustino, direi.»

Tatore si strofinò una mano sull'addome: «In effetti me sento pesante, e mi so' messo a dieta. Nell'ultima settimana so' dimagrito 'e treciente grammi».

«Trecento grammi? Quindi ti sei depilato?»

Padre Francesco avvertì l'eco della memoria: «Mi ricordo. Avevamo sedici, diciassette anni. Sempre insieme, è vero, sempre per strada. Eravamo i più belli della Sanità. Ci sentivamo invincibili. L'entusiasmo e l'incoscienza dell'età. Era un periodo delicato della nostra formazione. Stavamo crescendo, volevamo diventare uomini in fretta, e questo ci esaltava e ci faceva commettere degli errori. Come quello di frequentare soggetti pericolosi».

«E t'arricuorde quante ragazze tenevamo?» provocò De Luca. «E quante ne abbiamo castigate...»

«Mo' che vuoi fare, il diavolo tentatore?»

«France', nun me dicere ca 'e tentazioni non ce l'hai più, che non ci credo.»

«Le tentazioni di quel genere non ce l'ho più da allora. Come sai, la mia vita proprio in quel periodo cambiò radicalmente.»

«Già. Te ne andasti in seminario. Te ne scappasti.»

«Non fu una fuga. Sentii forte dentro di me la vocazione religiosa.»

«Accussì, all'improvviso?»

«Ci stavo pensando da tempo.»

De Luca si fece sprezzante: «E guarda caso, t'andasti a chiudere in collegio proprio dopo *quella rapina*. Dovevi fare tu da palo, non io. T'arricuorde, France'?».

Il parroco chiuse gli occhi per qualche istante: «Non me la sentii, e mi tirai indietro. Non avevo mai commesso un reato, e mai ne ho commessi dopo».

«Eri tu che dovevi fare 'o delinquente, France'. Eri più portato di me. Invece 'o delinquente ho finito per farlo io. A *quella rapina* ci andai io al posto tuo.»

«Potevi rifiutarti, come feci io.»

«È facile a parla', quando non si sta dentro ai fatti. Mi minacciarono di morte. "Visto ca *'o gemello* tuo è scumparzo, vieni a fa' tu 'o palo" mi dissero. E io dovetti andarci. Con il terrore dentro al petto. E sai bene come andò a finire quel pomeriggio.»

Il parroco fece un lungo sospiro: «Quando seppi che il commerciante aveva reagito e che i tuoi complici gli avevano sparato e lo avevano ammazzato, stetti male, molto male. Poi mi dissero che vi avevano arrestati».

«Per colpa tua, so' stato rinchiuso due anni a Nisida. E nun me si' venuto a truva' manco 'na vota.»

«Non potevo, non mi era consentito.»

De Luca estrasse la pistola: «Dopo che sono uscito da là dentro, sai quante volte, France', aggie avuto 'a tentazione 'e te veni' a cerca' pe' te spara'?».

Padre Francesco doveva officiare la prima messa dell'anno alle nove e trenta.

Alle nove in punto, davanti alla basilica si materializzarono quattro pie donne. Tutte zitelle, di età compresa tra i sessantacinque e gli ottant'anni, infagottate in cappotti, sciarpe, guanti e cappelli. Gnesella, 'Ngiulina, 'Ntunettella e Nannina. Quattro irriducibili devote a *san Becienzo*. L'ala oltranzista dei fan del *Munacone*.

Sotto il portale, il vispo quartetto si vide sbarrare l'accesso da Ciruzzo e Tatore.

«Di qua non si passa, non potete entrare» annunciò *Mezarecchia*.

Nannina aggrottò la fronte, 'Ngiulina guardò 'Ntunettella, Gnesella fissò Nannina e tutt'e quattro all'unisono domandarono: «E pecché?».

«Perché non si passa e basta» rispose Tatore.

'Ngiulina, la più anziana, fece segno a Nannina, la più giovane, di parlare: «E voi chi siete?».

Ciruzzo si fece avanti, si schiarì la gola e disse: «In verità, in verità vi dico: abbiamo ricevuto dall'alto la tassativa disposizione di impedire il transito a chicchessia. Nella basilica è in corso la visita di un'illustre personalità, un'eminenza, che non vuol essere impicciata nell'esercizio delle sue funzioni. *Rebus sic stantibus*».

'Ntunettella si girò verso Nannina, Nannina diede di gomito a 'Ngiulina, e 'Ngiulina fece cenno a Gnesella, che aveva fatto le scuole *alte* e conseguito a pieni voti la licenza media serale con ovazione del collegio dei docenti, di prendere la parola: «Come avete detto? Dentro ci sta Sua Eminenza 'o cardinale?».

'O Schiattamuorto si mise la mano destra sul cuore: «Vi giuro sul mio apparato cardiovascolare che l'autorità qui oggi presente è molto più altolocata del cardinale».

'Ngiulina si galvanizzò: «'O papa! 'O papa è venuto a truva' 'o *Munacone*! Facitece passa', lo vogliamo salutare, gli dobbiamo baciare l'anello! Uh mamma mia, 'o papa, che onore!».

Ciruzzo non ebbe il tempo di chiarire l'equivoco, perché le quattro donne, con una manovra di sfondamento a bisonte, lo travolsero e avanzarono compatte verso Tatore.

«V'aggie ditte ca 'a ccà nun se passa!» azzardò *Mezarecchia* aprendo le braccia.

Per una singolare coincidenza, nella borsa di Nannina giaceva una grossa sveglia a molla a doppia campana in acciaio inox cento per cento. Dopo mezzo secolo di onorato ticchettio, l'oggetto era andato in rianimazione, e Nannina se l'era portato appresso per consegnarlo alle amorevoli cure di un orologiaio.

Lanciando un grido di guerra simile a quello dei soldati dell'esercito giapponese durante la battaglia di Okinawa, la donna roteò la borsa e la fiondò sullo zigomo sinistro di Tatore. Il violento impatto ebbe due effetti immediati: *Mezarecchia* perse la cognizione del tempo e dello spazio; la sveglia riprese a funzionare.

Ciruzzo accennò un tentativo di riconciliazione verbale: «Signore, smettetela, la brutalità rende simili alle bestie!».

'Ntunettella e Gnesella non condivisero l'aforisma, e con due possenti calcioni gli fecero traballare le tibie.

«Sparami!» gridò padre Francesco a De Luca, che si rigirava la pistola tra le mani. «Che aspetti? Sei venuto per questo, no? E sparami! Ammazzami! Fammi vedere quanto sei coraggioso. O quanto sei vigliacco, come quelli che uccisero don Peppe Diana nella sua sacrestia. Nel giorno del suo onomastico. Vigliacchi!»

'O Tarramoto abbozzò un ghigno: «Nun fa' 'o patetico, France'».

«'O patetico? Per te e per tutti i camorristi, la gente onesta è diventata questo: patetica. So bene cosa pensate di noi: "Fate, fate, sbattetevi, lottate per la legalità, tanto non otterrete niente, non cambierete niente". È vero, Pie'? È questo che pensate di noi?»

Il boss non rispose. Il prete lo afferrò per il giubbotto: «Guardami 'nfaccia, Pietro. Guardiamoci negli occhi, come facevamo una volta. "Amici per la vita" t'arricuorde? Abbandona il rancore e l'odio: non servono a niente. Fermati, finché sei in tempo. Io mi so' salvato, salvati anche tu. Smettila di fare il prepotente, smettila di ammazzare. Fermati, prima che uccidano pure te!».

De Luca si liberò della stretta: «È troppo tardi, nun me pozzo ferma'. Si me fermo, è peggio. Me sparano primma d' 'o tiempo. Fermati tu. Finiscila di fare le tue prediche contro *'o Sistema*. Che speri di ottenere? *'O Sistema* sta dappertutto, dove meno te lo aspetti. Nun 'o puo' sconfiggere, è indistruttibile».

«Lo è nella tua logica. Nella mia no. *'O Sistema* si può distruggere! La gente lo sta capendo.»

«La gente? 'A gente nun se ne fotte proprio 'e niente, penza sulo 'e fatte suoje. Mo' ti sei messo ad andare pure a casa delle famiglie? Ieri sera te si' fatto 'a cena 'e San Silvestro a casa Esposito, eh?»

«Sì, m'hanno invitato e ci sono andato. Tieni qualcosa in contrario?»

«Tu lo sai chi è Tonino Esposito...»

«Certo che lo so. È l'orfano del tuo ex capo, il boss Gennaro Esposito. E so che lavora per te. Ma Tonino non è come il padre. Non ha la stoffa del criminale, ha un cuore tenero, e si può redimere. Perché non lo lasci stare?»

«Pigliatillo, me faje nu grande piacere!» commentò *'o Tarramoto* ridendo. «A me m'ha cumbinato sule guaje. È nu 'ngrippato, nu 'nzallanuto. Accocchia figure 'e niente nu minuto sì e uno sì. E ogni mese gli do 'na mappata di euro. Tutti soldi sprecati. Lo tengo a mezzo servizio solo perché il padre prima di morire mi fece promettere di tutelarlo.»

Padre Francesco attese qualche secondo, prima di fare la domanda che da un po' gli stava frullando nella mente: «Gennaro Esposito lo facesti ammazzare tu, no? Per prendere il suo posto, per fare tu il capo».

De Luca rispose con una punta di amarezza: «France', nuje simme carne 'e maciello. Don Gennaro s'era fatto viecchio, nun cuntava cchiù niente. Era un debole, ormai».

«E questo era un valido motivo per farlo uccidere?»

«*'O Sistema* non ammette debolezze.»

La voce del parroco si fece implorante: «Pietro, te lo ripeto un'altra volta, in nome di Dio e dell'amicizia che ci fu tra di noi: fermati. Nun fa' l'orgoglioso. Tu un tempo non eri malvagio, avevi buoni sentimenti. Lo vedi come ti sei ridotto? Hai gli occhi pieni di tristezza e di infelicità. Dammi la pistola. Lasciala qua. Inizia un nuovo percorso di vita, io ti aiuterò».

«No» rispose il boss rimettendosi l'arma sotto il giubbotto. «Questa mi serve ancora.»

Il parroco con le mani aperte gli sfiorò le guance: «Almeno promettimi che ci penserai».

«Può darsi.»

D'istinto, si abbracciarono. Per pochi, lunghissimi istanti. Un abbraccio intenso, vigoroso. Poi De Luca si ritrasse, infastidito: *'o Sistema* non ammette debolezze. Prima di lasciare la sacrestia, chiese: «France', tutto quello che ci siamo detti era sotto confessione?».

«Sì.»

«E non mi assolvi dai peccati?»

«No. L'assoluzione dev'essere preceduta da una contrizione. Torna quando avrai maturato dentro di te almeno un rimorso, un pentimento. Je sto ccà. T'aspetto.»

Lo scenario apocalittico che si presentò agli occhi di De Luca sotto il portale della basilica lo fece trasalire. Ciruzzo, piegato sulle ginocchia, guaiva come un cane randellato e formulava proposizioni molto complesse, degne di essere pubblicate in un volume dell'Accademia della Crusca. Tatore cercava di arginare le cariche delle assatanate vecchiette.

«Guagliu', che cazze sta succerenne?» domandò il boss.

«Ecco, ecco l'eminenza!» esclamò *'o Schiattamuorto* levando le braccia al cielo, come se avesse ricevuto una sacra illuminazione.

Le quattro zitelle sospesero il tafferuglio. Nannina guardò Gnesella, Gnesella scrutò 'Ntunettella, 'Ntunettella fissò 'Ngiulina. Quest'ultima esaminò De Luca, si fece meno certa della presenza in chiesa del pontefice, assunse un'espressione di profondo sconforto e autorizzò Nannina a procedere.

In un batter d'occhio, la borsa di Nannina si stampò su una tempia del boss, che si tenne la botta con serafica calma, senza reagire. All'interno della borsa, la sveglia a molla, stufa dei maltrattamenti subiti, ritenne opportuno tornare a riposare in pace.

«Jammuncenne, deficienti!» intimò il boss ai suoi scagnozzi, dirigendosi verso la moto con passo risoluto. E con il sangue agli occhi.

II

VIVA VIVA LA BEFANA!

Gli Esposito portavano rispetto a tutte le feste comandate, dal Capodanno a Santo Stefano, senza fare distinzione tra quelle civili e quelle religiose. E ci tenevano assai a celebrare con fervore ogni onomastico, compleanno e anniversario. Il loro livello di frenesia toccava la fase più acuta in occasione di eventi straordinari quali matrimoni, cresime, battesimi e prime comunioni, quando dovevano fare *bella figura* agli occhi del parentado e della popolazione tutta del rione Sanità.

Ma la solennità che in casa Esposito provocava maggiore eccitazione era l'Epifania. Per merito soprattutto del capofamiglia Tonino, che da un decennio aveva l'abitudine, all'alba del sei gennaio, di vestirsi da Befana: gonna grigia alla gitana riccamente decorata con toppe a quadretti, stivaletti in pelle con fibbie in ottone modello «Re Sole», calzettoni rossi bucati, maglione nero con collo a lupetto, scialle lavorato a mano, foulard blu con *print* di mezzelune e stelline argentate, guanti sdruciti, nasone finto e parruccone biondo a caschetto, alla Nino D'Angelo prima maniera. Sulle spalle si caricava un grosso sacco di iuta colmo di caramelle, cioccolatini e carbon fossile, e tra le gambe stringeva una scopa di saggina, sequestrata anni addietro a un netturbino del quartiere. Così conciato, vagava per i piani e per le stanze della palazzina di salita dei Principi in cui viveva con i familiari, bussava a tutte le porte e con voce stridula ripeteva una filastrocca imparata alle elementari: «La Befana vien di notte con le scarpe tutte rotte, s'è scucita la sottana: viva viva la Befana!». Conclusa la strofetta, si sollevava la gonna e, muovendo le anche, mostrava il pezzo forte del suo abbigliamento: un mutandone di lana adornato con un nastro rosso da cui pendevano due campanelline sonanti.

A trentasei anni di età, e con un abbozzo di carriera criminale nelle note biografiche, Tonino trovava il coraggio di inscenare uno spettacolo così conturbante per un motivo di natura mistica e affettiva, che risaliva al giorno in cui gli era nato il secondogenito Genny. Il bimbo era venuto al mondo prematuro, tra il settimo e l'ottavo mese di gravidanza, e Tonino, preoccupato per il suo stato di salute, era corso all'abbazia di Montevergine, sulle montagne dell'Irpinia, per rivolgere una supplica in rima alla Madonna, ideata e composta durante una notte insonne: «O mia cara Regina, ascolta di quest'uomo la vocina: se il mio figlio sarà forte e sano, ogni anno mi vestirò da Befano».

La Vergine s'era messa d'impegno, e Genny aveva gradito: a una settimana dalla nascita, già pesava un chilo in più. Se avesse avuto i denti, avrebbe divorato anche il materassino dell'incubatrice.

«Mai visto un neonato crescere con tale rapidità, sembra un bidone aspiratutto» aveva commentato un pediatra.

Nessuna malattia, nessuna malformazione: Genny era nato sano come un torello. E al posto delle corna, aveva presentato al mondo un cranio a forma di uovo di Pasqua su cui spiccava una striscia di capelli corvini. Caratteristica che avrebbe conservato negli anni a venire, insieme a una ingordigia alimentare che lo rendeva capace di spazzolare a velocità supersonica ogni genere di sostanza commestibile. *'O Piranha*, lo chiamavano gli amichetti.

Fu proprio Genny a dare a Tonino il primo buongiorno dell'Epifania: «Papà, ogni anno si' sempe cchiù brutto. 'A Befana in confronto a te è 'na modella».

Tonino, le cui forme esteriori tendevano sempre più ad assomigliare a quelle di una pera, era consapevole di poter risultare avvenente solo se paragonato a tipi come Tatore *Mezarecchia*. Abbozzò un risolino e donò al figlio uno schiaffetto e tre pezzi di carbone.

«E che me ne faccio, pa'?» chiese Genny.

«Te li conservi. So' tiempi difficili, guaglio', e tutto po' servi'. Quanno nun puo' mangia' carne, accuntientete d' 'o brodo.»

Tonino veniva da un periodo poco felice. L'omicidio del padre, avvenuto tre anni prima, gli aveva scompaginato l'esistenza. Gennaro Esposito era per lui un archetipo. Gli aveva trasmesso la convinzione che col crimine si può ottenere tutto: fama, soldi, rispetto. Con questo chiodo fisso nella testa, aveva chiesto a Pietro De Luca, successore di don Gennaro, di ricoprire un ruolo attivo all'interno del clan, senza lontanamente immaginare che proprio *'o Tarramoto* era stato il mandante dell'assassinio.

Per rimorso, per pietà e per la promessa fatta al boss ammazzato, De Luca aveva messo Tonino sotto la sua ala protettiva e gli aveva affidato un incarico di relativa facilità malavitosa: riscuotere il pizzo negli esercizi commerciali di una strada del quartiere. Un giro di racket di tre ore, il ventisette di ogni mese.

All'inizio Tonino, con l'aiuto di Enzuccio Savarese, un ragazzo del rione che gli faceva da attendente, aveva svolto il compito con una certa precisione, senza imprudenze. Dopo alcuni mesi, per ingenuità, incompetenza e sfortuna, aveva cominciato a incartarsi, accumulando errori su errori, figuracce su figuracce. Il duemiladieci era stato il suo *annus horribilis*. Tra disavventure e imbranataggini, era arrivato a concedere, caso unico nella storia della criminalità organizzata, uno sconto ai commercianti taglieggiati, senza neanche chiedere un parere preventivo a De Luca. Poi per sfuggire alla collera del boss era finito con Enzuccio a spalare letame in un allevamento di bufale.

Sul suo destino all'interno della cosca ora pendeva un enorme punto interrogativo. La voglia di continuare a percorrere la strada del crimine rimaneva forte, ma nella sua mente avevano cominciato ad accumularsi dubbi, domande, preoccupazioni. La malavita porta a vivere meglio o produce soltanto paure, dolori, frustrazioni? Meglio rinunciare all'ebbrezza della prepotenza e iniziare una vita onesta e serena, anche con pochi soldi in tasca?

Tonino si sentiva confuso, smarrito, inadeguato. Padre Francesco, che era stato suo ospite durante la cena di San Silvestro, gli aveva lanciato dei segnali molto decisi: «Toni', oggi più che mai, con le crisi continue che il mondo vive e con le incertezze che segnano l'esistenza e la sopravvivenza degli esseri umani, siamo chiamati a fare delle scelte indispensabili. Tutti, nessuno escluso. Dobbiamo mettere da parte gli egoismi e le furberie e intraprendere un cammino di gioia e semplicità, che dia un futuro alle nuove generazioni e consenta a noi stessi di sentirci felici».

Il richiamo ai giovani non era stato casuale. La quindicenne Tina, primogenita di Tonino, frequentava un gruppo di coetanei nella basilica di Santa Maria, e in varie occasioni si era fermata a chiacchierare col giovane parroco, confidandogli segreti e speranze. Tina soffriva la sua condizione: nipote di un boss e figlia di un camorrista. Cercava un riscatto, e più volte si era scontrata con Tonino. Voleva dal padre una reazione che lo portasse a cancellare il passato familiare negativo e a dare una nuova fisionomia alla storia degli Esposito. Tra i due la tensione era sempre sul punto di esplodere.

«Viva viva la Befana!» gridò Tonino entrando nella cameretta della figlia.

Tina era sotto le coperte. Sveglia. Ma non disse nulla.

«Viva viva la Befana!» ripeté Tonino, e per suscitare un minimo di interesse da parte della ragazza, come aveva fatto con Genny, si alzò la gonna e ancheggiando fece suonare le campanelline.

«Smettila con queste pagliacciate» commentò Tina girandosi su un fianco.

«Non ti piacciono le campanelle?» fece Tonino.

Tina colse al volo l'opportunità: «Al posto delle campanelle, mostra le palle. Fai vedere quanto sei uomo».

«Uè, e chi t'ha insegnato 'stu modo 'e parla'?»

«Ho preso esempio da te: dici parolacce dalla mattina alla sera!»

«Io me lo posso permettere, tu no.»

«Perché?»

«Perché io so' grande, tu sei piccola.»

«E questo che significa?»

«Significa che io posso fare quello che voglio, tu no.»

Con gesti svelti, Tina si liberò della coperta e saltò dal lettino. Il viso acqua e sapone, i capelli biondi lunghi, lo sguardo fiero. Indossava un pigiama su cui era stampato il disegno di Snoopy addormentato sul tetto della sua cuccia. Adolescente nell'aspetto, già donna in ogni pensiero e sentimento.

«Papà, vogliamo ricominciare a litigare? Vuoi che ti dica un'altra volta cosa penso di te? Non t'è bastato tutto quello che t'è successo l'anno scorso? Non ti so' servite tutte le mazzate che hai ricevuto? No, mi pare proprio di no, non ti so' servite, visto che continui a comportarti come se fossi chissà chi, mentre invece sei una nullità. Ma guardati: sei un bambino, sei ridicolo, e quando non hai addosso questo stupido vestito da Befana lo sei ancora di più.»

Frastornato, Tonino si sentì davvero una nullità: «Ma pecché me tratti accussì? Stai diventando troppo indisponente».

«Si vede che te lo meriti.»

Tonino appoggiò sul pavimento il sacco e la scopa. Si tolse il nasone, il foulard e la parrucca. Tentò un approccio morbido: «Piccere', je te voglio bene. E capisco che per motivi tuoi stai 'ncazzata cu me. Ma vorrei nu minimo 'e rispetto. Io e tua mamma t'abbiamo cresciuta con le mollichelle. Non t'abbiamo fatto mancare mai niente».

Tina non arretrò: «Quelli che tu chiami *motivi tuoi* so' più che giustificati. E poi, con che cosa non m'avete fatto mancare mai niente? Con quali soldi? Soldi sporchi, macchiati di sangue. Prima che uccidessero il nonno, ti facevi passare da lui il denaro per campare. E lui quel denaro lo otteneva facendo il boss. 'O boss d' 'a Sanità! Dopo che è morto, ti sei messo a fare l'estorsore per De Luca. Non ti vergogni?».

Tonino si levò anche lo scialle: «Ci sta gente che fa lavori peggiori».

«Tipo?»

«Tipo ammazzare. Je nun aggie mai acciso a nisciuno.»

«E meno male! Però ti fai pagare da uno che uccide. Da un assassino. Uno che sarebbe capace di ammazzare pure te, se fosse necessario. Lo sai: quello non guarda in faccia a nessuno.»

Si affacciò nella stanza la moglie di Tonino, Patrizia. Patty, per i più intimi. Con la capigliatura tenuta ferma con un frontino, un paio di babbucce versione Spongebob e un pigiama lilla in pile che metteva in evidenza le sue forme prosperose. Una bellezza mediterranea in salsa pop.

«Che è, 'e che state discutendo?»

«Niente, Patty, stavamo parlando d' 'e differenze tra 'a Befana e Babbo Natale» minimizzò Tonino.

Tina lo smentì con sdegno: «Non è vero!».

Patrizia lanciò un'occhiataccia al marito: «Toni', *bello di Patty tua*, dimmi 'a verità: non stavate parlando né d' 'a Befana né 'e Babbo Natale...».

«No...» ammise Tonino. Se c'era una persona che lo terrorizzava, questa era la moglie. Ne temeva gli sbalzi d'umore, il carattere volitivo, le aggressioni a lingua armata. In casa Esposito a comandare era lei e solo lei: Patrizia. Tonino era capofamiglia solo per l'Anagrafe.

«Stavamo parlando di quanto è fesso papà» puntualizzò Tina.

«Sì?» fece Patrizia con aria di sufficienza, puntando il coniuge come un cacciabombardiere in picchiata. «Certe volte 'o penzo pur'io. Jamme, Toni', se hai finito 'stu spettacolo da quattro soldi che fai ogni anno, piglia 'a mazza e 'o sacco, vatti a cambiare e mettiti addosso nu vestito decente. E avvisa a Olga 'e fa' 'na spazzata, che hai sparpagliato 'o carbone pe' tutta 'a casa.»

Olga era la colf di casa Esposito. Di origine ucraina, nubile e muscolosa, affiancava Patrizia in tutte le attività domestiche da più di quindici anni. Viveva da sola al terzo piano della palazzina ed era molto affezionata a tutti i componenti della famiglia.

Umiliato e mortificato, Tonino raccattò la scopa e il sacco, fissò la figlia e la moglie con afflizione e uscì dalla stanza.

Patrizia si accomodò su una poltroncina e intrecciò le mani in grembo. Era al terzo mese di gravidanza, ed era felice di poter vivere una nuova maternità.

Tina prese un orsacchiotto di peluche da una mensola, se lo strinse al petto e si sedette sulla sponda del lettino.

«Ho sentito tutto» disse Patrizia. «Ho sentito tutto quello

che vi stavate dicendo. E mi dispiace assai di quello che vi siete detti.»

«Perché, mammà, secondo te certe cose non vanno dette?» attaccò Tina. «Devo tenermele per me e soffrire?»

«C'è modo e modo, figlia mia. Tuo padre sta attraversando un brutto momento, e lo dobbiamo compatire.»

«Papà il brutto periodo se l'è cercato. E tu stessa non hai mosso un dito per fermarlo.»

«Che fai mo', te la pigli pure con me?»

«Io non me la vorrei pigliare con nessuno. Ma vorrei campare in una famiglia normale, non in una famiglia che ha a che fare con la delinquenza. Papà potrebbe fare un lavoro onesto e camminare a testa alta. E far camminare *tutti noi* a testa alta. Perché 'sta cosa non è possibile? Perché mi devo mettere scuorno di dire a chi sono figlia? Ogni volta che invito qualche amica mia a venire qua, s'inventa 'na scusa e non viene. Tutti sanno chi siamo e a chi *apparteniamo*. E tengono paura di mischiarsi con noi.»

«Nun penza' a quello che dicono gli altri. So' invidiosi.»

«Invidiosi di che? Ci schifano, questa è la verità!»

«Esagerata...»

«È accussì, mammà. Ci disprezzano. E se sono educati e gentili, lo fanno perché nonno Gennaro era un malvivente. Un malvivente grosso. E io non voglio avere più niente da spartire con questa situazione. Appena faccio diciotto anni, me ne vado e non mi vedrete più.»

Patrizia ebbe un sussulto: «Tina, nun 'o dicere, nun me da' 'stu colpo. Tu sei bella, intelligente, buona. Sei il gioiello di questa casa, si' 'a speranza».

«Le speranze muoiono, se le lasci da sole o le abbandoni» disse Tina coccolando l'orsacchiotto. «Fa' qualcosa, convinci papà a cambiare strada. Facciamo uno sforzo tutti quanti e giriamo pagina. Che teniamo da perdere?»

«Hai ragione, Tina, non teniamo niente da perdere» replicò Patrizia strofinandosi una mano sulla pancia. «Io farò tutto quello che posso fare, cercando di non pigliarmi troppe collere, sennò me 'nguaio 'a gravidanza. Sei contenta che nasce un altro fratellino o una sorellina?»

«Certo. Speriamo che nasce 'na femmina.»

«Pure a me farebbe piacere, mentre invece tuo padre vo' 'o maschio» fece Patrizia alzandosi. «Je mo' vaco in cucina a cominciare a preparare 'o pranzo con Olga. Oggi pasta e patate con la provola e 'na bella braciata. Tu preparati, poi va' sopra a chiamare i nonni. Ci riuniamo nella camera da pranzo, così apriamo 'e regali d' 'a Befana che abbiamo fatto a te e a Genny, va bene?»

«Ok» rispose Tina con un sorriso dolce.

Le rassicurazioni di Patrizia misero Tina di buon umore. Nel suo intimo coltivava tanti sogni e speranze, e voleva realizzarli al più presto. Infilò un jeans, un paio di scarpette e un pullover rosso e salì al secondo piano, dove abitavano i nonni. Bussò prima alla porta della mamma di Tonino, Manuela.

«Buongiorno, tesoro mio, quanto sei bella!» esclamò la vedova del boss alla vista della nipote.

Manuela aveva fatto della sobrietà il suo stile di vita. Trucco leggero, i capelli vaporosi, una collana di perle sul maglioncino di lana che lei stessa aveva confezionato. Aveva sessantaquattro anni, ma ne dimostrava almeno una decina di meno. Il suo passato era diviso a metà. Nata e vissuta e Firenze fino all'età di vent'anni, si era trasferita a Napoli dopo aver sposato Gennaro Esposito, che all'epoca era incensurato. Gli anni in cui il marito aveva fatto parte della camorra, fino a diventare il padrone assoluto del crimine nel rione Sanità, erano stati per lei un atroce tormento. Tentata dalla voglia di andare via, alla fine era rimasta a Napoli per amore dei figli: Tonino, che già da ragazzo aveva cominciato a mostrare tutte le sue fragilità, e Raffaele, che aveva sei anni in più e un temperamento disinvolto.

Durante i lunghi periodi in cui il boss era stato latitante o in galera, Manuela aveva studiato Napoli, le sue tradizioni, la cultura espressa nei secoli, il suo straordinario patrimonio artistico. E ne era rimasta folgorata. Spesso trascorreva intere giornate in giro per musei, chiese, castelli, ricordando con nostalgia le passeggiate fatte da ragazza sul Lungarno, in piazza della Signoria o nel Giardino di Boboli.

«Tu sei molto più bella di me» osservò Tina abbracciando la nonna, alla quale spesso confidava le sue apprensioni. «Non mi lasciare mai.»

«Ma chi ti vuol lasciare, sei la mia gioia! Ti è successo qualcosa?»

«Ho avuto una brutta discussione con papà. Gli ho detto quello che penso di lui. Poi ne ho parlato pure con mamma. Dobbiamo convincerlo a cambiare vita, e tu mi devi aiutare.»

«Lo sai, sono dalla tua parte. E lo sarò sempre.»

«Sì, ma dobbiamo essere più tosti. Papà ha bisogno di uno scossone.»

«Glielo daremo, se necessario. Con tuo padre bisogna agire con prudenza, per evitare di fargli del male.»

«Lui il male se lo fa da solo, e non lo capisce.»

Manuela si fece pensierosa: «Sapessi quante volte ho cercato di farglielo capire. Forse sono stata troppo delicata, troppo comprensiva e tollerante. Ho avuto timore di indebolirlo ancora di più. In certe circostanze, il mestiere di madre è molto difficile».

«Uniamo le forze, nonna.»

«Hai un grande coraggio, Tina, e io sono fiera di te. Alla tua età non avevo alcuna esperienza. Ero un'ingenua, una sempliciotta. Tu stai crescendo in fretta, senza volerlo.»

«Avrei preferito di no, ma che ci posso fare?» commentò Tina con una punta di rassegnazione. «Per fortuna anche mamma pare che si stia convincendo a cambiare comportamento. Vedremo. Ora vuole che tu scenda per l'apertura dei regali della Befana. Vado a bussare pure a nonno Gaetano e nonna Assunta.»

I genitori di Patrizia vivevano nell'appartamento di fronte a quello di Manuela. Tina aveva un'ottima intesa con nonno Gaetano, il saggio della famiglia, sempre gioviale, arguto, giocherellone. Con nonna Assunta, al contrario, il rapporto si limitava a formali cordialità. Fu lei ad aprire la porta.

«Bongiorno, Tina, bona Befana!»

A guardarla, era proprio lei a esibire un look befanesco. Burbera, sospettosa, facilmente irritabile, Assunta dava l'impressione di avere molti difetti e poche, occulte virtù. Non la sorreggeva l'aspetto fisico, da cui emanava un che di sgradevole e di trasandato, come un vecchio affresco sconfitto dall'incuria, di cui balzano subito agli occhi le crepe.

«Scendi con nonno Gaetano?» invitò Tina.

«Sì, vengo immediatamente. Tuo nonno nun ce sta. Stamattina è uscito presto, senza dirmi dove andava. Mo' lo chiamo sopra al telefonino e lo faccio tornare.»

Alla spicciolata, la famiglia cominciò a radunarsi nella sala da pranzo di Tonino e Patrizia, davanti all'albero di Natale alto tre metri che all'inizio di dicembre era stato montato e addobbato in un angolo della stanza. Sotto l'albero c'erano un paio di pacchetti avvolti in carte colorate. Per consuetudine, ogni anno, in occasione dell'Epifania, gli adulti partecipavano in egual misura alle spese per l'acquisto di due doni: uno per Genny e uno per Tina. E i due rampolli di casa Esposito erano tenuti ad aprirli alla presenza dei familiari.

L'atmosfera era festosa. Tranne per Tonino, turbato per lo scontro con la figlia, e per Assunta, col viso più crucciato del solito a causa dell'assenza del marito.

«E papà addò sta?» domandò Patrizia.

«Nun 'o saccio» rispose Assunta. «Ogni tanto fa 'o misterioso e scumpare.»

«He pruvato a chiammarlo?»

«Sì, ma nun risponne. Alle volte nun 'o capisco: se cumporta comme 'na bestia.»

L'ultima parola fece drizzare le orecchie a Giggetto, il coniglio nano che gli Esposito allevavano in casa insieme a un'iguana *meditans* di nome Sansone. I due animali, molto legati l'uno all'altro, avevano un codice segreto di comunicazione, fatto di rapidi sguardi e movimenti. Le loro vite erano assai diverse. Giggetto dalla mattina alla sera scorrazzava in totale libertà per la palazzina, spiando ogni gesto e parola degli strani esseri umani che la popolavano. Al termine di ogni giornata, andava a fare rapporto a Sansone, rinchiuso in un terrario da cui godeva il panorama dell'intera sala da pranzo e di uno scorcio del corridoio.

«Peggio pe' isso!» fece Patrizia. «Genny, Tina, scartucciate 'e regali.»

Genny si avventò sull'involucro su cui era attaccato un biglietto col suo nome, ne ridusse a brandelli la carta e svelò il contenuto: una console per videogiochi Wii. Emise una serie di grida di giubilo come se avesse fatto la scoperta del secolo e fissò il padre con occhio beffardo. Tonino comprese, e intuì che avrebbe ingoiato altri bocconi amari: con Genny aveva combattuto centinaia di epiche battaglie alla PlayStation, e non ne aveva mai vinta una. Era arrivato persino a pagare un esperto di computer games affinché gli truccasse il controller, ma non c'era stato niente da fare. Ora le ostilità si spostavano su un livello più alto, e nuove disfatte erano in agguato.

Tina, all'opposto, ebbe una reazione contenuta. Ma gli occhi le brillarono per la sorpresa: dal suo pacchetto infiocchettato spuntò un iPad.

«Così potrai fare ricerche su internet e metterti in contatto con i tuoi amici anche quando sei fuori casa» sottolineò Manuela.

Assunta si dissociò: «Fosse stato pe' me, le avrei preso nu paio 'e cuperte p' 'o curredo. E nu set 'e asciugamani».

Secondo alcune leggi fondamentali della Fisica, l'equilibrio di un corpo è dato da una serie di combinazioni tra la sua massa, la sua forma geometrica, la posizione del baricentro e la forza di gravità. Quando almeno uno di questi elementi decide di fare il prepotente e di prevalere sugli altri, l'equilibrio va a farsi friggere.

Pur senza conoscere la Fisica, Sansone l'iguana, con la tipica sensibilità che gli animali manifestano dinanzi a un pericolo imminente, intuì che stesse per verificarsi un evento catastrofico quando vide oscillare il puntale dell'albero di Natale. L'istinto di sopravvivenza gli ingiunse di ripararsi dietro un sasso del terrario. Lì si acquattò, chiuse gli occhi e attese la sciagura.

Tre secondi dopo, l'albero, intimorito dalla possibilità di poter contrarre la scoliosi per via dei pesi mal distribuiti sui suoi rami, crollò su Assunta e la seppellì. Il puntale finì sulla coda di Giggetto, che per lo spavento abbandonò precipitosamente il luogo del disastro. Il coniglietto sarebbe poi stato rintracciato sotto il lettino di Genny nel tardo pomeriggio, tremante e con i peli ritti.

«Aiutateme!» latrò Assunta, dimenandosi tra palle, festoni, nastri e fiocchi variopinti.

Con modi erculei, Olga sollevò l'albero e rimise in piedi la sventurata.

Tra i capelli della mamma di Patrizia era rimasta impigliata una stellina, e dal collo le pendeva un filo di lampadine con le luci intermittenti.

Proprio in quel momento rientrò Gaetano. Vide la moglie in quelle condizioni, con tutti gli altri intorno, e gli venne spontaneo tirare fuori una delle sue battute: «State smontando 'o presepe?».

«Disgraziato!» inveì Assunta. «Addò si' stato?»

«Alla fiera delle meraviglie!» rispose Gaetano, che reggeva un misterioso oggetto ricoperto con un panno.

«Nonno, che tieni nascosto là sotto?» chiese Genny.

Gaetano fece un sorriso malizioso e si lisciò i baffetti bianchi. Per far aumentare la curiosità dei presenti, rimase nel vago: «Perdonatemi se ho fatto un poco tardi, ma dovevo fa' 'na cosa importante. Oltre a partecipare all'acquisto dei regali per i miei cari nipoti, quest'anno ho voluto prendere un dono che allieterà per molti anni tutta la famiglia. In particolare, annullerà la solitudine che affligge uno di noi».

Nessuno capì. Da sotto il panno giunse un rumore. Come un raschiamento.

«A cuccia!» ordinò Gaetano poggiando una mano sull'oggetto non identificato.

«A cuccia?» fece Assunta. «He pigliato nu cane? Sarà uno di quei cani piccerilli. Come si chiamano? I Ciuà...»

«Ma che Ciuà e Ciuà!» sbottò Gaetano. «Questo è un essere superiore!»

«Don Gaeta', ci state facendo spantecare» disse Tonino. «Mostrateci l'uccello!»

Gaetano osservò il genero con un'espressione interrogativa.

Tonino si rese conto della gaffe e precisò: «Volevo dire: avete comprato sicuramente un uccello... Che so, nu canario, nu cardillo, nu pappavallo...».

«No, Toni', troppo semplice. Tenetevi forte.»

Come un mago che fa svolazzare un velo o un fazzoletto per sbalordire il pubblico con un trucco prodigioso, Gaetano tirò via il panno. Apparve una gabbietta contenente un essere verde con gli occhi rossi.

«Et voilà, mesdames et messieurs: ecco a voi Ivana l'iguana, la fidanzata di Sansone!»

Patrizia si accasciò su una sedia.

Manuela, Genny e Tina lanciarono gridolini di stupore.

Olga rimase a bocca aperta.

Assunta fu presa dalla tentazione di attorcigliare il filo di lampadine attorno al collo del marito.

Tonino iniziò a ridere come un citrullo.

«Che cazze tieni 'a rirere?» sbraitò Patrizia, e Tonino smise in un istante. «E tu, papà, ti rendi conto?»

«Di che?» chiese Gaetano con simulato sbigottimento.

«Di quest'altro guaio che ci hai portato in casa. Nun ce bastava 'n'iguana maschio? Mo' pure 'a femmina?»

«Sansone stava troppo solo. Ultimamente l'ho visto depresso.»

«Depresso? Chillo nun se move mai, sembra morto. Comme faje a capi' che è depresso?»

«Dallo sguardo, Patri', dallo sguardo.»

Gaetano si accostò al terrario. Sansone era ancora riparato dietro il sasso, con gli occhi serrati.

«Sanso', guarda chi t'ho portato. 'Na bella guagliona: Ivana! Sanso', svegliati, fa' l'ommo!»

Sansone aprì un occhio, poi l'altro. E la vide. Richiuse gli occhi, poi li riaprì. E la rivide. Non era una visione, no. Era un'iguana vera. Femmina. Senz'altro disponibile, a giudicare dal musetto furbo.

Con l'aiuto di Olga e Tonino, Gaetano estrasse Ivana dalla gabbietta e la sistemò nel terrario, di fronte a Sansone. Tra i due rettili fu amore a prima vista. Si annusarono, si sfregarono squame contro squame, si strinsero in un tenero abbraccio. E il buon Sansone immaginò di trasformarsi, seduta stante, da *meditans* in *copulans*.

Quella notte, mentre dormiva con Patrizia, Tonino ebbe un incubo. Uno dei suoi, uno di quelli belli. Ne aveva due o tre al mese, tutti strampalati e interattivi.

Sognò di essere catturato da Pippi Calzelunghe e di finire segregato a Villa Villacolle, sorvegliato a vista da un cavallo e da una scimmietta. A liberarlo intervenne Fonzie Fonzarelli, il bullo di *Happy Days*, che per il disturbo gli chiese di sposare e di portare via il più lontano possibile Sottiletta Cunningham, perché gli aveva fracassato i testicoli per duecentoquarantacinque puntate e non la sopportava più. Tonino con una fuga precipitosa, durante la quale fu azzannato da Scooby-Doo e sculacciato dalla Pantera Rosa, evitò le nozze e si aggregò a Michael Jackson e agli zombie di *Thriller*, i quali lo adottarono come mascotte e lo costrinsero a partecipare alle loro gitarelle al chiar di luna.

Quando durante una visita a un cimitero vide scoperchiarsi

una tomba e apparire Tatore *Mezarecchia* vestito da Befana, Tonino lanciò un grido così agghiacciante e possente da far tremare la statua di padre Pio sul canterano accanto al letto. Simultaneamente, mollò un calcio negli stinchi di Patrizia, che si rotolò su se stessa e per poco non cadde a faccia in giù sul pavimento.

Per dare maggiore efficacia all'azione, Tonino si levò a sedere, strinse i pugni e urlò: «Viva viva Maccoggècson!».

Patrizia lo gonfiò di botte fino all'alba.

III

'A SALUTE 'E CHI T'È MUORTO

Per un disoccupato onesto l'assenza di lavoro è causa di frustrazioni, avvilimenti, umiliazioni. Per un camorrista è un'infamia, un disonore.

Tonino provava tutte queste sensazioni messe insieme. In vita sua non aveva mai imparato un mestiere. Suo padre gli aveva fatto frequentare la scuola dell'obbligo, poi l'aveva sistemato in casa con le mansioni di nullafacente. Lui s'era pigramente adattato a questa condizione, e ne aveva approfittato anche dopo il matrimonio con Patrizia. Per anni, senza preoccupazioni né scrupoli, aveva mantenuto la famiglia grazie al denaro che don Gennaro gli passava.

La morte del boss non aveva intaccato le sue finanze. Come orfano del capoclan, Tonino riceveva da De Luca un «sussidio» di cinquemila euro al mese. Avrebbe potuto accontentarsi e starsene a casa a grattarsi le ascelle. Invece no: voleva fare qualcosa, qualsiasi cosa. Voleva sentirsi *qualcuno*.

Pur di levarselo dalle scatole, De Luca gli aveva offerto un aumento a seimila euro. Chiunque, al posto di Tonino, avrebbe accettato senza pensarci su neanche per un millesimo di secondo. Lui no, aveva rifiutato. Per stoltezza e per orgoglio. "Mi tengo i cinquemila, che mi spettano di diritto, e intanto mi rendo utile alla banda, così nessuno potrà dire che sono un parassita." Questo era stato il suo castello in aria.

I fallimenti lo avevano riportato sulla terra. Ora le sue occupazioni giornaliere più significative si contavano sulle dita di una mano: aggirarsi con aria spettrale tra le pareti domestiche; vagare senza meta per le strade della Sanità; addormentarsi davanti al televisore; brontolare a ruota libera; subire in silenzio le sfuriate di Patrizia. Nelle pause fumava come un pompiere.

Quando i momenti di ozio e i litigi gli diventarono insopportabili, pensò di ricontattare De Luca. Per sondare il terreno, senza aspettarsi nulla di preciso. Lo fece in gran segreto, con una chiamata a Tatore. Sapeva che l'iniziativa avrebbe deluso i familiari, soprattutto Tina. Ma la voglia di rimettersi in gioco, sia pur accompagnata dalla certezza di restare un precario all'interno della cosca, ebbe la meglio sugli affetti. Per gli errori, ormai, era un abbonato di prima fila.

La risposta di De Luca arrivò alla fine di gennaio, tramite *Mezarecchia*: «L'aquila ha araputo 'e scelle». L'aquila ha aperto le ali. Ossia: il capo accetta di incontrarti.

Il clan utilizzava un linguaggio cifrato a cui tutti gli affiliati dovevano attenersi quando si scambiavano messaggi a rischio di intercettazione. Il frasario, messo a punto in decenni di comunicazioni clandestine, era talmente fantasioso da poter meritare un trattato di Lessicologia. Si andava da semplici asserzioni come *S'è otturato 'o scarico d' 'o gabinetto*, che indicava la mancanza di vie di fuga da un luogo in cui era stato commesso un reato, a proposizioni complesse come *Ce simme pigliato nu cafè speciale, cu 'o zuccaro fino fino*, che segnalava l'arrivo di una partita di cocaina finissima. Per non destare sospetti, nelle espressioni gergali venivano citati oggetti di uso comune, azioni apparentemente banali, prodotti tipici, detti partenopei. *Acchiappa a Peppe!* significava che occorreva rintracciare un latitante. *Puortame 'na scatula 'e cunfietti* indicava una richiesta di munizioni. *'O ciuccio chiamma recchialonga 'o cavallo* dava a intendere che un personaggio secondario aveva offeso il capo. *Nun sputa' 'ncielo ca 'nfaccia te torna* era un avvertimento: attento a ciò che fai, può ritorcersi contro di te.

Si narrava di un clamoroso frainteso capitato durante una consegna di merce contraffatta. L'ordinante aveva chiesto al telefono: «Tra sette giorni vulimme mettere in vetrina cinquanta jeans e quaranta magliette». La linea era disturbata, e le parole *jeans* e *magliette* furono mal comprese dall'interlocutore, che dopo una settimana fece arrivare cinquanta pinze e quaranta scaletti, trasportati *ad abundantiam* da una squadra di fabbri, imbianchini e carpentieri.

L'aquila aprì le ali a Capodimonte, nelle catacombe di san Gennaro. Quando li voleva intimorire, *'o Tarramoto* convocava i suoi subalterni in luoghi oscuri e insoliti. E Napoli di posti così ne ha a bizzeffe, soprattutto nel sottosuolo. Grotte, ipogei, cripte, necropoli, passaggi segreti. Il regno del buio, dei morti, di antichi culti e straordinarie leggende. Il mondo da cui proveniva il *munaciello*, lo spiritello furbo, dispettoso e lussurioso che per secoli ha inquietato gli abitanti della città. Di bassa statura, avvolto in un saio con cappuccio, compariva nelle abitazioni per razziare soldi, cibarie, oggetti di valore. Se trovava una donna sola e consenziente, da piccolo monaco si trasformava in missionario del sesso. Secondo le dicerie, le sue apparizioni e i suoi sermoni sul libero amore, cui facevano seguito dimostrazioni molto pratiche, erano particolarmente apprezzati nei conventi e nei monasteri.

Invero, i *munacielli* erano i *pozzari*: ometti esili, svelti, che avevano il compito di tenere sotto controllo la rete idrica napoletana. Venivano scelti apposta per la loro agilità e magrezza. Indossavano mantelline di panno per ripararsi dal freddo e dall'umidità e si calavano nei pozzi, attraversavano cunicoli e anfratti, scalavano pareti di tufo. Come i topi e gli scarafaggi, conoscevano ogni angolo della città sotterranea, e di frequente si intrufolavano nelle case per rubare o per soddisfare le voglie erotiche di vedove, zitelle e fedifraghe.

Dopo la Seconda guerra mondiale, la scomparsa del mestiere del *pozzaro* coincise con un netto calo delle apparizioni dei *munacielli*. Il che provocò la diffusione di stati depressivi in una buona fetta della popolazione femminile. Con spirito di sacrificio, alcuni *pozzari* si immolarono per la categoria e continuarono a esercitare in proprio le loro attività peccaminose, dando vita a dei veri e propri harem «diffusi». Ma col tempo, come per tanti mestieri in cui la manualità ha un ruolo determinante, la loro nobile attività artigianale finì.

La sparizione dei *munacielli* fu accompagnata dal declino di un'altra figura leggendaria: la *Bella 'Mbriana*. Una fata buona, affascinante, protettrice dei focolari domestici. Appariva di notte, e per lei si doveva lasciare una sedia sempre libera, affinché si riposasse dalle fatiche del suo eterno vagabondare. A volte si manifestava sotto la forma di un geco, e in casa portava benessere e fortuna. Rappresentava l'alter ego del *munaciello* ed era molto amata dai maschi partenopei, che la usavano come alibi per le loro scappatelle.

È facile immaginare un tipico dialogo notturno tra marito e moglie in una dimora del centro storico napoletano.

«Pasca', a quest'ora già ti alzi?»

«Tengo sete.»

«E la caraffa sta qua, sopra al comodino.»

«Mari', nun me scuccia', voglio anda' a bere in cucina. Così controllo pure se è tutto a posto. Ho sentito un rumore strano, può darsi che è entrata in casa 'a *Bella 'Mbriana*. Tu statte tranquilla, continua a dormire.»

Pausa di riflessione della donna.

«Pasca', e se arriva 'o *munaciello*?»

Pausa di riflessione dell'uomo. Sguardo sospettoso rivolto alla consorte. Panico da gelosia.

«Va be', Mari', ho capito, m'è passata 'a sete.»

Con il suo scooter Scarabeo, Tonino dalla Sanità raggiunse la basilica dell'Incoronata a Capodimonte. Erano quasi le dieci del mattino del ventotto gennaio.

Trovò Tatore davanti al grosso cancello in ferro a sinistra della chiesa. Seduto di traverso sulla sua enduro, *Mezarecchia* era assorto nella lettura di un quotidiano sportivo. Accanto a lui, la moto di De Luca.

«Buongiorno, Toni'. È nu periodo ca ce staje facenne fa' troppi straordinari.»

Tonino non si tenne la provocazione: «E tu 'a pagnotta te la vorresti guadagnare facile facile?».

«Va', trase, 'o capo nun tene tiempo 'a perdere» tagliò corto Tatore. «E je nun pozzo rimane' ccà fore a piglia' umidità.»

Tonino attraversò il piazzale accanto alla basilica, infilò il vialetto ai lati del Giardino del Silenzio e giunse all'ingresso delle catacombe di san Gennaro, il più vasto complesso cimiteriale sotterraneo del sud d'Italia.

Un mosaico sulla soglia, raffigurante una stella nera a sei punte, segnalava la discesa verso il primo livello dell'area, composto di numerosi ambienti e strutture architettoniche. Ambulacri, arcosoli, colonne, capitelli, nicchie e cubicoli erano parzialmente illuminati da faretti e lampade alogene. Sulle pareti libere e sulle volte, iscrizioni e pitture risalenti a varie epoche rendevano onore a santi e a nobili.

Le catacombe, scavate nel tufo intorno ai resti di una tomba gentilizia romana, avevano ospitato tra il quinto e il nono secolo i resti di Ianuario, che nel trecentocinque, quand'era vescovo di Benevento, era stato decapitato a Pozzuoli per ordine del giudice anticristiano Dragonzio.

Gennaro, uno dei martiri più venerati della storia della Chiesa. Patrono e nume tutelare di Napoli. Un santo capace di fermare i terremoti, le epidemie, le eruzioni del Vesuvio. E di far sciogliere il proprio sangue, conservato in un'ampolla nel Duomo della città. *'O miraculo 'e san Gennaro* era uno degli eventi più attesi dai fedeli partenopei.

Per rintracciare De Luca, Tonino dovette raggiungere il piano inferiore delle catacombe. Il boss, con le braccia conserte, era nel vestibolo, davanti alla vasca battesimale. Il freddo e i chiaroscuri dell'ambiente caricavano la scena di tensione.

«Toni', senti che pace, che tranquillità» commentò il boss. «Vengo spesso qua a riflettere, a mettere ordine nei pensieri. A sentire le presenze.»

Tutti i peli sul corpo di Tonino si misero sull'attenti: «Quali presenze, don Pie'?».

Nonostante fosse più grande d'età, quando si rivolgeva a De Luca era costretto a dargli del *voi* e a usare il *don*.

«Le presenze di chi prima di noi è stato in questo posto» rispose *'o Tarramoto*. «Di chi ci veniva a pregare, di chi ci è stato sepolto, di quelli che erano perseguitati o dovevano ripararsi dai bombardamenti. Tu 'e presenze nun 'e siente, Toni'?»

«Don Pie', parlanne cu rispetto, ma perché scegliete sempre 'sti posti macabri? L'ultima volta m'avete voluto incontrare sotto alle catacombe di san Gaudioso, mo' in quelle di san Gennaro.

Non ci possiamo vedere in un bar, in un ristorante, mmieze a 'na piazza?»

De Luca osservò l'orfano di don Gennaro Esposito con apparente indulgenza: «Tieni paura, Toni'? E di che tieni paura? I morti non fanno niente. È dai vivi che ci dobbiamo difendere».

«Eh, ma 'stu posto fa impressione.»

«Forse ti farà più impressione quello che sto per dirti.» I peli di Tonino, da poco tornati in posizione di riposo, si rizzarono di nuovo. «L'anno scorso hai fatto cazzate su cazzate, e da solo ti sei escluso dall'organizzazione. Se hai domandato questo incontro per chiedermi perdono e per farti riammettere, he fatte malamente 'e cunti. 'O perdono t' 'o po' da' sulo 'o Pataterno. E cu me nun può sta' cchiù. Le possibilità te le ho date, e le hai sprecate tutte. Hai chiuso, Toni', stop. Si' arrivato 'o capolinea. Nun si' bbuono. E non minacciare di ammazzarti come hai fatto qualche mese fa, perché non mi faccio impietosire. L'unica cosa che posso fare per te è metterti a lavorare 'nta nu pustariello sicuro, addò nun me daje fastidio. Addò nun me faje perdere 'a capa comme a san Gennaro.»

Tonino si toccò la fronte stempiata: «Questo significa che non potrò più fare l'estorsore?».

«No, Toni', significa molto di più: che non dovrai più fare niente direttamente collegato a me. Più mi stai lontano, e meglio è per tutti e due.»

Tonino comprese di avere tutte le porte sbarrate: «E che potrei mettermi a fare?».

Il boss fece finta di riflettere. Aveva la soluzione pronta: «La conosci la ditta di onoranze funebri di donna Rachele *'a Burzetta*?».

La mano sinistra di Tonino scattò verso i gioielli di famiglia e li sottopose a una scaramantica grattatina: «Sì, la conosco. Non mi dite che…».

«Ti dico, invece, ti dico. Donna Rachele tene bisogno 'e nu segretario. È 'na ditta seria, che sta sotto il nostro controllo. Potresti cominciare già il primo febbraio. Famme ave' 'na risposta entro stasera. Prendere o lasciare.»

La mano destra di Tonino raggiunse la sinistra: «Don Pie', ma io non ho mai lavorato nel settore, come faccio?».

«Impari, che ce vo'? Con i morti è facile andare d'accordo: non parlano, non discutono, si fanno i fatti loro. So' perfetti.»

Tonino passò il pomeriggio a casa, barricato nella sala da pranzo. Fece scongiuri, si lamentò della vita e della morte, immaginò carri funebri, corone di fiori, cadaveri in decomposizione. Dopo circa trecento circumnavigazioni della stanza, durante le quali fu osservato con apprensione da Sansone e Ivana, il suo cervello emise un verdetto. Il primo ad averne notizia fu Tatore: «M' 'o faccio, nu bicchiariello». Traduzione letterale: «Un bicchierino me lo bevo». Significato vero: «Accetto l'incarico».

«Condoglianze» augurò *Mezarecchia*.

La mattina del primo febbraio Tonino prese servizio nella sede dell'impresa *Requiem Aeternam*, al vico della Calce. La titolare, donna Rachele Cascione, settantadue anni, arzilla come un crisantemo appena sbocciato, era una vedova recidiva: aveva già accompagnato al camposanto due mariti. Avrebbe voluto sposarne un terzo, ma di volontari non era riuscita a trovarne, poiché s'era sparsa la voce che praticasse malefici e fatture e organizzasse messe nere. Per la sua tirchieria, la chiamavano *'a Burzetta*: quando c'era da incassare denaro contante o assegni, aveva sempre la borsetta pronta. Si vestiva e si truccava come una *drag queen*: abiti dai colori sgargianti, ciglia finte, chili di cipria, ombretto e mascara sul viso, rossetto tonalità «fiamme dell'inferno». Chi la vedeva per la prima volta la scambiava per un transessuale.

Il motto della *Requiem Aeternam* era *'A salute 'e chi t'è muorto*. La ditta da trent'anni aveva l'esclusiva su tutti i funerali che si svolgevano alla Sanità e offriva una ricca gamma di servizi: composizione e trasporto salme, addobbi funebri, camere ardenti, necrologi melodrammatici, fornitura di lapidi, loculi e monumenti, esumazioni, tumulazioni, estumulazioni, traslazioni e cremazioni. Inoltre, era in possesso del più vasto campionario di bare di tutta la Campania e, su richiesta, eseguiva imbalsamature. Ai clienti più affezionati donava un album personalizzato da completare con le figurine dei familiari che via via tiravano le cuoia.

«Ogni catavero tene 'a storia sua, e noi dobbiamo rentergli l'ossequio che merita» disse donna Rachele a Tonino durante il discorsetto di benvenuto. «Pure se uno è morto povero, va trattato come un re. Certo, quanti più soldi ci dà la famiglia, noi tanto più ce facimme 'o servizio. Alla salma, intendo. Durante 'o funerale, 'o muorto si deve sentire bene, riposato, come se stesse a mare a piglia' 'o sole. Gli deve passare la voglia di resuscitare.»

Tonino ascoltava sconcertato, con lo sguardo fisso su un portachiavi in bronzo poggiato sulla scrivania di donna Rachele. L'oggetto riproduceva un catafalco in stile gotico con la scritta *Mors tua vita mea*.

«Prima o poi tutti *là* andremo a finire» proseguì *'a Burzetta* indicando l'alto. «E poiché *là* incontreremo quelli che sono trapassati prima di noi, io non voglio sentirmi dire da nessuno che non gli ho fatto le esequie come si deve. Ne morirei! Ti ricordi, Toni', 'a cerimonia che facemmo alla buonanima di tuo padre?»

«Sì, me la ricordo. Riuscì benissimo.»

«Una festa. Altro che funerale, fu una festa» commentò donna Rachele accendendosi una sigaretta infilata in un bocchino. «Una delle migliori che abbiamo mai fatto. Ce mancava sulo l'orchestra. Don Gennaro ne fu contento, si vedeva dall'espressione del viso. Quando una salma è soddisfatta, io me ne accorgo subito, ci ho esperienza. E un giorno faremo lo stesso pure con te. Te facimme nu servizio 'e lusso, Toni', che non te lo scorderai per il resto dei tuoi giorni! Ovviamente, mi riferisco ai giorni che passerai nell'altro mondo.»

«Grazie, donna Rache', per il momento preferisco non pensarci» commentò Tonino facendo le corna sotto la scrivania. «Ditemi quello che devo fare, sono a vostra disposizione.»

'A Burzetta con un sorriso mostrò la dentiera impiastricciata di rossetto: «Devi fare 'o lavoro che faceva il nostro segretario don Amedeo, che è defunto la settimana scorsa, *requiescat in pace ammèn*. Devi tene' a posto 'e carte, risponnere 'o telefono, ricevere 'e clienti quando non ci sto io. È nu lavoro 'e precisione. Ci teniamo alla professionalità e veniamo incontro a tutte le urgenze. Ci stanno delle belle giornate in cui muoiono quattro o cinque persone tutt'assieme, e noi le dobbiamo compiacere».

La permanenza di Tonino nel ramo del *caro estinto* durò meno di un mese, e fu una delle esperienze più grottesche che la storia delle onoranze funebri ricordi, dal periodo dei faraoni egizi a oggi. Alle concrete difficoltà di un lavoro di cui aveva una padronanza pressoché nulla, aggiunse goffaggini e disattenzioni in serie.

Il primo grosso errore lo commise in occasione della dipartita di un vecchietto stramazzato al suolo davanti alla sua abitazione al vicolo Maresca. I figli del defunto contattarono la *Requiem Aeternam* e chiesero a Tonino l'invio di una macchina funebre «potente».

«Deve avere molti cavalli» precisarono. «A nostro padre ci piaceva la Formula Uno, e gli vogliamo far fare l'ultimo giro a 'na certa velocità.»

Tonino spedì nel vicolo una enorme carrozza rococò trainata da otto cavalli neri e guidata da un cocchiere con cilindro, livrea e scudiscio. Il traffico si bloccò all'istante e i quadrupedi, spaventati dagli strombazzamenti delle auto, dagli strepiti delle persone affacciate ai balconi e dalla folla di curiosi accorsi da ogni angolo del rione, si imbizzarrirono e si misero a scalciare contro le auto in sosta e le vetrine dei negozi. Scalciando, liberarono gli intestini.

Donna Rachele fu citata per danni e dovette provvedere alla immediata rimozione degli escrementi equini, la cui puzza fu avvertita dai residenti per sette giorni a venire.

Tonino chiese scusa alla sua titolare in ginocchio.

'A Burzetta sfogò la sua rabbia mediante vocaboli triviali rivolti a non meglio precisate donne di malaffare.

Il clamore dell'episodio si era appena affievolito, quando Tonino diede un nuovo spunto ai giocatori del lotto della Sanità, sempre alla ricerca di eventi straordinari a cui potersi ispirare per mettere a segno un terno vincente. Stavolta il guaio fu causato da una doppia coincidenza: l'errata trascrizione del numero civico di un'abitazione in cui era avvenuto un decesso; l'omonimia tra il defunto effettivo e colui che si vide arrivare davanti casa la macchina funebre della *Requiem Aeternam* con due addetti al prelievo della sua salma. Costoro si chiamavano Filippo e Carletto, lavoravano da tempo per donna Rachele ed erano uno più tonto dell'altro. Davanti alle rimostranze del morto vivente, non vollero sentire ragioni.

«Scusate, siete o non siete voi Girolamo Patanella?»

«Ve l'ho già detto tre volte: so' io! Embè?»

«Embè, vi dobbiamo portare con noi. Accomodatevi nella cassa. Il prete sta aspettando in chiesa per farvi il funerale.»

«Se non ve ne andate, v' 'o faccie je 'o funerale!»

L'indignato Girolamo Patanella, detto *Ursus* per la sua forza bruta e per i suoi precedenti sportivi nel mondo della boxe, categoria mediomassimi, era affiliato al clan De Luca e aveva una fedina penale alquanto impataccata: aggressione a pubblico ufficiale, rissa, borseggio, ubriachezza molesta, ricettazione di animali da cortile di sospetta provenienza furtiva. Negli ultimi anni aveva evitato la galera buttando le colpe sulla madre convivente Ignazia, che soffriva di Parkinson ed era stata legalmente dichiarata incapace di intendere e di volere.

All'oscuro di tutto ciò, Filippo e Carletto non mollarono la presa: «Signor Patanella, vi dovete convincere: voi siete morto. Avanti, nun facite storie, vi tratteremo bene».

«Uh Maronna mia! Io proprio ieri mi so' andato a ritirare 'e risultati delle analisi cardiologiche: tengo nu core 'e fierro!»

La situazione divenne ancora più assurda con l'entrata in scena della signora Ignazia: «Giro', figlio mio, e accontentali, che ti costa? Mi sembrano brave persone. Vatti a fare un giro con loro».

«Mammà, mo' te miette pure tu?! Basta, me so' rutto 'e palle!»

Con un gancio sinistro, un *uppercut* e tre montanti, *Ursus* stese Filippo e Carletto e un quarto d'ora dopo fece irruzione nei locali della *Requiem Aeternam*: «Chi è stato che m'ha mandato 'o funerale a' casa?! Chi è stato?! L'aggia accirere!».

Tonino filò in bagno come una saetta e rivolse un'accorata preghiera salvifica ai primi ventiquattro santi che gli vennero in mente.

Donna Rachele si fece spiegare l'accaduto da Girolamo e

riuscì a calmarlo offrendogli un goccio di rosolio e inventandosi parentele molto alla lontana.

Carletto e Filippo, con i volti tumefatti, andarono a farsi medicare nell'ospedale San Gennaro dei Poveri. Uno dei medici del pronto soccorso li vide arrivare con la macchina funebre ed esclamò: «Mo' vengono a chiederci pure 'e miracoli di guarire i morti!».

L'altro Girolamo Patanella, quello trapassato sul serio, dovette aspettare il giorno seguente per ricevere una lacrimata sepoltura.

Venuto al corrente delle avversità di Tonino, Ciruzzo *'o Schiattamuorto* ritenne doveroso andarlo a confortare, e nella qualità di massimo esperto napoletano di riti funerari e procedure di seppellimento, gli propinò un discorsetto allegro.

«Cos'è la morte, caro Tonino?»

«E cos'è, Ciru'? È la fine della vita, no?»

«No!» gridò Ciruzzo inarcando le sopracciglia. «La morte è un atto di vita! Il sommo poeta Giacomo Leopardi, che qui a Napoli trascorse i suoi ultimi anni terreni, scrisse nel canto intitolato *Consalvo*: "Due cose belle ha il mondo: amore e morte". Bei versi, vero?»

Tonino storse la bocca: «Insomma...».

«Devi guardare oltre le apparenze, entrare nell'essenza delle cose, come faceva Leopardi. Nelle sue opere ogni vocabolo ha il giusto peso e occupa un posto non casuale. Eh, lui è stato un grande, altro che. Ha sofferto molto, sulle *sudate carte*. La scrittura è un lavoro faticoso, che merita la massima considerazione. Chi rispetta le parole, rispetta il mondo. Per Leopardi la morte aveva un valore positivo, non negativo. La morte è un passaggio vitale verso un'altra dimensione. Tu credi nell'aldilà, Tonino?»

«Al catechismo m'hanno insegnato che ci stanno l'inferno, 'o purgatorio e 'o paraviso, e che a seconda di come ci comportiamo nella vita, andiamo a finire in uno di questi tre posti.»

«Questa è una delle teorie. Io penso, invece, che a prescindere dalle nostre azioni, comunque passiamo a uno stadio superiore e assumiamo una forma differente. Sai che cos'è la metempsicosi?»

«No, non l'ho mai mangiata.»

«Non scherzare, è un concetto importante. La metempsicosi è la reincarnazione, cioè il passaggio della nostra anima nel corpo di un altro essere umano, di un animale o di una pianta. Io di certo, nella mia precedente vita, sono stato uno sparviero.»

«Si vede. Tieni proprio gli occhi da sparviero.»

«E nel futuro mi reincarnerò in un guerriero spaziale. Me lo sento.»

«Te lo auguro, accussì vaje a cumbattere contro agli extraterrestri cattivi. Io invece chi diventerò, secondo te?»

Ciruzzo studiò Tonino con accuratezza: «Una quaglia».

«Grazie, Ciru'! Non potevi scegliere un animale migliore?»

«Non ci sono animali migliori o peggiori. Così come non ci sono individui buoni e individui malvagi. Non spetta a noi esprimere giudizi di valore. E nel momento della morte il trattamento dev'essere uguale per tutti. Una pompa funebre come questa in cui lavori dovrebbe operare proprio con una filosofia del genere. Se tu finora hai avuto problemi di adattamento, è perché ti sei fatto condizionare da una falsa concezione della morte e da frivole scaramanzie.» Ciruzzo afferrò il catalogo di bare della *Requiem Aeternam*. «Guarda, guarda qui che meraviglie!»

Tonino si domandò cosa ci fosse di meraviglioso in un volume che conteneva foto e accurate descrizioni di più di trecento tipologie di casse da morto. Tutte pronte a essere fornite «su misura». Si andava dai sarcofagi in legno grezzo, privi di fronzoli e laccature, a quelli intarsiati, ricchi di decorazioni e dotati di maniglie e croci di ottone. Per le imbottiture interne c'era di che scegliere: in cotone, velluto o pura seta, con pizzi e senza pizzi, in taffettà e chiffon, con ricami e senza ricami, con nastrini e cordoni. Ce n'era anche una riservata ai metallari, con borchie e catene al posto del tessuto, e un'altra per le ninfomani, provvista di oggetti fallici e strumenti di piacere da utilizzare nell'oltretomba. Eros e Thanatos.

«Ciru', la tua già l'hai decisa?» chiese Tonino.

«Io non ho questa necessità.»

«Perché?»

«Perché mi faccio cremare.»

«E che stamme a fa', allora, a perdere 'o tiempo?»

Le considerazioni di Ciruzzo su Leopardi e sulla positività della morte fecero meditare Tonino per un intero weekend e lo spinsero a tentare un esperimento. In cuor suo sapeva che la prova sarebbe stata ad altissimo rischio, ma ormai non aveva nulla da perdere. I rapporti con donna Rachele erano compromessi, e la sua occupazione lavorativa alla *Requiem Aeternam* era vicina all'epilogo. Tanto valeva lanciarsi da solo nella fossa.

Lo spunto gli venne dal decesso di Franchina Garofalo, stimata verduraia del rione, morta dopo atroci sofferenze tra lo strazio dei congiunti e dei clienti tutti. Tonino somministrò le onoranze mortuarie richieste, poi chiamò una tipografia e chiese la stampa e l'affissione di un centinaio di manifestini a lutto, con un testo venato di ottimismo: «Cittadini, gioite! In seguito a una lunga e felice infermità, si è tranquillamente spenta, alla veneranda età di anni 51, GAROFALO FRANCHINA *'a verdum-*

mara. Ne danno il lietissimo annuncio i parenti, gli amici e i conoscenti. Si dispensa dai fiori. Sono graditi gli ortaggi, che alla defunta piacevano assai».

Quando donna Rachele vide i manifestini per le strade della Sanità, perse la favella per sette minuti e quarantacinque secondi netti. Un tempo record, per lei che era più logorroica di un venditore di pentole. La loquacità le tornò al cospetto di Tonino: «Ma tu me vuo' ruvina'? Je nun riesco a capi' si 'a capa t'aiuta o no, mannaggia a te e a chi m'ha cecato 'e te piglia' a fatica' cu me! Comme t'è venuto 'e fa' 'sta scemenza? Mannaggia chella zozza baldracca cessa zoccola puttana messalina troia d' 'a miseria, mannaggia!».

«Che ho fatto di sbagliato, donna Rache'?» chiese Tonino con voce rilassata, girandosi tra le dita la miniatura di una ghirlanda. «Leopardi disse che la morte è come l'amore: è 'na cosa bella. E Leopardi era Leopardi. Nu grand'ommo, su questo non si discute. Io ho voluto omaggiare a Franchina *'a verdummara* con delle parole allegre e poetiche, per far capire che il suo trapasso, come ogni trapasso, è un fatto positivo. Donna Rache', voi credete nell'aldilà?»

'A Burzetta artigliò un tagliacarte di acciaio sulla cui impugnatura era inciso un teschio: «L'aldilà? Ma certo che ci credo. Proprio là ti vorrei mandare!».

Tonino fece cenno all'impresaria funebre di mantenere la calma: «Nun v'agitate, che vi potete sentire male e vi può venire un colpo. E poi va a finire ca 'o funerale ve lo devo preparare io, ve l'immaginate?».

«Non sia mai!»

«Ecco, vedete? Non c'è bisogno di fare troppo bordello, se no è peggio. Sulla morte ognuno tiene le proprie opinioni. Voi avete le vostre e io le mie. Le abbiamo espresse, non ci siamo trovati d'accordo, e ora dobbiamo fare delle scelte. Io la mia già l'ho fatta.»

«E qual è?»

«Mi licenzio.»

«Come?!»

«Avete capito bene: mi licenzio, me ne vaco. 'Sta fatica nun fa' pe' me.»

«Puoi ripetere?»

«Mi licenzio.»

«Sicuro sicuro?»

«Sicuro sicuro.»

Per la contentezza, *'a Burzetta* si fece venire un ictus.

IV

LA LEGGE DEL CONTRAPPASSO

«Capita', oggi è la festa del papà, vi ho portato un fiore.»

«Grazie, Tonino, ma io non sono mai stato padre.»

«Eh, per me lo siete. Un padre putativo, come san Giuseppe.»

«È un paragone altissimo. Come mai hai scelto una rosa?»

«'O fioraio aveva finito i garofani.»

Quando non ce la faceva più, quando il peso della solitudine gli diventava insostenibile, Tonino veniva qui, nel cimitero delle Fontanelle, a parlare col teschio del Capitano. Ad ascoltare la voce della sua coscienza. Si faceva prestare una sediolina da Mimmo, il custode, entrava nell'antico ossario ricavato da una grotta tufacea e si sistemava nella sala del Tribunale, davanti al cranio che secondo una leggenda era appartenuto a un ufficiale spagnolo morto a Napoli nel Seicento. Uno dei tanti resti mortali anonimi accumulati nel cimitero nel corso dei secoli. Ossa. Migliaia e migliaia di ossa alle quali il popolo della Sanità dedicava dolci premure, come se fossero reliquie di santi. Chi portava un lumino, chi un messaggio, chi veniva semplicemente a pregare, talvolta chiedendo una piccola grazia, un sollievo alle pene della vita.

Molti teschi, che i napoletani con affetto chiamavano *capuzzelle*, erano conservati in teche di vetro, casette di marmo, scatole di latta. Alcuni erano considerati «miracolosi». Quello del Capitano era fra questi. L'unico cranio del cimitero ad avere un'orbita oculare, la sinistra, cerchiata di nero, come se avesse ricevuto un cazzotto. E un aneddoto raccontava che il fantasma dell'ufficiale spagnolo, apparso in una chiesa durante il matrimonio di una ragazza cui era affezionato, era stato colpito alla testa dal novello sposo. Nei suoi eccessi, la gelosia perde ogni barlume di razionalità. Si accanisce anche contro le ombre.

«Capita', come sta mio padre? Vi state vedendo con lui?»

«Sì, l'ho incontrato un paio di volte. Sta meglio, la sua anima è più serena. Ma è preoccupato per te. Non riesce a comprendere perché tu ti ostini a voler fare il camorrista, a voler percorrere una strada che egli stesso ha percorso e che l'ha condotto a una morte violenta. Oltretutto, tu non ci sei portato.»

«Lo sapete, l'estorsore non lo faccio più. Ultimamente ho lavorato in una pompa funebre.»

«Mi è giunta notizia delle tue gesta. Sei stato capace di far venire un colpo a una donna che aveva la forza di sopravvivere pure all'impatto con un meteorite. Se devo essere sincero, e ragionare con un pizzico di malignità, se l'è meritato. Le persone che speculano sulla morte e sui lutti sono spregevoli, immorali, indegne di appartenere a un consesso civile. Andrebbero punite severamente.»

«Donna Rachele la punizione l'ha avuta: ha perzo 'a parola.»

«Parlava fin troppo, quindi ha subito la legge del contrappasso.»

Tonino ebbe un intoppo cognitivo: «Che ci azzecca la musica, Capita'?».

«La musica?»

«E voi avete detto contrabbasso…»

«Babbeo che non sei altro! Ho detto *contrappasso*, non *contrabbasso*. Hai mai letto Dante Alighieri?»

«No.»

«Di male in peggio. Almeno sai chi è?»

«Nu poeta, no?» rispose timidamente Tonino.

«Non un poeta qualsiasi. Dante è stato *il* poeta. L'autore della più geniale e complessa opera della letteratura italiana, la *Divina Commedia*, in cui applicò la legge del contrappasso alle anime dannate. Si tratta di un principio molto semplice: i colpevoli devono espiare una pena analoga o contraria ai peccati commessi. Nell'*Inferno* i lussuriosi, che in vita si fecero trascinare dalle passioni, sono trasportati da una bufera incessante. I golosi sono adagiati nel fango, dilaniati dal mostro a tre teste Cerbero e investiti da una pioggia puzzolente. I violenti contro il prossimo sono immersi nel fiume di sangue bollente Flegetonte, colpiti dalle saette dei centauri. Gli adulatori sono immersi nello sterco.»

Tonino ebbe un moto di disgusto: «È terribile! Preferisco a Leopardi».

«Che ne sai tu di Leopardi?»

«Me ne ha parlato Ciruzzo *'o Schiattamuorto*. Mi ha detto che è morto a Napoli.»

La voce del Capitano si fece cupa: «E non ti ha detto altro?».

«Sì, che è stato nu grande poeta, che ha sofferto assai e che considerava l'amore e la morte due cose bellissime.»

«Posso svelarti un segreto? Però devi promettermi di non dirlo a nessuno.»

«Va bene, Capita'. Ve lo prometto sulla buonanima di mio padre.»

«Leopardi è qui.»

Tonino rabbrividì: «Qui dove?».

«In questo cimitero. Nel giugno del milleottocentotrentasette, quando spirò nella sua umile abitazione al vico Pero, a Napoli c'era una terribile epidemia di colera. Le persone morivano come mosche, e le norme igieniche imponevano che i cadaveri venissero gettati nelle fosse comuni. Leopardi fu portato qui, anche se la versione ufficiale è un'altra: per interessamento del suo amico Antonio Ranieri, le sue spoglie sarebbero state messe in una bara e conservate nella chiesa di San Vitale a Fuorigrotta. Nell'anno millenovecento quella bara fu aperta. Conteneva solo qualche frammento d'ossa e qualche straccio. Del Recanatese non c'era nemmeno il cranio. Un incredibile mistero, ma nessuno volle approfondire l'indagine. Trentanove anni dopo, la cassa fu spostata a Piedigrotta, nel parco Vergiliano, e inumata a pochi passi dalla Crypta Neapolitana e dal sepolcro di Virgilio, altro immenso poeta.»

«Pure Virgilio sta a Napoli?»

«Sì, pure Virgilio. Non mi meraviglio che tu non lo sappia. Spesso si ignora o si trascura ciò che di bello si ha accanto. Publio Virgilio Marone, detto *lo Mago*, fu protettore e salvatore di Napoli prima ancora di san Gennaro. La leggenda vuole che fosse dotato di poteri soprannaturali. Un alchimista *ante litteram*, un divinatore in grado di piegare al suo volere le leggi della natura. Il castel dell'Ovo si chiama così perché Virgilio vi avrebbe conservato, in una caraffa appesa a una trave, un uovo; se questo si fosse rotto, il castello e l'intera città sarebbero crollati. L'Alighieri scelse proprio Virgilio come sua guida nell'aldilà. Dante, Leopardi, Virgilio. Come vedi, il cerchio si chiude. Nulla avviene per caso.»

«Capita', sono sbalordito. A Napoli teniamo un sacco di cose belle, e manco ce ne accorgiamo. È nu peccato.»

«Già. Potreste vivere solo di storia, arte e cultura.»

«Ma non mi avete più detto addò sta precisamente il corpo di Leopardi.»

«Il suo teschio è a pochi metri da me. L'anima di Leopardi vaga tra le pareti di questa caverna. E ogni notte sento i suoi versi magnifici.»

Tonino guardò le tante *capuzzelle* attorno al teschio del Capitano. Ordinate per file nelle loro teche, ammonticchiate sotto le tre croci della sala, stipate negli angoli accanto al finestrone da cui entrava la luce del giorno. Il bianco delle ossa a fare da contrasto alle sfumature del tufo e della terra.

«Qual è?» chiese Tonino.

«Non posso dirtelo. Lui non vuole. Prima di morire, non fu trattato molto bene dai tuoi concittadini. Aveva un fisico deforme, era ingobbito. Lo chiamavano *'o Ranavuottolo*, il ranocchio. Fu bersagliato da vari intellettuali invidiosi della sua fama. Ne soffrì molto, aveva intenzione di andar via, ma non ne ebbe il tempo. Le sue speranze si spensero qui, sotto lo *sterminator Vesevo.*»

«Chi 'e speranza campa, disperato more... Capita', è sempre un piacere chiacchierare con voi. Mi insegnate tante cose importanti.»

«No, io non ti insegno nulla. Queste cose sono già nella tua mente. Le hai ascoltate tante volte nel passato. Te le hanno raccontate e le hai dimenticate, preso da pensieri futili. La mia voce non fa altro che riportarle in vita. Ora torna a casa. E cerca di essere un degno padre.»

Tonino si fece il segno della croce, raccolse la sediolina e si avviò verso l'uscita. Si inginocchiò e disse una preghiera davanti ai resti mortali di Pascalino, *'o Piccerillo*, uno scheletro di bambino adagiato in una cassa di legno.

Passando accanto all'ultimo recinto della navata degli Appestati, l'occhio gli cadde su un particolare che non aveva mai notato. Su gran parte delle casette contenenti i teschi c'erano due tipi di scritte: *Per grazia ricevuta* e *Per devozione*. Una sola aveva una dicitura differente: *Grazia da ricevere*. La dimostrazione di quanto gli studiosi avevano sempre sostenuto: ogni *capuzzella* «adottata» aveva un tempo prestabilito per compiere la grazia richiesta; se non svolgeva bene questo compito o non lo svolgeva affatto, veniva riportata tra i crani «randagi» e sostituita con un teschio ritenuto più idoneo a eseguire piccoli prodigi. Un licenziamento *post mortem*. Per i miracoli grandi, per i prodigi veri, c'erano i santi. Che il posto non lo perdevano mai.

A casa, Patrizia accolse Tonino in modo sbrigativo: «Hai finito di andartene in giro come un'anima in pena?».

«Ci stanno anime molto più in pena di me.»

«Sicuro. Papà, per esempio. Oggi sta peggio 'e te.»

«Veramente? Addò sta?»

«Nello zoo.»

«'O zoo?»

«Eh, nella camera da pranzo. Sta con Sansone e Ivana. Ormai 'sta casa è addiventata 'na succursale d' 'o Bù Bù Effe. Ce mancano sulo 'e zebre e 'e cammelli.»

Il padre di Patrizia era seduto davanti al terrario, a osservare con adorazione la posa plastica di Sansone e Ivana: muso contro muso, gli occhietti innamorati, le squame dei loro corpi colorate più che mai.

«Toni', guarda che piccioncini. Si stanno baciando.»

«Don Gaeta', nun so' piccioncini. So' iguane.»

«Lo so. È un modo di dire. Questi so' animali intelligenti, sai? Capiscono tutto. E hanno bisogno di amore. Vuoi vede' come so' bravi? Ivana, fai una carezza al fidanzato tuo!»

L'iguana sollevò una zampa e la posò sulla testa di Sansone.

«Sanso', tu vuoi bene a mia moglie Assunta?»

Sansone espulse una cacchina.

«Hai visto? Obbediscono a ogni comando.»

Tonino restò affascinato: «È incredibile. Come fate?».

«Allenamento. Due ore di allenamento al giorno. Sansone e Ivana sembrano assenti, addormentati, invece ascoltano e pensano, come noi. Gli manca solo la parola. Mi fa 'na pena, a vederli chiusi qua dentro. Tutti gli animali dovrebbero stare in libertà, nel loro ambiente naturale. Liberi di correre, volare, nuotare, di fare quello che gli pare e piace. In mezzo al verde, nel cielo, nel mare. Toni', che dici se ingrandiamo il terrario? Ne facciamo uno a parete, bello grande. Alto fino al soffitto. Ci mettiamo dentro due o tre piante tropicali, qualche farfalla, 'na liana.»

«Mi volete vedere morto?»

Gaetano rifletté a voce alta: «Hai ragione: Patrizia si farebbe venire le pazzarie. E allora spostiamo tutto sopra da me? Cerco di convincere Assunta?».

Tonino allargò le braccia, come a dire: caro suocero, se proprio ci tieni a diventare un masochista suicida, son fatti tuoi.

«Forse è meglio lasciare le cose come stanno, per il momento» esitò Gaetano. «Messe insieme, Patrizia e Assunta so' cchiù terribili dell'Apocalisse di san Giovanni apostolo. *E giunsero folgori, grida, tuoni, un terremoto e una tempesta di grandine*!»

Ivana e Sansone ebbero un tremolio.

Come un colpo di vento gelido, inaspettato, la morte tornò nei pensieri di Tonino nel pomeriggio. Fu Enzuccio, con una telefonata, a farle da messaggero: «Don Toni', vi prego, currite, venite a casa! Mia mamma sta molto male!».

Orfano di padre come Tonino, timido e malinconico, Enzuccio, ventitré anni, non aveva un lavoro fisso, ma fin da piccolo, come tanti figli della Napoli più povera, s'era arrangiato con mille mestieri: garzone di bar, apprendista meccanico, elettricista, muratore, aiutante tappezziere. Per un paio d'anni aveva accompagnato Tonino nei suoi giri mensili di raccolta del pizzo.

Enzuccio viveva con la mamma Filomena in un basso di via Santa Maria Antesaecula, uno dei vicoli più antichi della Sanità. La strada in cui, alla fine dell'Ottocento, una ragazza madre, la sedicenne Anna Clemente, aveva dato alla luce il più grande attore comico italiano di tutti i tempi: il principe Antonio De Curtis, in arte Totò.

Tonino si preparò di corsa e con lo Scarabeo raggiunse l'abitazione di Enzuccio. Non arrivò in tempo. Sulla strada era ferma un'ambulanza. Nelle anguste camere del basso si era radunata un po' di gente. Tutti parlavano a bassa voce. Un medico stava rimettendo a posto il suo stetoscopio nella borsa di primo soccorso. Filomena, vestita di nero, distesa sul suo letto, era spirata da poco. Enzuccio, disperato, la stringeva, le dava baci, la scuoteva: «Mammà, perché m'hai fatto questo? Te ne sei andata senza me dicere manco 'na parola. Mammà, gioia mia, mo' comme faccio senza 'e te?».

Piangendo, Tonino gli si avvicinò e lo strinse in un abbraccio.

«Don Toni', avete visto? Non ha avuto il tempo neanche di salutare a voi, che vi voleva un sacco di bene. Nun se po' muri' accussì...»

«Com'è successo, Enzu', com'è successo?»

«Ha avuto un infarto fulminante. Stavamo in cucina a chiacchierare, quando ha perso conoscenza. Da ieri sera teneva dolori al petto e dietro la schiena, ma chi andava a pensare ca fosse 'o core? Soffriva d'artrosi, e mi credevo che erano le ossa a farla stare male. L'ho portata sopra al letto e ho chiamato aiuto. Quando è arrivata l'ambulanza, era già morta. Povera mamma mia, ha fatto l'ultimo sospiro tra le mie braccia.»

«Quant'era buona, donna Filumena» disse una donna anziana seduta accanto al letto. «So' sempre i migliori che se ne vanno per primi.»

Si fosse trattato di una defunta mascalzona, il commento avrebbe avuto il sapore dell'indulgenza. Nel caso di Filomena, rispondeva al vero. Con umiltà e sacrifici, la mamma di Enzuccio in tutta la sua vita si era esclusivamente dedicata agli affetti familiari, alla fede per san Vincenzo Ferrer e alla crescita dei figli. Ne aveva messi al mondo sei: tre maschi e tre femmine. Enzuccio era l'ultimo, e l'unico non sposato.

«Fatti forza, Enzu', nun t'abbattere» incoraggiò Tonino. «I tuoi fratelli e le tue sorelle ti staranno vicini.»

«Magari fosse accussì. Già tengono tanti guai per conto loro. So' rimasto senza nisciuno, don Toni'. Senza nisciuno. Mammà era la mia unica compagnia.»

«E nun te preoccupa': ti do io una mano. Gli amici che ci stanno a fare?»

Tonino decise di aiutare concretamente Enzuccio. E pensa che ti ripensa, gli venne un'idea temeraria. Dopo averla prodotta, ne fu così soddisfatto da dire a se stesso: «Tonino Espo', si' nu fenomeno!».

Ma c'era un ostacolo da superare. Il solito: Patrizia.

Con uno stuzzicadenti penzolante da un angolo della bocca e un'espressione alla Humphrey Bogart, di cui aveva appena visto un film in tv, Tonino affrontò la moglie.

«Patty, ho preso una decisione.»

«O-oh! Mo' vene a chiovere» fece Patrizia pettinandosi i capelli.

«Non mi cuffiare. È 'na decisione importante.»

«Sarebbe?»

«Enzuccio viene a vivere con noi.»

Patrizia interruppe la strigliatura: «Tu si' pazzo».

«Sta troppo solo e abbandonato, e io tengo il dovere di soccorrerlo.»

«Ti sei messo a fare l'assistente sociale e non me l'hai detto?»

«Sto parlando seriamente.»

«E addò 'o vulisse mettere?»

«All'ultimo piano. Là c'è spazio. Facciamo un bilocale di fronte a Olga, e ce lo sistemiamo dentro. È nu bravo guaglione, se lo merita. E ci potrà dare una mano per tutti i lavoretti da fare in casa.»

«Quali lavoretti?»

«Non lo so, quelli che dovessero capitare.»

«Tu si' pazzo non una, ma mille volte.»

«Basta, qua comando io! 'O cazone 'o port'io!»

Patrizia osservò i pantaloni di Tonino: beige a quadroni con righe bianche, e i bottoni della patta a vista.

«Toni', te prenoto 'na visita da uno pissichiatrico?»

«Sì, ma devi scegliere il migliore. Uno ca s'ha pigliato 'o Nobbèl. Accussì me spiega comme faccio a te suppurta'.»

All'idea di doversi trasferire, Enzuccio oppose un po' di resistenza: «Don Toni', mi lusingate, venire a vivere a casa vostra sarebbe un onore. Ma nun voglio da' fastidio».

«Enzu', o traslochi o non ti guardo più in faccia.»

«Allora trasloco.»

Tonino incaricò una squadretta di operai di costruire il bilocale in tempi rapidi. Piccolo soggiorno con angolo cottura, stanza da letto, bagno e ripostiglio. Non chiese permessi né autorizzazioni. Nessuno venne a controllare. Nessuno dei vicini protestò.

Tra i mugugni di Patrizia e le imprecazioni di Assunta, infastidite dall'andirivieni degli operai e dai rumori di trapani, martelli e sciamarri, i lavori durarono due settimane. Fu lo stesso Enzuccio a dirigerli. «A regola d'arte», come gli avevano insegnato i *masti* da cui era stato a servizio.

Olga diede una mano nella rimozione giornaliera dei detriti e partecipò alle operazioni di tinteggiatura. Enzuccio le era simpatico da sempre, e la prospettiva di averlo come dirimpettaio la rendeva felice. Nei momenti liberi, dopo aver concluso tutte le faccende domestiche in casa Esposito, avrebbe finalmente avuto qualcuno con cui parlare.

Il cinque aprile, con la stessa emozione del fortunato che parte per una vacanza premio a Honolulu, Enzuccio si trasferì nella nuova dimora. Da via Santa Maria Antesaecula portò poche cose: le stoviglie, un comodino, qualche capo di biancheria, tre quadretti. E il cofanetto di legno in cui sua madre teneva conservate le foto di famiglia, alcune coppie di orecchini, un paio di collane e un anello ereditato da una bisavola.

Quando chiuse la porta del basso, gli venne in mente l'ultima volta che aveva visto suo padre Carmine, con la divisa di fognatore del Comune e il viso scavato dalla fatica.

Tonino provvide ad arredare l'appartamentino e a dotarlo degli elettrodomestici necessari. Comprò anche un letto matrimoniale con materassi in poliuretano espanso.

«M'hanno detto che so' comodi non solo per dormirci, ma pure per farci il bunga bunga» disse a Enzuccio. «Se ti porti a casa 'na guagliona, sai come ti diverti! Però nun facite troppo casino e nun alluccate, se no mia suocera vi caccia con la mazza.»

La sua prima sera da «inquilino non pagante» degli Esposito, Enzuccio la passò in compagnia di Olga. Per festeggiare l'evento, la domestica portò uno spumante e degli stuzzichini. Scherzarono, si raccontarono episodi delle loro vite, risero. Di un riso contenuto, pudico, a tratti amaro. Tra i due c'erano quasi vent'anni di differenza. Ad accomunarli era il loro passato, fatto di privazioni e tormenti.

«Tu sei mai stato felice?» chiese Olga.

«Qualche volta. Quando i miei fratelli e le mie sorelle si so' sposati. Quando so' nati i miei nipotini. Quando ero bambino e mia mamma la mattina mi preparava il latte bollente coi biscotti e poi mi accompagnava a scuola. Quando ho dato il primo bacio a 'na ragazza. Piccole cose. Sì, perché 'a felicità sta nei fatti semplici, genuini, non nelle situazioni complicate. 'A felicità è 'n'emozione forte ca t'acchiappa all'improvviso e ti fa stare così bene che non ti serve nient'altro. Te la senti dentro, e vorresti che non se ne andasse più. Invece a un certo punto se ne va, come quando il sole si va a nascondere dentro al mare. E come so' brutti quei momenti... Negli ultimi anni io e mammà abbiamo campato di stenti. Lei teneva 'na piccola pensioncina, e io ogni volta che guadagnavo qualcosa con qualche lavoretto, portavo tutti i soldi a lei. Lo so, ho fatto pure delle cose che non si devono fare, ma per necessità. E ho chiesto perdono al *Munacone*. Quando le consegnavo i miei guadagni, mammà si commuoveva e mi ringraziava. Io le dicevo: "Ma come, mi ringrazi? E io che dovrei fare con te, che mi stai dedicando tutta la vita tua?" 'Na volta si andò a fare 'na gita di un giorno a Monterotondo, con un gruppo di pensionati. Al ritorno, le domandai com'era andata. Lo sai che mi rispose? "Enzu', non ho fatto altro che pensare a te, tenevo paura che non ti sapevi cucinare e ti trovavo cchiù sciupato di quello che già sei." Tu capisci, Olga? Per fare 'na gita di un giorno, le era venuta la paura di trovarmi sciupato. Teneva nu core grande più del cielo. E proprio 'o core l'ha tradita.»

«Anche mia mamma morì per un attacco cardiaco» raccontò Olga. «Per i troppi dispiaceri che le dava mio padre. Ma ho vergogna a parlarne.»

«E perché? Sfogati. Parlare fa bene. Aiuta a liberarsi.»

Olga attese qualche secondo, prima di trovare la forza di raccontare ciò che non aveva mai rivelato a nessuno: «E va bene, voglio parlare. Sei un ragazzo buono, che ha sofferto molto. Puoi capirmi. E so che quanto sto per dirti resterà tra noi».

«Te lo giuro.»

«Mio padre maltrattava mia madre. Tutti i giorni. Si ubriacava, era un violento. Metteva le mani addosso a me e alle mie due sorelle, più piccole di me. Vivevamo in un paesino vicino Kiev, e la nostra vita era un terrore continuo. Quando tornava a casa dopo i suoi vagabondaggi da un'osteria all'altra, ci rinchiudevamo nelle nostre stanze e aspettavamo che gli passasse la furia. Rompeva oggetti, urlava, ci prendeva a parolacce. Dopo la morte di mia madre, lo denunciai. Arrivarono i poliziotti e se lo portarono via. Le mie sorelle erano minorenni, e furono trasferite in un istituto religioso. Io rimasi da sola, in quella casa in cui avevo visto e vissuto tante brutalità. Mi vennero l'ansia e l'insonnia, stavo per cadere in depressione. Grazie a un parente, mi misi in contatto con una persona che trovava lavoro a ragazze ucraine a Napoli. Era una specie di sensale. Dopo pochi giorni mi disse che potevo partire. Abbandonai tutto. Gli studi, i ricordi, gli incubi. Il viaggio fu allucinante, a bordo di un autobus tutto scassato. Arrivai qui impaurita, confusa, e gli Esposito mi accolsero come baby-sitter. Tina era nata da poco. Quando si fece grandicella, la signora Patrizia e il signor Tonino mi chiesero di restare come domestica e donna delle pulizie, e io accettai. Mi hanno sempre trattato abbastanza bene e mi hanno pure messa a posto, con un contratto regolare. È una famiglia un poco eccentrica, ma meglio questa che un'altra in cui magari ti sfruttano e ti umiliano. Bisogna accontentarsi. Come hai detto tu, la felicità sta nei fatti semplici. E io un poco di felicità me la sono guadagnata.»

«E te la meriti tutta, Olga. Delle tue sorelle hai più avuto notizie?»

«Stanno bene, per fortuna. Si sono sposate con dei bravi uomini e hanno delle belle famiglie.»

«Mi fa piacere. Ti auguro di avere dalla vita tutto quello che desideri.»

«Grazie. Tutto può succedere, non mi faccio illusioni. Un fatto però è certo: qui mi trovo a mio agio. Napoli mi ha dato la possibilità di dimenticare. Questa città ha tanti difetti, ma io ne sono innamorata. E non la lascerò mai.»

Come primo atto di riconoscenza per l'ospitalità ricevuta, Enzuccio si rese disponibile a installare un nuovo programma di navigazione sull'auto ammiraglia di casa Esposito, un SUV Yeti di colore nero.

«Nun se ne parla nemmeno!» si oppose Tonino. «Già l'anno passato m'hai messo sulla macchina un navigatore che mi mandava fuori strada e mi sfotteva pure. Mo' vulesseme fa' 'o bis?»

«Don Toni', credetemi, questo è proprio speciale» assicurò Enzuccio. «È nu prodotto appena sfornato. A Napoli ce l'avranno solo due o tre persone.»

«E che specialità tiene?»

«Si chiama *Ipnotica, 'a navigatrice erotica.*»

Pur ostentando una certa fermezza, Tonino si incuriosì: «Spiegati meglio».

Gesticolando, Enzuccio spiegò: «Voi accendete questa *Ipno-*

tica, le dite dove volete andare, e una voce arrapante da femmina vi guida fino a destinazione. È 'na cosa mai vista e mai sentita. Provatela, e poi mi dite».

L'aggettivo *arrapante* risvegliò una combriccola di ormoni lascivi residenti nel corpo di Tonino: «Va buo', montala, 'sta navigatrice. Sperando che non mi fai fare un'altra figura di merda».

Le ultime parole famose.

Enzuccio installò il software e Tonino, con propositi maliziosi e sadici, decise di sperimentarlo in occasione del trasbordo dalla Sanità a Frattamaggiore di un'anziana cugina di Assunta, suor Penitenza, appartenente all'ordine delle Castiganti e nota nel suo convento come *Collera Divina*. La monaca s'era fatta accompagnare a casa dei genitori di Patrizia, e poiché la visita era durata più del previsto, aveva chiesto un passaggio per il rientro: «Così non disturbo le mie consorelle. È una giornata piovosa, s'è fatto buio, e ho paura che si spaventino a venire da Frattamaggiore a qua».

Tonino, che la detestava al pari della suocera, s'era offerto volontario: «A disposizione, suor Penite', vi servo io».

Detto, fatto.

Per i primi chilometri, il viaggio fu regolare. La religiosa tirò fuori un rosario e si mise a pregare a bassa voce. Una nenia spezzata da fischi asmatici e impressionanti colpi di tosse. *Collera Divina* sembrava la sosia brutta di Sondra Locke nel film *Un rantolo nel buio*.

Sulla Circumvallazione Esterna di Napoli iniziò la catastrofe. Con un risolino cinico, Tonino accese il gps e lanciò il comando vocale: «Convento delle Suore Castiganti, Frattamaggiore».

Il software caricato da Enzuccio entrò in funzione. Nell'abitacolo si udì una voce femminile libidinosa: «Oh sì, mio bel maschione, sì sì sì! Ora ti porterò dove tu vuoi. Tra ottocento metri troverai un incrocio. Infila la prima a destra. Infilala bene, con delicatezza, poi dai un bel colpetto sull'acceleratore, che mi piace tanto, sì sì sì! Se la strada è bagnata, non frenare. Lasciati scivolare. Chiudi gli occhi e spingi, spingi ancora di più sull'acceleratore. Sì, spingi spingi spingi, come stai facendo adesso. Sei bravo, ci sai proprio fare. Sei un mandrillone, mmmh...».

Suor Penitenza interruppe le preghiere della sera: «Tonino, di chi è questa voce peccaminosa?».

«Non lo so, è la radio, sarà qualche trasmissione per depravati. Continuate a dire la supplica, suor Penite', non pensate alla voce.»

All'incrocio, la navigatrice riprese a parlare: «Oh, che goduria, come scivola bene il tuo mezzo. E che mani che hai: come accarezzi tu il volante, non lo accarezza nessuno. Prosegui dritto. Al primo semaforo, se c'è la luce rossa, fermati e pensa alle cose più porche che ti vengono in mente. Poi imbocca la strada a sinistra. Sì, imboccala. Dolcemente, poi con forza».

Il respiro affannoso di suor Penitenza si fece più pesante.

Tonino sudò copiosamente.

Ipnotica proseguì il suo amplesso automobilistico: «Tra poco sarai vicino alla meta. Mi raccomando, stringi bene tra le mani la leva del cambio. Devi avere sempre la marcia giusta».

Ammaliato, Tonino eseguì.

Suor Penitenza emise un crepitio.

«Ora dai un'ultima botta. Forte forte forte. Fammi impazzire, sì sì sì!»

Suor Penitenza frustò Tonino col rosario: «Che indecenza, che schifo! Spegni subito questo strumento diabolico!».

«Suor Penite', ma è 'na cosa scherzosa.»

«Spegnilo, o finirai tra le fiamme dell'inferno!»

Tonino si ricordò della legge del contrappasso e premette

il pulsante di arresto della navigatrice, che gradì molto: «Che fai, porcellino, mi tocchi? Che belle dita che hai. Come pigi bene…».

Riparandosi dalle sacre frustate di *Collera Divina*, Tonino continuò a pigiare. *Ipnotica* apprezzò: «Wow, sei bravissimo! Sfiorami, accarezzami, palpami. Trova il mio punto G. Fammi godeeereee!».

Suor Penitenza pronunciò alcune formule esorcistiche ispirate ai testi di san Cipriano martire.

Tonino cominciò a colpire selvaggiamente *Ipnotica*, che reagì come ogni navigatrice erotica deve reagire: «Sì, picchiami, prendimi a schiaffi, sbattimi, fammi male, sì sì sì!».

Mentre suor Penitenza strabuzzava gli occhi ed espelleva dalla bocca un liquido verdognolo, Tonino fermò il SUV e prese a tirare calci alla navigatrice.

Sulla pedata più violenta, *Ipnotica* fece partire un suono di campane a festa e raggiunse l'orgasmo: «Aaaaaah, sìììììì! Sei uno stallone, sìììììì!».

V

NAPOLI MIA BELLA NAPOLI

Presenti totali: dodici.

Aventi diritto al voto: sette. Assunta, Enzuccio, Gaetano, Manuela, Olga, Patrizia e Tonino.

Non aventi diritto al voto in quanto minorenni: due. Genny e Tina.

Non aventi diritto al voto in quanto non appartenenti al genere umano: tre. Ivana, Giggetto e Sansone.

Sede della riunione: la sala da pranzo di casa Esposito.

Unico punto all'ordine del giorno: *Tonino vuole candidarsi alle elezioni comunali del quindici e sedici maggio. Perché?*

Come membro anziano della famiglia, Gaetano si autoproclamò presidente dell'assemblea, occupò il posto a capotavola e diede inizio al dibattito dando la parola al genero: «Tonino, vai con la relazione introduttiva».

Tonino si alzò, tirò dentro la pancia e spiegò in premessa: «Come sapete tutti, tra nu mese a Napoli ci saranno le elezioni».

Senza staccare gli occhi e le dita dal Game Boy con cui stava giocando, Genny domandò: «Papà, che so' le elezioni?».

Intervenne Manuela: «Tesoro, sono un sistema con cui i cittadini scelgono, mediante il voto, i loro rappresentanti all'interno delle istituzioni».

«Ah…» fece Genny, senza aver capito.

«Tonino, prosegui» invitò Gaetano.

«A Napoli tra nu mese ci saranno le elezioni.»

«Questo l'abbiamo sentito, jamme annanze» sollecitò Patrizia.

«Si me facite parla' e non m'interrompete ogni tre secondi, forse ci riesco.»

Gaetano ripristinò l'ordine: «Statevi un poco zitti tutti quanti, se no facciamo notte. Toni', vai avanti».

«Ci sarebbe la possibilità che io mi candidassi a consigliere comunale. Me l'hanno chiesto degli amici che hanno fatto 'na lista civica che si chiama *Napoli mia bella Napoli…*»

«… mai più ti rivedrò, oh oh oh, oh oh oh!» cantò Assunta rievocando il ritornello della canzone *Ninì Tirabusciò*.

Gaetano diede un pugno sul tavolo: «E cacchiarola, Assu', mo' ti metti pure tu?!».

Tonino si accasciò: «Basta, nun voglio dicere cchiù niente».

«Il prossimo che interviene senza criterio, lo caccio dall'aula!» minacciò Gaetano. «Toni', riprendi a parlare.»

Con misurata lentezza, Tonino si rimise in piedi: «Vi stavo dicendo che mi hanno offerto di candidarmi in una lista civica. Ovviamente, essendo 'na decisione importante per me e per tutta la nostra famiglia, aggie vuluto convoca' 'sta riunione per conoscere la vostra opinione e sapere se siete d'accordo. Io attualmente non tengo un lavoro, e se riesco a essere eletto mi sistemo almeno per quattro anni».

«Che cosa si propone questa lista civica?» chiese Gaetano. «Dove si colloca: a destra, a sinistra o al centro? Chi l'ha creata?»

Tonino assunse il tono del ministro chiamato a rispondere a un'interrogazione parlamentare: «*Napoli mia bella Napoli* non si colloca da nessuna parte. Sta dappertutto. Dentro ci stanno persone che vogliono bene alla nostra città e che la vogliono migliorare. 'E fondatori so' Tummasino *'a Ricotta* e Furtunato *'o Filtro*».

«Aheeeeee!» fece Patrizia roteando una mano. «Bella chiavica tutti e due: nu ricuttaro e nu contrabbandiere 'e sigarette! E questi vorrebbero migliorare Napoli?»

«Che cos'è un *ricuttaro*?» domandò Genny.

Gaetano lo stoppò: «Silenzio!».

«Tummasino è incensurato e Furtunato ha scontato i suoi problemi con la giustizia» affermò Tonino. «A me sembra ca tengono buone intenzioni.»

«Sempre 'na chiavica sono!» replicò Patrizia.

Gaetano cercò di riportare la discussione sui binari della dialettica democratica: «In politica le persone si giudicano dai fatti. Toni', qual è il tuo programma elettorale?».

«Essere eletto.»

«Su questo non ci piove. Ogni candidato vorrebbe essere eletto, a meno che non si mette in lista per fare da riempitivo. Volevo dire: che cosa ti proponi di fare per Napoli? Quali sono i tuoi progetti di governo?»

«Vorrei che si facesse un'altra volta, ogni anno, una grande festa per il *Munacone*.»

«Tutto qui?» si meravigliò Gaetano. «La festa per san Vincenzo Ferrer è importante, ma Napoli tiene tanti problemi. 'A disoccupazione, 'a munnezza, 'e strade scassate, 'a delinquenza. Tu che pensi di fare?»

«Di risolvere questi problemi.»

«Come?»

«Non lo so. Poi ci penso.»

«Toni', ma sei convinto di quello che fai?»

«Sì. E vulesse sape' tutti quanti voi che ne pensate.»

«Per quanto mi riguarda, ho qualche perplessità» dichiarò

Gaetano. «Sulla carta, 'a politica è una delle più grandi invenzioni dell'umanità. Nella pratica, è diventata 'na cosa sporca, nu malaffare. Troppi imbrogli, troppi interessi e intrallazzi, e non si risolve mai niente. Oltre a questo, io penso che tu non ci sei portato. Oggi 'a politica è fatta per gli squali, e tu al massimo sei un cefalo. Rischi di farti divorare.»

«Esattamente!» proruppe Patrizia. «Toni', amore mio *caro caro caro*, tu continui a vule' fa' cose superiori alle tue possibilità. 'O vuo' capi' che tieni un'età, una famiglia, delle responsabilità? Quanne 'a mietti 'a capa a posto? Io spesso e volentieri cerco di venirti incontro per non darti dispiacere e perché ti voglio bene. Ma in certi momenti te facesse 'na faccia di schiaffi!»

Tonino si rimise a sedere. Con il viso cereo.

«Patri', non t'agitare, che sei incinta e non puoi pigliarti collera» invitò Gaetano. «Sentiamo gli altri. Assu', dici la tua.»

«A me di quello che fa Tonino nun me ne 'mporta granché» dichiarò Assunta destandosi dal torpore. «Vo' fa' 'o politico? Facesse 'o politico. Vo' fa' 'o ricuttaro? Facesse 'o ricuttaro.»

«Chi ha detto ca voglio fa' 'o ricuttaro?» contestò Tonino.

Patrizia sghignazzò.

«Assu', continua a dormire, che hai perso il filo del discorso» tagliò corto Gaetano. «Passiamo appresso. Signora Manuela, volete dire il vostro pensiero?»

La mamma di Tonino, riservata per natura, si sentì imbarazzata a esprimere il suo parere: «L'argomento è delicato, e richiederebbe una riflessione più approfondita e pacata».

«Mammà, non c'è tempo» fece Tonino. «Entro domani devo dare 'na risposta, perché scade il termine per presentare le candidature.»

«Pazienza, allora» riprese Manuela. «Tonino, io non ti ho mai impedito di fare nulla. Neanche quando hai compiuto delle scelte discutibili. E non lo farò ora. La libertà di ogni individuo è per me fondamentale, e va sempre rispettata. Se hai deciso di candidarti, mi auguro che ci abbia pensato a lungo, tenendo conto di tutte le possibili conseguenze. La politica non è una materia facile da trattare, quindi mi sento in dovere di consigliarti di stare attento. Almeno questo concedimelo. Da tempo io soffro molto, anche se non lo do a vedere. I motivi li conoscete, e non mi va di ripeterli in questo momento, davanti ai ragazzi. La nostra famiglia vive da anni una situazione di grande apprensione e delicatezza, e non vorrei che accadessero altri eventi irreparabili. Ne morirei. Ora scusatemi, voglio stare un po' da sola.»

Con gli occhi lucidi, Manuela lasciò la stanza.

«Posso andare anch'io?» chiese Olga. «Penso che la signora Manuela abbia bisogno di conforto.»

«Vai» concesse Patrizia.

«Sospendiamo la seduta?» propose Gaetano.

«No» obiettò Tonino. «Concludiamo.»

«La parola a Enzuccio» fece Gaetano.

Ancora impaurito e intimidito per una terribile sfuriata subita da Tonino dopo l'episodio della navigatrice erotica, Enzuccio decise di restare allineato e coperto: «Sono d'accordo con la decisione che ha preso don Tonino».

«Bene» disse Gaetano, che in realtà stava pensando al pessimo andamento della discussione. «Restano Tina e Genny, che possono dire la loro ma non hanno diritto di voto.»

«Non mi sembra giusto che io non possa partecipare al voto ma mi adeguo alle regole» attaccò Tina. «Prima di parlare, vorrei che Genny andasse fuori. Devo dire delle cose che lui non può sentire.»

«Io non mi muovo da qua!» si ribellò Genny.

«*Tesoruccio*, esci» cinguettò Patrizia.

«No, mammà, non voglio uscire.»

«Ti ho detto esci!» gridò la padrona di casa.

Sansone e Ivana nascosero le teste dietro un sasso del terrario. Giggetto il coniglio filò verso il corridoio.

«Quando mi faccio grande, vi faccio vedere io!» disse Genny uscendo.

Tina aspettò che il fratello raggiungesse la sua cameretta, poi ricominciò: «So che la mia opinione può avere per voi poco valore, perché mi considerate ancora una bambina. Quindi non mi perdo in tante chiacchiere. Voglio fare solo una domanda. Papà, questa lista civica in cui dovresti candidarti è per caso controllata dal boss Pietro De Luca?».

Il gelo.

Tonino abbassò lo sguardo.

Enzuccio e Patrizia si sentirono inaridire la gola.

Gaetano iniziò a tamburellare con le dita sul tavolo.

Assunta masticò l'aria.

Le due iguane smisero di respirare.

«Papà, ti ho fatto una domanda.»

Tonino non diede segni di vita.

«Ho capito» fece Tina guardando il padre con fierezza. «Il tuo silenzio parla più di mille risposte. Ho saputo quello che volevo sapere. La mia presenza qua è inutile. Me ne vado sopra da nonna e da Olga.»

Nessuno ebbe il coraggio di osservarla mentre andava via.

Toccò di nuovo a Gaetano spezzare la tensione: «Ognuno ha detto quello che doveva dire. Siamo rimasti in cinque. Passiamo alle votazioni e non se ne parla più, ca me so' scucciato. Chi è favorevole alla candidatura di Tonino alle elezioni comunali, alzi la mano».

Tonino e Enzuccio eseguirono.

«Chi è contrario?»

Ivana e Sansone rizzarono le code.

Patrizia alzò entrambe le braccia, poi si toccò il pancione: «Dico no, no e no! Anche pensando a quello che ci ho qua dentro».

«Io mi astengo» annunziò Gaetano. «Assu', tu che fai?»

«Quello che fai tu.»

«Quindi ti astieni?»

«Boh! Vota tu pe' me.»

Gaetano perse la pazienza: «E porca miseria, Assu', non posso votare al posto tuo! Dicci quello che vuoi fare: voti a favore, voti contro o ti astieni?».

«Parlando con decenza, devo andare in bagno» rispose Assunta alzandosi. «Con permesso.» E uscì.

Gaetano tirò le somme: «Votanti virtuali sette. Votanti effettivi quattro, perché tre membri dell'assemblea hanno abbandonato l'aula. Uditori non votanti due, di cui uno espulso. Voti favorevoli due. Voti contrari uno. Astenuti uno. Il signor Tonino Esposito, *se proprio vuole*, ha facoltà di candidarsi alle elezioni comunali che si terranno a Napoli il mese prossimo. La seduta è sciolta».

Tonino accennò un sorrisetto di circostanza.

Fu una campagna elettorale senza esclusione di colpi, e Tonino se ne beccò parecchi. Da destra, da sinistra e dal centro. Colpi bassi, a tradimento, provenienti soprattutto dai candidati della sua stessa lista. Persone a due facce: una solidale e sorridente, l'altra ingannevole e truffatrice.

I gruppi politici in competizione erano più di trenta, gli aspiranti consiglieri quasi duemila, e gli scranni disponibili nella

Sala dei Baroni solo quarantotto. Ogni elettore conquistato poteva fare la differenza, e molti candidati non andarono tanto per il sottile.

'O Tarramoto mise in campo tutto il suo stato maggiore e una milizia di galoppini. Portare uno dei suoi in consiglio comunale avrebbe significato poter entrare in una delle istituzioni più importanti di Napoli, controllare dall'interno molte decisioni amministrative e cercare di incidere sulle sorti della città. Il boss mise a disposizione di Tummasino *'a Ricotta* e Furtunato *'o Filtro* una forte somma di denaro in contanti, da impiegare per tutte le spese della campagna e per la compravendita dei voti. Ogni elettore corrotto avrebbe poi dovuto dimostrare di aver scelto *Napoli mia bella Napoli* con una foto della scheda di votazione, scattata col telefonino nella cabina elettorale. Chi non possedeva un cellulare dotato di fotocamera, era tenuto a farselo prestare.

Tonino adottò il tradizionale metodo del «porta a porta» e si diede molto da fare. Si fece stampare diecimila bigliettini col suo nome e cognome e con il simbolo della lista: un arco teso, armato con una freccia pronta a essere scoccata verso il golfo di Napoli. Andò a fare visita a conoscenti, amici e parenti fino al dodicesimo grado, nei posti più disparati di Napoli: da Ponticelli a Bagnoli, da Forcella a Secondigliano. Macinò chilometri su chilometri. A piedi, con lo scooter, con i mezzi pubblici. Sotto la pioggia, col sole, di mattina, di pomeriggio, fino a tarda sera. Spesso da solo, qualche volta con Enzuccio. Ovunque fu ricevuto con gentilezze e cordialità. Tutti gli promisero che lo avrebbero votato: «Senz'altro, Toni', ci puoi contare. Se non votiamo a te che sei un bravo guaglione, chi votiamo?». Una pacca sulla spalla e via.

Padre Francesco fu l'unico a dirgli di no. Ai primi di maggio

Tonino andò a trovarlo in basilica e gli chiese il voto. Il parroco fu cortese ma irremovibile: «L'abito talare che indosso mi obbliga a essere sincero. Non ti voterò».

«Perché, don France'?»

«Perché la tua lista nasconde interessi illegali. E tu lo sai.»

«Ma io ho buone intenzioni.»

«Se avevi buone intenzioni, ti candidavi in una lista *pulita*, fatta di persone oneste. Invece hai scelto una soluzione che ti fa comodo. Con De Luca ti senti protetto, ma la tua è una percezione effimera. Ti sei infilato in una trappola, Toni'. Ti stai facendo ingannare. E stai trascurando Tina, che sta vivendo un periodo difficile della sua adolescenza.»

«È venuta a parlarvi?»

«Sì.»

«Che vi ha detto?»

«Puoi immaginarlo.»

«Io le voglio un sacco di bene. So' fiero di tenere una figlia così.»

«Fiero? Non basta dirlo, lo devi dimostrare. Se continui a commettere errori su errori, la perderai per sempre.»

Gli ultimi giorni della campagna elettorale furono frenetici. La città era tappezzata di manifesti con le foto e gli slogan di candidati ritratti in pose finte. Ce n'era persino uno vestito da cowboy che annunciava: «Votatemi, e Napoli non sarà più un Far West!».

Per le strade svolazzavano migliaia di fac-simili delle schede di votazione. Ogni quartiere brulicava di riunioni, convegni, patti, giuramenti. Le radio trasmettevano spot politici a gogò. Sulle tv locali andavano in onda a tutte le ore, fino alla nausea, tribune politiche e talk show sulle tematiche più improbabili:

Napule è 'na carta sporca e nisciuno se ne 'mporta; *'O sole mio e il turismo come volani per lo sviluppo*; *Scurdammece 'o passato e pensamme all'abitato.*

Tonino partecipò a una di queste trasmissioni, in diretta dagli studi di Tele Patìa. Più che studi televisivi, erano i locali di Saverio De Bonis, psicanalista col pallino per la tivù, che di giorno faceva stendere su un divano i suoi clienti e di sera utilizzava il divano stesso per farvi sedere, a pagamento, personaggi noti nel raggio di tre chilometri dal centro di Napoli. Facendo tutto da solo, senza cameraman né assistenti.

Argomento in discussione: *Altolà alla criminalità nella Sanità.*

«Signor Esposito, lei cosa pensa della malavita?» chiese De Bonis, in doppiopetto gessato e scarpe marroni con le punte bianche.

«La malavita c'è sempre stata e sempre ci sarà» rispose Tonino, che sfoggiava una felpa azzurra con la scritta *Forza Napoli.*

«Riusciremo a sconfiggerla?»

«Un tentativo va tentato, giusto per non avere scrupoli sulla coscienza.»

«Avverto un certo pessimismo nelle sue parole.»

«Non è pessimismo. È che dobbiamo pensare a risolvere altri problemi di Napoli: la disoccupazione, la monnezza, le strade scassate...»

De Bonis scavallò le gambe, si sporse in avanti e fissò l'obiettivo della telecamera, rivolgendosi ai ventitré telespettatori che in quel momento erano collegati con l'emittente: «Cari amici, ecco un uomo su cui puntare. Tonino Esposito, un candidato tutto d'un pezzo. Un temerario che vuole sciogliere i dilemmi che attanagliano la nostra città. Persone come lui sono preziose per la società, e noi abbiamo il dovere di sostenerle e valorizzarle. Ora cerchiamo di sapere qualcosa di più della sua vita, dei suoi interessi, dei suoi studi. Signor Esposito, lei è sposato, ha figli, è laureato?».

Emozionato e stressato, Tonino ebbe un giramento di testa: «Non mi ricordo…».

Lo psicanalista intervistatore capì che all'intervistato stava accadendo qualcosa di strano: «Che cos'ha? Non si sente bene?».

«Io sto benissimo, ma voi chi siete?»

«Il dottor Saverio De Bonis. Siamo in diretta su Tele Patìa.»

«Sì? E perché?»

«Perché io la sto intervistando. Lei è candidato alle elezioni comunali.»

«Non ci credo.»

«Come, non ci crede? Si ricorda almeno il suo nome?»

«Gennaro.»

«Ma che Gennaro! Lei si chiama Tonino.»

«No, Gennaro.»

«Insisto: lei si chiama Tonino di nome ed Esposito di cognome.»

Tonino gli diede uno spintone: «Ho detto Gennaro!».

I telespettatori passarono da ventitré a quarantacinque.

«Stia calmo» sussurrò De Bonis, che tornò a fissare la telecamera. «Amici, stiamo assistendo a un fatto raro. L'individuo qui presente sta avendo un black-out di memoria. Non ricorda più nulla di se stesso. È una perdita di memoria completa ma limitata nel tempo: tra poco si riprenderà. Si tratta di un fenomeno chiamato amnesia globale transitoria. Avviene in momenti di forte stanchezza. La durissima campagna elettorale ha spossato il soggetto in questione. È vero, signor Tonino?»

«Ma siete cretino? Mi chiamo Gennaro!»

Preoccupato per un'eventuale reazione violenta di Tonino,

De Bonis decise di chiudere la trasmissione, che intanto aveva raggiunto il picco di share: 0,001 per cento.

«Miei amati telespettatori, vi saluto per dedicarmi alla cure del signor Tonino...»

«Gennaro!»

«Gennaro, ok... Vi do appuntamento alla prossima puntata qui su Tele Patìa, la tivù che ogni malanno porta via. Tanti baci e arrivederci!»

Lo psicanalista premette un paio di pulsanti di un telecomando e mandò in onda una registrazione con le pubblicità di un gommista, di una cartoleria e di un tabaccaio. Poi si dedicò al suo paziente.

«Signor Esposito, si rilassi. Allunghi le gambe, si stenda sul divano.»

«Perché mi avete portato qua? Che mi volete fare? Siete cattivo!»

«Non l'ho portata io, ci è venuto lei di sua spontanea volontà.»

«Non me lo ricordo.»

«Tra qualche minuto se lo ricorderà.»

«Voi mi siete antipatico. E tenete delle scarpe brutte assai.»

«Ma lei si è guardato allo specchio?»

«Antipatico! Antipatico e brutto!»

«La smetta.»

«Non mi ricordo più niente.»

«Glielo faccio ricordare io. Le verrà in mente pure che mi deve trecento euro.»

«Per che cosa?»

«Per l'affitto dello studio e per la partecipazione alla trasmissione.»

«Cattivo e antipatico!»

«La faccia finita, signor Tonino.»

«Mi chiamo Gennaro!»

Ci vollero due ore e un potente sedativo per far tornare la memoria a Tonino, che versò a De Bonis i trecento euro pattuiti e tornò a casa con la testa annebbiata.

Di notte sognò di essere sbranato da Leone il cane fifone.

Pietro De Luca organizzò il comizio di chiusura dei candidati di *Napoli mia bella Napoli* per la sera del tredici maggio. In piazza Sanità, di fronte alla basilica del *Munacone*. Fece allestire un mega palco con un impianto audio-luci da paura e diede ordine a Ciruzzo e a Tatore di assistere il tecnico piazzato dietro un mixer mostruoso, simile a quelli usati dai Pink Floyd nelle loro tournée.

Con un cenno, alle ventuno *'o Tarramoto*, affacciato da un balcone, comandò l'apertura dello show. Le casse spararono *We are the champions* dei Queen sulla piazza gremita. Sul palco salì il presentatore Jimmy Caputo, ex frequentatore delle patrie galere, in completo bianco alla Tony Manero, accompagnato da due stangone bionde svestite come le bagnanti di Copacabana.

Gli spettatori, per l'ottanta per cento di sesso maschile, mostrarono la loro gratitudine con scurrilità di pregevole livello culturale.

Caputo illustrò il programma della serata, poi passò il microfono a Tummasino *'a Ricotta* e Furtunato *'o Filtro*, che narcotizzarono il pubblico per un'ora con due interventi sul ruolo del rione Sanità nel bacino del Mediterraneo.

A riportare in vita gli astanti ci pensò un corpo di ballo composto da una decina di danzatrici che eseguirono coreografie in cui spiccava molto di più il corpo che il ballo. Quando una di loro fece una spaccata mozzafiato, gli spettatori più anziani compresero cosa fosse un principio d'infarto.

«Stamme jenne alla grande!» mugghiò Tatore.

Ciruzzo frenò: «Le somme si tirano alla fine».

I discorsetti dei candidati di «seconda fascia» della lista furono applauditi da gruppetti di persone sparsi qua e là nella piazza. Ogni aspirante consigliere s'era portato dietro una *claque* di parenti e amici.

Vennero toccate materie di forte interesse pubblico: la necessità di istituire nel quartiere una Sagra della Zucchina alla Parmigiana; la formazione di un comitato per la raccolta di fondi a favore dei parcheggiatori abusivi senza lavoro; l'apertura di case di tolleranza nelle chiese sconsacrate napoletane.

Un candidato si inginocchiò sul palco e promise che in caso di elezione avrebbe offerto pizza con salsiccia e friarielli ai suoi votanti per un anno.

Un altro lanciò un'idea avveniristica: la costruzione di un aeroporto sulla collina di Posillipo, con una pista di decollo per i cacciabombardieri della NATO. «Perché a me mi piacciono i Top Can» spiegò.

A Tonino, che nell'attesa s'era fumato tre pacchetti di sigarette, fu concesso il microfono a un quarto d'ora dalla mezzanotte. Il boss De Luca lo aveva messo in scaletta per ultimo, con la speranza che sul tardi la piazza si sarebbe svuotata. Invece, fatta eccezione per i rappresentanti di un circolo di pensionati che avevano abbandonato anzitempo il comizio per un attacco collettivo di reumatismi, tutti erano rimasti ai loro posti.

«Amici, compaesani, cittadini della Sanità, popolo di Napoli, salute a voi!» arringò Tonino, con le gambe traballanti e le vene del collo gonfie come zampogne. «Tutti sapete chi sono, quindi è inutile che ve lo ricordo. Tutti sapete che mi sono candidato per diventare consigliere comunale, quindi è inutile che vi chiedo di votarmi. Già sapete quello che dovete fare e so che lo farete. Se non lo farete, guai a voi!»

Dalla folla partì qualche fischio. Sul palco atterrò un fascio di lattuga.

«Vorrei dirvi tante cose, ma mo' non mi viene in mente niente» continuò Tonino. «Però, visto che tengo due minuti a disposizione, vi racconto 'na barzelletta adatta alla serata. 'Na signora va dal medico tutta agitata: "Dotto', aiutatemi, mio figlio s'è ingoiato 'na moneta da dieci centesimi! Che dite, si salverà?". E il medico risponde: "Signo', state tranquilla, in Italia i politici si so' mangiati i miliardi e so' ancora vivi tutti quanti!"... Ah ah ah! Bella, no?»

Nessuno rise.

'O Tarramoto si ritirò dal balcone.

Tatore e Ciruzzo si guardarono interdetti.

«Visto che v'è piaciuta, ve ne racconto un'altra» insisté Tonino. «Sopra a un aereo ci stanno un americano, un inglese e un napoletano. Per perdere un poco di tempo, decidono di fare 'na scommessa: chi indovina dove stanno, vince centomila euro. Inizia l'americano, che mette la mano fuori al finestrino e dice: "Stiamo a New York!". "E come hai fatto a indovinare?" domandano gli altri. "Ho toccato la Statua della Libertà." Viene il turno dell'inglese, che mette la mano fuori e dice: "Stiamo a Londra!". "E come hai indovinato?" "Ho toccato la regina Elisabetta." A questo punto 'o napulitano mette la mano fuori e dice: "Stiamo a Napoli!". "E come fai a saperlo?" "M'hanno arrubbato l'orologio!"... Eh eh eh! È vecchia ma fa sempre ridere, no?»

Sotto la spinta dell'irritazione, la piazza ondeggiò. Da più bocche partirono stringati solleciti e pacate considerazioni.

«Strunzo, vattenne!»

«Arretirati!»

«Va' a fatica'!»

Ciruzzo fece scattare il piano B: «Tatore, mettiamo fine a questo scempio. Vai con l'Inno di Mameli».

Mezarecchia passò un cd all'addetto al mixer e gli ordinò di farlo partire. Il tecnico prontamente eseguì. Inaspettatamente, i palazzi di piazza Sanità e la facciata della basilica fecero da cassa di risonanza per una hit ballabile del cantante neomelodico Geppo Gè: «Se tu tieni 'a bocca secca, puoi succhiarti un leccalecca. Se ti viene una caldana, puoi gustarti 'na banana. Succhia qua, gusta là, leccalecca e bananà!».

«Tatore, t'avevo detto l'Inno di Mameli!» sbraitò Ciruzzo.

«Ma che vuo', Ciru', io questo ho trovato. So' andato in un negozio di dischi e m'hanno detto che questo Mameli ultimamente nun ha pubblicato nisciuna canzone.»

Sconsolato, *'o Schiattamuorto* decise di abbandonare la trincea e di battere in ritirata.

Il presentatore Jimmy Caputo portò via dal palco Tonino, pietrificato davanti al microfono.

Il pubblico si diede alle danze: il primo esperimento di discoteca all'aperto nel rione Sanità.

La mattina dopo, nella villa al Moiariello, Tonino fu ricevuto d'urgenza da De Luca: «Toni', mo' m'he scassato proprio 'a minchia! Hai superato ogni limite possibile e immaginabile. Io spendo soldi su soldi p'organizza' 'na grande festa 'e chiusura d' 'a campagna elettorale, e tu te mietti a raccunta' 'e barzellette? Cose di questo genere non le avevo mai viste. E se nascessi un'altra volta, manco le vedrei. 'A gente ci riderà addosso per mesi!».

«Don Pie', io non ero mai salito su un palco per un comizio, e pensavo di fare 'na cosa buona…»

«'A cosa buona sai qual è? Che te ne staje a casa. Da oggi in poi sei agli arresti domiciliari!»

«Arresti domiciliari?»

«Eh, hai capito bene. Visto che sono io l'autorità che ti comanda, ti ordino di chiuderti in casa e di non uscire fino a quando non deciderò diversamente. E non cercare di fregarmi, perché Tatore ti verrà a fare dei controlli a sorpresa. Se non ti troverà in casa, faccio succedere 'o quarantotto!»

Rassegnato, Tonino chiese un'eccezione: «E domani che ci stanno le votazioni, posso uscire?».

«Mezz'ora d'aria. Il tempo di andare al seggio e tornare.»

«Grazie, don Pie', lo sapete quanto ci tengo. Almeno il voto mio me lo assicuro.»

Invece manco quello. Quando si ritrovò nella cabina elettorale con la scheda aperta e la matita in mano, Tonino ebbe un altro black-out di memoria. Tracciò una ics sul simbolo di *Napoli mia bella Napoli*, e nello spazio accanto, riservato al voto di preferenza, scrisse ESPOSITO GENNARO. La scheda fu poi annullata: nessuno dei candidati della lista si chiamava così.

Tonino in tutta Napoli racimolò cinquantuno preferenze. Nemmeno i suoi familiari stretti si recarono a votare. Dalla salita dei Principi gli arrivò solo il voto di Enzuccio.

Nonostante il disperato tentativo di recupero di De Luca, che durante le votazioni fece presidiare i seggi della Sanità dai suoi tirapiedi, *Napoli mia bella Napoli* non ottenne il quorum sufficiente per l'elezione a consigliere di uno dei suoi candidati.

Il boss scatenò una serie di piazzate che durarono tre giorni ed espulse dal clan *'o Ricuttaro* e *'o Filtro* a calci nel sedere, definendoli testualmente «incapaci, dilettanti e più coglioni di un ciuccio con la demenza senile».

Di nascosto, Patrizia stappò una bottiglia di spumante.

Tonino farneticò per una settimana.

VI

CHI NASCE TONDO POTREBBE ANCHE MORIRE QUADRATO

Sono impetuosi e passionali, i napoletani. Quando credono in qualcosa, ci mettono l'anima. Anche a costo di farsi male. Non c'è piacere grande che non sia preceduto da un grande dolore.

Sono romantici, i napoletani. Romantici e a tratti malinconici. Hanno un cuore immenso, come tutta la gente del Sud. Vivono di pensieri caldi, di soli estivi e lucenti primavere, di languori e ozi.

Maggio è uno dei loro mesi preferiti. Seducente, tiepido, mite. Nuovi profumi, la voglia di uscire per una passeggiata all'aperto, di fare i primi bagni di mare e trascorrere quiete serate, con il vento tra i capelli e un amore tra le braccia.

Tempo di tenerezze, di colori più accesi e fughe creative.

Tempo di *filoni* per gli studenti che si sono assicurati la promozione e di recuperi forsennati per quelli ancora incerti sulla sentenza dell'ultimo trimestre.

Tina a scuola non aveva mai destato preoccupazioni. Era al secondo anno del classico. Al «Vittorio Emanuele», il più antico liceo statale napoletano, fondato nell'Ottocento da Francesco Saverio de Sanctis e frequentato, nella sua storia, da docenti e studenti destinati a diventare personaggi illustri della cultura e delle scienze: Salvatore Di Giacomo, uno dei più grandi poeti partenopei; Giuseppe Mercalli, il sismologo ideatore della scala che misura l'intensità dei terremoti; Giuseppe Moscati, il medico dei poveri proclamato santo; Riccardo Muti, straordinario direttore d'orchestra. Un istituto scolastico pilastro della cultura cittadina.

Genny era in prima media. Dopo cinque anni di scuola elementare durante i quali aveva perfezionato gli studi in Casinismo Doloso, Tonino e Patrizia lo avevano iscritto alla «Walt Disney», nota in tutta Napoli per la severità dei suoi insegnanti. Qui *'o Piranha* sembrava essersi acquietato: condotta irreprensibile e sufficienza in tutte le materie, con voti alti soprattutto agli scritti. Una rivoluzione.

Furono dunque fulmini a ciel sereno le due telefonate che la mattina del ventiquattro maggio fecero vibrare il cordless di casa Esposito. La prima arrivò dal «Vittorio Emanuele», la seconda dalla «Walt Disney». Entrambe da allarme rosso: «Venite urgentemente a scuola, dobbiamo farvi delle comunicazioni molto riservate».

In tutti e due i casi rispose Patrizia, che subito chiamò a rapporto Tonino: «Hanno telefonato dal liceo di Tina e dalla scuola di Genny. Devi correre immediatamente».

Tonino era in bagno, sotto la doccia: «Pe' quali motivi?».

«Non me l'hanno voluto dire. Vai là e vedi.»

«Non posso.»

«Perché, che tieni da fare?»

«Niente, ma non posso lo stesso.»

«Toni', è 'na semmana che non esci da casa. Staje ancora a penza' alle elezioni?»

«No, le elezioni non ci azzeccano niente. Ormai so' acqua passata. Cioè... ci azzeccano, ma fino a un certo punto. Comunque, non posso.»

Patrizia spalancò con delicata violenza la porta della cabina doccia: «Io non ci posso andare, quindi muoviti e vai tu!».

Con gli occhi chiusi, ricoperto di schiuma, Tonino era intento a insaponarsi la schiena con una spugna incastrata sull'estremità di una stecca di plastica. Aprì leggermente le palpebre, e la prima cosa che vide fu il pancione della moglie. Enorme. Mancava un mese al parto. La gravidanza andava più che bene, ma Patrizia da qualche settimana si sentiva spossata, e aveva ridotto al minimo le uscite e le faccende domestiche. Ormai la governante assoluta era Olga. Ma l'ultima parola spettava sempre a lei: Patty Scognamiglio, la Rottenmeier di casa Esposito.

«Invece di fare sempre lo strologo, mi dici perché non potresti andare?»

«So' impedito.»

«T'è scesa 'a paposcia?»

«No. Sto agli arresti domiciliari.»

Patrizia si portò le mani al petto: «Uggesù! E che hai fatto? A chi hai ucciso? Quale giudice t'ha dato 'sta condanna?».

«Nessun giudice, nessuna condanna. E non ho ucciso a nessuno.»

«Toni', o parli chiaro o, quant'è vero Iddio, te faccio fa' 'a doccia 'nta tazza d' 'o cesso!»

Tonino buttò un occhio verso la tazza del water e vi si immaginò all'interno, piccolo piccolo, sotto uno scroscio d'acqua.

«Devo dirti tutto?»

«Tutto!»

«Pietro mi ha dato gli arresti domiciliari. Non posso uscire di casa senza il suo permesso. Ho fatto delle cazzate e mi ha punito.»

Patrizia guardò Tonino da capo a piedi. La barba incolta, i capelli radi, il corpo chiazzato di schiuma, un brillantino all'orecchio sinistro, un tatuaggio col viso di Maradona su un polpaccio e l'addome a forma di noce di cocco, sotto il quale penzolava un bastoncino che nei combattimenti corpo a corpo si trasformava in baionetta pugnace, mentre nelle lunghe pause tra una battaglia e l'altra sembrava un minuscolo pipistrello addormentato a testa in giù.

Lui, suo marito, figlio di un boss, era caduto così in disgrazia da farsi mettere agli arresti domiciliari da un criminale? Com'era possibile? Dov'era finito il ragazzo allegro, esuberante e gioviale che aveva conosciuto vent'anni prima? Scomparso, morto, sepolto sotto un cumulo di mediocrità.

«Mi fai senso, Toni'. So' tre anni che ti fai scamazzare da un camorristello fanfarone.»

«Pietro non è un camorristello. Pietro non perdona.»

«Overo? Se esci di casa che fa, ti spara?»

«Ha messo Tatore a controllarmi.»

«*Mezarecchia*?»

«Sì. E tu sai quanto è animale *Mezarecchia*.»

«Mi fai senso» ripeté Patrizia. «Tu e loro. Le bestie so' migliori di voi. E quando si fanno 'a doccia, so' pure cchiù interessanti da guardare. Statte accuorto alla schiuma: ti può consumare il pisellino.»

Tonino guardò verso il basso ma non riuscì a vedere il legume, perché era oscurato dalla noce di cocco.

Patrizia andò a chiedere aiuto al padre, che non si fece pregare e accettò subito l'incarico di recarsi al liceo di Tina e nella scuola media di Genny. Tuttavia, il rifiuto di Tonino sembrò a Gaetano un'astrusità.

«Nelle due scuole sicuramente mi chiederanno come mai non so' venuti i genitori e mi so' presentato io che sono il nonno. Tu sei incinta, e per te il motivo c'è. Ma per Tonino che dico?»

«Che è impedito» chiarì Patrizia.

«È impedito? Hanno parcheggiato davanti al garage? E ci va a piedi! Tuo marito è troppo mollicone.»

«Papà, che hai capito? Non ci *può* andare. Poi ti spiego.»

«Va buo', vado.»

Gaetano indossò un vestito celeste di lino, una camicia bianca di cotone e un papillon a righine bluette e grigio perla. Si diede un paio di spruzzate di Chaleur Parfum pour Homme, salutò Assunta e uscì. Era un bell'uomo. Sempre curato, signorile, brillante. Aveva quasi settant'anni, assomigliava al Vittorio De Sica di *Pane, amore e fantasia* e ancora faceva sospirare donne attempate e tenere fanciulle. Da giovane, prima di sposarsi, aveva fatto stragi di cuori in tutta Napoli. Ora era pensionato e poteva fregiarsi del titolo di Maestro Pasticciere. Per un trentennio la sua bottega alla Sanità, riconoscibile dall'insegna *Premiata Ditta Scognamiglio*, aveva attratto innumerevoli clienti, inebriati dagli aromi di sfogliatelle, babà al rum, pastiere, raffioli, zeppole, struffoli, choux e altre prelibatezze, servite da garzoni in grembiule rosso e con i copricapo a bustina. Se qualcuno gli chiedeva quale fosse il suo dolce preferito, lui rispondeva: «'A vita!».

Gaetano raggiunse via San Sebastiano, l'antica strada dei liutai, entrò nell'edificio che ospitava il liceo «Vittorio Emanuele» e chiese dell'ufficio di presidenza. Un bidello lo accompagnò dal dirigente scolastico in persona: il cinquantenne professor Carlo Gioielli, laureato in Lettere Classiche, specializzato in Archeologia e Storia dell'Arte Antica, profondo conoscitore della civiltà minoica e dei popoli micenei.

«Piacere, Gaetano Scognamiglio, sono il nonno di Tina Esposito, classe seconda C.»

«Lieto di conoscerla, si accomodi» fece Gioielli stringendogli la mano.

Sulla parete dietro la scrivania del professore c'erano un crocifisso, una foto del presidente della Repubblica e l'emblema del liceo, raffigurante il dio fluviale Acheloo, con il corpo taurino e la testa d'uomo. Una delle divinità zoomorfe più note della mitologia greca. Figlio di Oceano e di Teti, nonché padre dell'essere marino che aveva dato il nome al primo nucleo abitativo della città: la sirena Parthenope.

Gioielli formulò la domanda che Gaetano si aspettava: «Signor Scognamiglio, non glielo chiedo per sminuire il suo ruolo parentale, ma come mai è venuto lei al posto dei genitori di Tina?».

«Egregio professore, mia figlia, la mamma di Tina, sta per entrare nell'ultimo mese di gravidanza, mentre il marito oggi aveva un impedimento personale.»

«Capisco» disse Gioielli aprendo una cartellina. «Vengo subito al dunque. Ho deciso di far inoltrare una convocazione urgente su sollecito degli insegnanti di sua nipote, prima che la sua situazione scolastica precipiti definitivamente.»

Gaetano sentì salirsi il cuore in gola: «Voi che dite? Tina? Mia nipote Tina va male a scuola? Siete sicuro che stiamo parlando di lei?».

«Sì, purtroppo. Assunta Esposito, seconda C» confermò il professore. «Comprendo il suo sconcerto. Noi stessi, mi creda, siamo molto preoccupati per questa vicenda. Sua nipote è stata fino a poco tempo fa una studentessa modello. Un'eccellenza, un motivo di vanto e di orgoglio per il nostro liceo.»

«E poi che è successo?»

«Dire che Tina va male a scuola sarebbe un'imprecisione. La situazione è più complessa: Tina ha praticamente smesso di studiare. Da un paio di settimane fa scena muta in classe. Pensavamo che fosse un episodio passeggero, invece no. Con tatto e delicatezza, gli insegnanti hanno cercato di capire il perché di questo suo atteggiamento, l'hanno invitata ad aprirsi, a chiarire i motivi della sua passività. Lei è rimasta vaga, non ha voluto dare spiegazioni. Io stesso le ho parlato, stando ben attento a non turbarla. Non mi ha detto molto, ma ritengo che il suo rifiuto dello studio sia una forma di protesta, di ribellione. Una protesta non verso la nostra scuola, ma verso la sua famiglia. Durante il colloquio che ho avuto con lei, quando le ho chiesto dei suoi genitori, si è lasciata sfuggire alcune considerazioni molto dure, che ho qui trascritto nei miei appunti: "Di mio padre non voglio parlare, lo odio, non mi merita, mi ha rovinato la vita". Credo che sia qui il problema.»

«Lo penso anch'io» disse Gaetano, scioccato dalle rivelazioni del dirigente scolastico.

Gioielli fu leale e sincero: «Signor Scognamiglio, mi guardo bene dall'entrare nel merito di vicende che attengono alla sfera privata della sua famiglia. Ho voluto essere franco, per il bene di Tina».

«Avete fatto benissimo, e lo apprezzo infinitamente.»

«Noi continueremo a seguire la ragazza con la massima attenzione. Le saremo vicini e faremo il possibile per farle superare questo momento delicato. Non lasceremo nulla di intentato. Gli insegnanti sono già tutti allertati. In più, ho disposto che sua nipote venga affiancata da un tutor psicologo. È mio dovere, però, comunicarle che esiste il serio rischio di una bocciatura. Non manca molto, ormai, alla conclusione dell'anno scolastico, e se Tina non riuscirà a recuperare, purtroppo i giudizi sul suo profitto scolastico non potranno essere positivi. Io sono a sua disposizione, mi contatti quando vuole.

Uniamo gli sforzi, noi come scuola e voi come famiglia. Tina non va lasciata sola.»

«Grazie, professore, grazie infinite. Io da parte mia vi assicuro che farò la mia parte, parola d'onore. Tina è la mia prima nipote, e tra di noi c'è un affetto grandissimo. Adesso dove sta, in classe?»

«Sì.»

«La posso salutare?»

«Meglio di no. Agiamo con intelligenza e cautela. Tina non sa che abbiamo convocato la sua famiglia. Ma sarà mia premura farle sapere che suo nonno è venuto a parlare con me.»

«Avete ragione, meglio che non la vedo. Si potrebbe sentire mortificata.»

«Signor Scognamiglio, lei è un uomo saggio. E con la saggezza si aggiusta tutto.»

Gaetano uscì dal «Vittorio Emanuele» con la testa stracolma di pensieri. Per riprendersi, si sedette al tavolino di un bar in piazza Dante e ordinò un caffè e una graffa. La mattinata era calda, il cielo limpido. Nell'area pedonale c'era un andirivieni continuo di persone. Tra la statua dell'Alighieri e l'Emiciclo Carolino due squadre di ragazzini erano impegnate in una partitella di calcio di grande vigore agonistico. Talvolta i tiri colpivano i passanti, ma nessuno protestava. Alcuni si fermavano a guardare il match, poi andavano a curiosare tra le bancarelle dei libri usati, dove con pochi spiccioli si potevano acquistare romanzi, saggi, fumetti, riviste. E magari, con pazienza e fortuna, rintracciare il volume cercato per una vita.

Quando si sentì abbastanza riposato, Gaetano pagò il conto e si incamminò in direzione di via Pessina, verso la scuola di Genny.

"Chissà che ha combinato, quel fetentone" pensò. "Spero di non avere un altro brutto colpo." *'O Piranha* era capace di tutto.

La «Walt Disney» era in via Santa Teresa degli Scalzi, tra il Museo Archeologico Nazionale e il ponte della Sanità. Gaetano fu ricevuto dalla vicepreside, la signorina Veronica Abbondante. Abbondante di nome e di fatto, sia a poppa che a prua. Insegnava Italiano e Storia nella classe di Genny, e avendo scarse doti di diplomazia, presentò a Gaetano un antipasto freddo: «Suo nipote è un truffatore!».

Così, tanto per cominciare.

«Come?» fece Gaetano impallidendo.

«Suo nipote Gennaro Esposito detto Genny è un truffatore. Astuto e recidivo. E ha pure un complice.»

In pochi secondi a Gaetano passarono davanti agli occhi immagini drammatiche: lo sbarco in Normandia, l'invasione del Kuwait, un conflitto a fuoco tra poliziotti e rapinatori, l'esplosione della bomba atomica su Hiroshima, Genny portato via in manette.

«Professoressa, mi potete spiegare meglio, per favore?»

«Insieme a un suo compagno di classe, suo nipote ha raggirato tutti noi insegnanti per l'intero anno scolastico. In combutta tra loro, hanno agito come due attori del crimine. Finché li abbiamo scoperti e fatti confessare. Meriterebbero la forca!»

Gaetano si passò un fazzoletto sulla fronte sudata: «Addirittura? E che hanno fatto?».

«Genny e il suo compagno, Davide Iannaccone, sono uguali come due gocce d'acqua. Guardi, guardi qui...»

La professoressa mostrò a Gaetano le foto segnaletiche dei due baby malviventi. Genny e Davide erano identici. Gli stessi lineamenti, i visi paffuti, lo stesso taglio di capelli, con le creste gelatinate a dividere a metà le loro capocce.

«Sono l'uno il sosia dell'altro!» ammise Gaetano.

«Sfruttando questa straordinaria somiglianza, si sono scambiati i ruoli per mettere in atto il loro piano delinquenziale. Davide va benissimo a scuola, Genny no. E per prendere buoni voti, suo nipote ha corrotto e sfruttato il compagno. Quando Genny veniva chiamato per un'interrogazione, al posto suo ci andava Davide. Stessa tecnica per i compiti in classe: Davide li faceva anche per Genny. In cambio di denaro.»

«Denaro?»

«Sì. Davide riceveva da suo nipote dieci euro a settimana.»

«I soldi della paghetta che gli dà mia figlia ogni lunedì...»

«Più alcuni *bonus*: merendine, tavolette di cioccolato, bibite.»

«Lo trattava bene, a Iannaccone.»

La Abbondante avvicinò a Gaetano il suo parapetto anteriore, ampio quanto un terrazzino: «Non scherzi, questa storia è gravissima, e prenderemo provvedimenti molto, molto severi».

«Cosa farete?» domandò Gaetano asciugandosi il collo con il fazzoletto.

«Li espulliremo dalla scuola.»

«Eh? Li *espullirete*?»

«Sì, li espulliremo.»

«Professoressa, ma come parlate? Si dice *li espelleremo.*»

La vicepreside, in bilico sul filo del dizionario, tentennò: «Sicuro?».

«Sicurissimo! Ma voi che materie insegnate?»

«Italiano e Storia.»

«Alla faccia! E come pretendete di far imparare la grammatica e la sintassi agli alunni, se manco conoscete la coniugazione dei verbi?»

«Non si permetta.»

«Mi permetto sì! Qual è il passato remoto di *nuocere*?»

Presa dalla tensione, la professoressa sentì indurirsi il suo paraurti posteriore extra large e diede un'altra risposta sbagliata: «*Nuocetti*».

«Jamme bbuono! La forma esatta è *nocqui*! Figuriamoci in Storia, come state combinata. Dove fu eletto papa Bonifacio VIII?»

«Cos'è, un esame?»

«Non divagate, rispondetemi.»

«Fu eletto a Roma. Dove, se no?»

«Sbagliato: fu eletto qui a Napoli! Nel Maschio Angioino. Come successore di Celestino V, il papa del *gran rifiuto*.»

In storia locale Gaetano era un fenomeno. Tutto imparato da solo, da autodidatta. L'impreparazione della Abbondante gli fece venire un'idea furba, che avrebbe potuto parare i fondelli a Genny e a Iannaccone: «Facciamo così: io non racconto a nessuno della vostra ignoranza, e voi perdonate Genny e Davide. Poi mi occupo io di dare la giusta punizione a mio nipote».

«Questo è un ricatto!» obiettò la vicepreside.

«No, no, non sono proprio il tipo» disse Gaetano con placidità. «È solo un modo per non dare un castigo troppo duro ai due ragazzi. Hanno sbagliato, questo è fuori discussione, e devono essere corretti. Ma buttarli fuori dalla scuola significherebbe rovinare il loro futuro scolastico. Una condanna esagerata. Allora, che ne pensate?»

«Penso che lei sia un gran furbone. Ma mi è simpatico, quindi accetto la proposta, che mi sembra ragionevole. Ha per caso un fazzolettino di carta? Ho fatto una sudata anch'io...»

Appena uscito dalla «Walt Disney», Gaetano andò a prendersi un altro caffè. Corretto con la sambuca.

“E che giornata che è schiarata!” pensò. “Mo’ devo vedere come sciogliere ’ste due situazioni, senza far succedere casini. È tosta, ’a vita d’ ’o nonno!”

Piano piano, rimuginando sul da farsi, se ne tornò a casa.

Si confidò con Sansone e Ivana. Le due iguane ascoltarono il suo racconto, poi intrecciarono le code e gli diedero il loro assenso ad agire.

Con Patrizia e Tonino fu evasivo: «Niente di particolare. ’O liceo m’hanno detto che Tina va talmente bene che potrebbe chiedere ’na borsa di studio, e volevano il nostro consenso. A scuola di Genny m’hanno informato ca ’o guaglione sarà promosso, ma quest’estate dobbiamo metterlo a dieta, perché è chiattulillo».

«È ’na parola» fece Patrizia. «Quello mangia a scafo!»

«*A sbafo*, vorrai dire...»

«A sbafo, a scafo, sempre la stessa cosa è.»

«Eh sì, è ’a stessa cosa. Tu e ’a professoressa Abbondante andreste proprio d’accordo. Comunque sia, per domani Genny e Tina so’ sequestrati. Li facciamo fare festa a scuola, perché li voglio portare con me a fare un giro. Tengo desiderio di stare un poco con loro.»

Fu lui stesso ad annunciare la decisione ai nipoti: «Verrete con me in un posto speciale. In un luogo della memoria. Vi piacerà, e vi sarà pure utile».

Il mattino seguente si avviò a piedi con Genny e Tina verso il cuore della città. Durante il tragitto fu di poche parole. La sua mente era concentrata su ciò che avrebbe dovuto dire più tardi. Anche Tina parlò poco. Negli occhi le si leggeva tutta l’inquietudine del brutto periodo che stava vivendo.

Percorsero l’area dei Decumani e giunsero nel rione Forcella. Davanti alla facciata di una chiesa su cui c’era la scritta Ave

Gratia Plena, Gaetano si fermò: «Siamo arrivati. Entriamo».

La basilica della Santissima Annunziata Maggiore. Realizzata dagli Angioini, ricostruita nel sedicesimo secolo, distrutta da un incendio nel Settecento e mirabilmente ristrutturata da Luigi Vanvitelli, l'architetto al servizio dei Borbone, che con l'aiuto di suo figlio Carlo fece sistemare tra la navata e le cappelle laterali quarantaquattro colonne corinzie e realizzò in un ambiente sotterraneo, in corrispondenza della cupola, un succorpo di grande intensità scenografica.

«Vanvitelli è famoso soprattutto per aver progettato la Reggia di Caserta, che un giorno vi porterò a visitare» promise Gaetano ai nipoti. «Mo' venite appresso a me, che vi faccio vedere 'na cosa tutta particolare.»

Entrarono in un edificio posto su un lato del cortile monumentale dell'Annunziata e si fermarono nella stanza che ospitava un lavatoio e un mobile in legno scuro nel cui scomparto superiore era collocato un cilindro rotante.

«Che mobile strano, che cos'è?» chiese Tina.

«La Ruota degli Esposti» rispose Gaetano. «In questo cilindro sono passati migliaia e migliaia di poveri bambini che venivano abbandonati dalle loro madri. *Figli d' 'a Nunziata* o *figli d' 'a Maronna*, li chiamavano. Da un buco che stava vicino all'arco della basilica, sulla strada, i neonati venivano lasciati qua dentro e raccolti, all'interno, dalle monache della congregazione della Santissima Annunziata, che lavoravano ventiquattr'ore su ventiquattro. *'E Rutàre*: così erano definite dal popolo. Pigliavano il trovatello, lo pulivano nel lavatoio e poi lo affidavano a una nutrice, cioè a una donna che provvedeva ad allattarlo. Da quel momento il bimbo entrava a far parte della Santa Casa e riceveva cure e assistenza.»

«Perché tanti bambini venivano abbandonati?»

«Perché ci stavano 'a miseria e 'a disperazione, e tanti genitori non tenevano i mezzi per mantenere 'e criature. Oppure perché si trattava di bambini «frutti della colpa», nati da relazioni clandestine che non potevano essere ufficializzate pe' paura che scoppiassero degli scandali. In certi casi venivano messi nella Ruota con addosso un bigliettino, 'na medaglia, un braccialetto, un abitino ricamato. Erano dei segni che le mamme lasciavano con la speranza di poter in futuro ritrovare i loro figli. Per questa eventualità, le monache scrivevano tutto su un registro.»

Genny era pensieroso: «Nonno, ma allora noi siamo fortunati?».

«Rispetto a loro sì. E lo dovete apprezzare, comportandovi bene. Senza fa' marachelle, senza imbrogliare. E studiando a tutta forza, perché lo studio sviluppa l'intelligenza e fa crescere la cultura personale. Fa diventare più forti e sani. Tu come stai andando a scuola, guaglio'?»

«Bene.»

«Ti fanno promosso?»

«Penzo ca sì.»

«Lo tieni un compagno preferito?»

«Sì, si chiama Davide.»

«Davide Iannaccone?»

«Eh, Davide Iannaccone… Ma nonno, come lo sai? Lo conosci?»

«E chi non conosce a Davide Iannaccone! Basta che domandi in giro: "Davide Iaccannone? Un grande!" Un alunno bravissimo, generoso. Gli dai qualche soldariello, e si mette subito a squadra per aiutarti, è vero? Dieci euro a settimana, e te lo fai amico fedele. Qualcuno va raccontando che addirittura si fa interrogare al posto dei compagni. Che malignità!»

Genny capì di essere stato smascherato.

«Ammesso che una cosa del genere fosse vera, tu mica ne avresti bisogno? Tu si' nu guaglione scetato, e se proprio dovessi andare in difficoltà, basta ca vieni da me, e ti faccio un doposcuola con i controfiocchi!»

Genny si aspettava che da un momento all'altro gli arrivasse uno scappellotto. Invece Gaetano mise mano al portafogli: «Tiè, questi so' cinque euro, vatti a comprare 'na coppa di gelato al bar qua fuori. Mi raccomando, fattela riempire bene. La porzione dev'essere *abbondante*».

Rosso di vergogna, Genny prese i soldi e si dileguò.

Nel frattempo, Tina s'era messa a guardare la Ruota più da vicino: «Nonno, come hai detto che si chiama questo strumento?».

«Ruota degli Esposti.»

«Come mai?»

«Perché i bambini venivano esposti, abbandonati. Il cognome Esposito viene proprio da questa parola. E se è il più diffuso tra i cognomi napoletani, immagina quanti bambini so' passati da qui. Devi essere orgogliosa di portarlo. Dietro ci ha 'na moltitudine di storie di sofferenza, di pietà, di riscatto. Molti trovatelli venivano adottati da famiglie ricche, da coppie che non potevano avere figli, e il loro destino cambiava in un attimo. La disperazione lasciava il posto alla fortuna.»

Tina ebbe una vertigine e sentì nella testa i vagiti dei *figli della Nunziata*, i loro pianti. Li immaginò in fila nelle camerate della Santa Casa, tutti uguali, tutti con la speranza di trovare un padre e una madre.

«La storia dei trovatelli è importante» proseguì Gaetano. «Anche se uno nasce e vive in condizioni difficili, ce la può fare. Chi nasce tondo, mica è detto che resti tondo per tutta la vita. Può darsi pure che muoia quadrato. Non si deve mai mollare. Mai mai mai!»

«Dimmi la verità, nonno: tu sai quello che mi sta succedendo a scuola.»

Gaetano le carezzò i capelli: «Sì, ed è stato un brutto colpo per me. Ti capisco, tieni tutte le ragioni di questo mondo. Tu sei un fiore che sta crescendo in un terreno argilloso. Un fiore raro e profumato, che meriterebbe di stare nell'Eden. Ma non ti arrendere: le cose cambiano. Non perdere l'anno, faresti del male solo a te stessa».

«Io non mi arrendo. Io voglio continuare a combattere. Contro papà e contro quelli che gli stanno dietro. Contro questo schifo di *Sistema* che vorrebbe vedere Napoli governata dai delinquenti.»

«'E delinquenti hanno vita breve. Campano poco e campano male. Non tengono un presente e non tengono un futuro. Noi ci dobbiamo distinguere da loro, dalla loro ignoranza, sempre. Li dobbiamo sconfiggere soprattutto con l'istruzione, con la cultura. Perciò ti dico: rimettiti a studiare, non ti inguaiare la carriera scolastica. Non fare il gioco di chi ti vorrebbe debole e arrendevole.»

Tina percepì una voce, e le sembrò che venisse dalla Ruota. La voce di una bambina. Dolcissima: «Ascolta chi ti vuole bene».

Le venne un brivido.

«Ascolta chi ti vuole bene.»

Gaetano si accorse del turbamento della nipote: «Che tieni, piccere'?».

Tina gli si lanciò tra le braccia, a cercare protezione.

Gaetano la strinse a sé con tutta la forza del suo affetto.

Il silenzio fu interrotto dai passi di Genny, che entrò reggendo una supercoppa alla stracciatella traboccante di panna.

«Vieni qua pure tu, guaglio'» gli fece Gaetano.

Senza badare alle conseguenze, Genny si infilò tra la sorella e il nonno, e li sporcò col gelato.

«Io avevo detto di comprare 'na coppa *abbondante*, ma tu t'he pigliato 'n'anfora!» disse Gaetano infilando un dito nella panna.

VII

SOTTO IL SEGNO DEI GEMELLI

Gli arresti domiciliari imposti da De Luca resero Tonino più ombroso e irascibile. Un carcerato, così si sentiva. Un uomo privo della libertà di agire oltre i confini della sua abitazione. Segregato in casa *sine die*.

A innervosirlo era anche l'impossibilità di poter accompagnare Patrizia alle visite ginecologiche di controllo. Il momento del parto si avvicinava, e gli esiti delle ecografie erano nella norma.

«Confermato?» chiese Tonino alla moglie, di ritorno dall'ultimo esame diagnostico. Patrizia s'era fatta accompagnare dalla madre e dalla suocera. Enzuccio aveva fatto da autista.

«Confermato.»

«Non è cambiato niente?»

«Niente.»

«Allora so' due?»

«Potevano mai diventare tre, Toni'? Due erano e due so' rimasti.»

In casa Esposito sarebbero arrivati due gemellini.

Tonino si strofinò le mani: «Bene, bene. E i sessi so' confermati?».

«So' confermati.»

«Nu masculo e 'na femmina?»

«Sì.»

«Siamo sicuri?»

Patrizia si spazientì: «Toni', ma che te si' fumato? Non ci sono dubbi: uno è masculo e l'altra è femmina».

«Alle volte 'e dottori si possono sbagliare...»

«Li ho visti un'altra volta sopra lo schermo della televisione, mentre mi facevano l'ecografia: uno tene 'o spaghettiello e la femmina no.»

«E quanto è lungo 'o spaghettiello d' 'o masculo?»

«Tre metri.»

«Uanema! E che tiene, 'n'idrante?»

«Toni', possibile ca t'interessa sulo quanto 'o tene luongo? Nun te 'mporta 'e sape' se sta bene, se io sto bene e se tutto andrà come deve andare? Si' 'o solito maschilista, come tutti gli uomini!»

«Non è vero! Io voglio che va tutto bene. E ho continuato a pensare a come li dobbiamo chiamare.»

Sui nomi da dare ai gemellini era in corso da giorni un serrato dibattito intrafamiliare. Ognuno aveva espresso una proposta diversa, e l'accordo era in alto mare.

Gaetano s'era fatto avanti con un'ipotesi scespiriana: Romeo e Giulietta.

Secondo Manuela, invece, si doveva puntare sulla letteratura nostrana, con i nomi danteschi Paolo e Francesca o con i manzoniani Renzo e Lucia.

Olga, che amava le opere omeriche, s'era detta favorevole a Ulisse e Penelope.

Genny aveva puntato sui fumetti: Topolino e Minnie. Enzuccio sui cartoni animati giapponesi: Mila e Shiro. Tina era andata sul romantico: Sissi e Francesco Giuseppe.

Per Assunta non c'erano dubbi: era obbligatorio chiamarli Giuseppe e Maria.

Patrizia avrebbe preferito una soluzione canzonettara: Albano e Romina.

L'unico a non aver detto la sua era Tonino. Eppure di idee gliene erano venute parecchie. Tutte legate al mondo della comicità. Stanlio e Ollia. Franco e Ciccia. Ric e Gianna. Cochi e Renata. Peppone e Camilla. Gianni e Pinotta. Fantozzi e Filina.

Ma ce n'era una su cui le sue meningi stavano lavorando a pieno ritmo. Decise di lanciarla nell'arena, convinto che la moglie l'avrebbe fatta a pezzi in un attimo: «Totò e Peppina».

«Che hai detto?» fece Patrizia, come se le avessero acceso un falò sotto il sedere.

«Totò e Peppina. 'E putesseme chiamma' accussì.»

Stranamente, Patrizia non scartò il suggerimento. Anzi lo sottopose a meditazione: «Totò se chiammava Antonio. E pure tu te chiamme Antonio. Che facciamo, mettiamo due nomi uguali in famiglia?».

«'O putimme festeggia' il giorno del Salvatore, come fanno in Sicilia.»

«E con Peppina come la mettiamo? Non dobbiamo mancare di rispetto a Peppino De Filippo.»

«Assolutamente. Però, visto ca 'o sicondo gemello è femmina, nun se po' fa' altrimenti. Totò e Peppino, pace alla grandissima anima loro, ci capiranno e ne saranno contenti.»

«Ci devo pensare» concluse Patrizia.

Totò e Peppina furono.

Tonino ottenne da De Luca un permesso speciale di tre giorni, e fu lui a portare Patrizia nella clinica «Delizia e Pace» a Capodimonte, immersa nel verde e dotata di attrezzature mediche all'avanguardia. Una struttura a cinque stelle, frequentata solo da famiglie benestanti.

Qui la mattina del diciotto giugno i due pargoletti vennero alla luce. Sotto il segno dei Gemelli e con un taglio cesareo programmato. Il maschietto voleva uscire per primo, di testa, ma Peppina gli allungò i piedini sul viso e lo anticipò in *tackle*.

Le loro condizioni di salute erano buone, ma per precauzione i medici li fecero mettere in incubatrice. Accanto a Patrizia, stremata dalle fatiche del parto, si piantarono Assunta e Olga. Il resto della famiglia si assiepò davanti al vetro del nido, per studiare i primi atti di vita dei due neonati.

«Comme so' bellilli, eh?» commentò Gaetano, che reggeva un gigantesco fascio di rose rosse da consegnare a Patrizia.

«Due angioletti» fece Tonino, a sua volta munito di una confezione di orchidee lunga un metro.

«So' scetati, si vede» commentò Enzuccio, che aveva tra le mani un mazzetto di fiori di campo.

«Soprattutto la femmina» osservò Manuela, stretta nell'abbraccio di Genny e Tina.

Peppina era nata con un ciuffo di capelli biondicci sulla fronte. Aveva gli occhi vispi e muoveva in continuazione le gambette e le braccine.

Totò, privo di peluria, dormiva placidamente il sonno degli innocenti.

«Peppina è tale e quale a te» disse Tonino guardando Tina, che non replicò.

«Papà, ma è vero che quando so' nato io ero piccolo piccolo?» chiese Genny.

«Non mi far ricordare! Mi facesti talmente preoccupare che dovetti andare a Montevergine a fare un voto alla Madonna.»

«Ah, sì?» si stupì Manuela. «Questa non la sapevo. E che voto facesti?»

«Mammà, ti sei mai domandata perché ogni sei gennaio mi

vesto da Befana? Secondo te mi fa piacere combinarmi in quelle condizioni?»

'O Piranha, commosso, si staccò dalla nonna e si aggrappò a un braccio di Tonino: «Grazie, papà, mi hai salvato! Però potresti pure cambiare, qualche volta. L'anno prossimo, per esempio, ti potresti vestire come la Fata Turchina. Oppure come Trilli, la fatina che aiuta a Peter Pan. Ti aiuto io a costruirti le ali».

Tonino gli sbatté sulla faccia la confezione di orchidee.

Il giorno dopo la nascita di Totò e Peppina, in orario di visita, il boss De Luca si presentò nella clinica. Scortato da Ciruzzo.

I due raggiunsero la stanza in cui era ricoverata Patrizia, bussarono alla porta ed entrarono. La puerpera era a letto. In sua compagnia c'erano Tonino e Olga.

«Mi è sembrato doveroso venirvi a omaggiare in questo momento così bello per la vostra vita coniugale» dichiarò *'o Tarramoto*. «Congratulazioni e felicitazioni.»

Impacciato come uno scolaretto che deve recitare una poesia davanti alla maestra e a tutta la classe, Tonino strinse la mano al malavitoso: «Don Pie', siete sempre un gran signore».

Patrizia e Olga fecero una faccia disgustata e non dissero nulla.

'O Schiattamuorto consegnò un pacchetto a Tonino: «Vogliate gradire un modestissimo presente da parte nostra».

Carta di gioielleria. Blu con nastro dorato.

«Non dovevate, don Pie'» bisbigliò Tonino. «Patty, lo vuoi aprire tu?»

«No, aprilo tu, sei tu il capofamiglia» ironizzò Patrizia.

Tonino fece buon viso a cattivo gioco e aprì il pacchetto. In una scatola, su un fondo vellutato, erano posate due collane d'oro bianco diciotto carati da cui pendevano delle gemme con taglio a goccia, una azzurra e l'altra rosa.

«Sono uno zaffiro e un topazio» precisò Ciruzzo. «Fattura artigianale garantita e certificata.»

«Avete visto quanto so' lucenti?» fece Tonino mostrando i gioielli alla moglie e a Olga. «Una meraviglia.»

«Che nome avete dato ai bambini?» domandò De Luca a Tonino.

«Totò e Peppina.»

Un angolo della bocca del boss si piegò in una smorfietta: «Simpatici. Originali. Come tutta la vostra famiglia».

«Grazie. Non vi volete accomodare un poco?»

«No, devo andare, tengo un impegno urgente. M'ha fatto piacere vedervi, e vi auguro tanta felicità. Jamme, Ciru'.»

«Vi accompagno giù?» si offrì Tonino.

'O Tarramoto gli mise una mano su una spalla: «No, Toni', resta qua con tua moglie e con la signorina Olga. Facciamo da soli. Con permesso».

I due uscirono.

Tonino restò impalato a contemplare il regalo: «Comme luccicano... È stato gentile, deve avere speso 'na cifra».

«Buttale!» ringhiò Patrizia.

«Staje pazzianne? Le devo buttare?»

«Non le voglio vedere per casa, 'sti purcarìe regalate da un criminale. A Totò e a Peppina non le farò mettere mai. So' segni 'e malaugurio. Buttale.»

Con il cuore in fibrillazione, Tonino guardò per alcuni secondi le collane e le pietre preziose, poi chiuse la scatola e la passò a Olga: «Fai come ha detto la padrona».

Aprì la porta e si diresse verso il giardino della clinica. Aveva bisogno di respirare.

Controllati a distanza dai familiari, i gemelli Esposito restarono sotto osservazione per quattro giorni, e un pomeriggio a Manuela e a Gaetano capitò di rimanere seduti davanti al vetro del nido, l'uno accanto all'altra. Da soli. Un evento rarissimo: per gelosia, Assunta faceva in modo di evitare che il marito entrasse troppo in confidenza con la vedova del boss ucciso. Quand'era capitato, aveva reagito in modo rabbioso.

«Per stare meglio, il genere umano dovrebbe conservare la purezza dei bambini» affermò Gaetano rimirando i suoi nipotini nelle incubatrici. «Non ci sarebbero più violenze, uccisioni, ingiustizie. Non ci sarebbe più la stupidità. Invece di fare le guerre, tutti a giocare. C'è qualcosa di più bello del volersi bene?»

«Sono d'accordo con lei» assentì Manuela. «L'altro giorno leggevo che sulla Terra negli ultimi tremilaquattrocento anni ci sono stati solo duecentocinquant'anni di pace. Tutto per colpa dell'odio tra gli uomini e della loro avidità. È pazzesco.»

«Diceva Pirandello che quando uno è contento di se stesso ama l'umanità. Questo è il problema: non siamo mai contenti, vogliamo sempre qualcosa in più di quello che già teniamo, e di conseguenza ci andiamo a scontrare con gli altri. Tutti eternamente insoddisfatti.»

«Lei è contento della sua vita?»

«Non mi posso lamentare. Ho fatto tante cose, ho vissuto con passione, senza mai risparmiarmi. I capelli bianchi e le rughe che mi porto addosso stanno qua a dimostrarlo. Mi so' divertito quando c'era da divertirsi e ho fatto il serio quando bisognava essere seri. E ho cercato sempre di rispettare il prossimo e di non fare del male a nessuno. Per questo, forse, dicono che io sono un *signore*. Ma a me non m'importa di essere lodato e incensato. Voglio solo campare bene gli anni che mi restano da vivere. Perché vivere mi piace. Ho una buona pensione, e il necessario non mi manca. Ogni mattina, quando mi alzo, mi guardo allo specchio e mi dico: "Gaeta', questo giorno potrebbe essere l'ultimo per te, quindi non farlo passare invano e fa' almeno 'na cosa bella, 'na buona azione". E così vado avanti. Non sempre riesco a fare quello che vorrei fare, però ci tento.»

«La sua è un'ottima filosofia di vita. Semplice e coerente. Per questo tutti la adorano. Sempre energico, allegro, generoso. Sempre con la battuta pronta.»

«Faccio lo sforzo di sdrammatizzare anche quando avrei bisogno io stesso di un conforto. Pure io ho i miei momenti negativi, e gli acciacchi della vecchiaia.»

«Ma no, ma che vecchiaia, lei è un ragazzino!»

«Magari. L'hanno scorso m'hanno levato 'a prostata. Mo' tengo in lista 'o fegato, 'a vescica e 'a milza. Per non parlare di tutte le protesi che tengo sparpagliate per il corpo. Se fanno 'o seguito del film *Blade Runner*, per la parte dell'androide me chiammano a me.»

«Davvero sta così male?»

Gaetano guardò la consuocera con tenerezza: «Donna Manue', scherzavo. Se stavo così rovinato, mi mettevano in un'incubatrice, come a Totò e a Peppina. Oppure in un compattatore dell'immondizia».

La mamma di Tonino rise e si appoggiò a Gaetano, come se volesse percepire il suo calore, le sue energie: «Io la ammiro. Vorrei essere come lei, ma non ci riesco. Anni e anni di isolamento, per i motivi che lei conosce, mi hanno tolto il sorriso. Ho avuto accanto un uomo che mi ha distrutta».

«Fatevi forza, la vita non è ancora terminata. I vostri figli e nipoti hanno bisogno di voi.»

«La solitudine mi sta uccidendo, lentamente. Da tempo non riesco a tirare fuori da me stessa i sentimenti, le emozioni, l'amore. E mi rammarico di non aver incontrato prima un uomo come lei.»

Gaetano la rincuorò stringendole un braccio: «Non è mai troppo tardi».

Con un movimento leggero, Manuela gli prese la mano e se la portò al viso: «Già, non è mai troppo tardi...».

Preso alla sprovvista, Gaetano si ritrasse: «Non vorrei che ci fossero equivoci. L'uomo che cercate non posso essere io».

«Perché?»

«Non ho più l'età per certe cose. E poi non ho mai tradito mia moglie. Assunta tiene il carattere che tiene, ma mi è stata sempre vicina, e non meriterebbe una delusione da parte mia. Mi dispiace, non vi voglio umiliare. Io vi apprezzo come donna e ho una sincera simpatia per voi. Siete uno spettacolo di stile, intelligenza e raffinatezza. Una donna come ce ne sono poche. Ma non andrò mai oltre i limiti dei miei principi morali. Mi dispiace.»

In Manuela si fece strada la razionalità: «Ho avuto un momento di debolezza, non capiterà più. Le chiedo perdono».

«Non vi devo perdonare niente. Voi siete molto fragile. Fragile e piena di purezza. Un altro al posto mio ne avrebbe approfittato. Abbiate cura di voi, concentratevi sulle cose belle, e il sorriso vi tornerà. Mo' so' arrivati pure Totò e Peppina, e in famiglia ci sarà maggiormente bisogno del nostro aiuto. Come nonni siamo chiamati a svolgere un ruolo di grande responsabilità. Dobbiamo mettere l'esperienza a disposizione dei nostri cari ed essere per loro un riferimento, una certezza, un porto sicuro dove si possono sempre riparare. A questo riguardo, vi ringrazio per avermi aiutato a risolvere i guai in cui si erano cacciati Genny e Tina. Se so' stati promossi, è pure merito vostro.»

«Ringrazio io lei per avermi messa al corrente della situazione. Tina ha una sensibilità incredibile, e abbiamo il dovere di sostenerla e incoraggiarla. Genny deve ancora maturare molto, ma non è cattivo.»

«Ieri è venuto da me con un pacchettino. Dentro c'erano la sua pagella e una penna tutta colorata. Mi ha detto: "L'ho comprata per te con i soldi della paghetta. Grazie, nonno". E se n'è scappato, tutto vergognoso.»

«Che dolce.»

«Eh, appunto: se n'è scappato in cucina a mangiarsi metà dei dolci che avevo preso per tutta la famiglia. Le sfogliatelle, in particolare, erano buonissime. Olga ve le ha fatte provare?»

«No...»

Gaetano si batté una mano sulla fronte: «Che sbadato, l'altra metà me la so' mangiata io!».

Manuela rise: «Sa che cosa mi piace di più di lei? La capacità di stupire».

Il ritorno a casa di Patrizia con i gemellini fu salutato da un comitato di accoglienza composto da un gruppetto di abitanti di salita dei Principi. Tonino fece esplodere dei mortaretti in strada e tagliò il nastro che aveva collocato all'ingresso della palazzina sotto due maestose coccarde, una celeste e una fucsia. Tra gli applausi, Totò e Peppina, in braccio a Olga, entrarono trionfalmente nella dimora avita.

L'arrivo della coppia di rampolli scombussolò le abitudini di casa Esposito. Tutti i membri della famiglia, animali compresi, adeguarono i loro ritmi giornalieri alle necessità dei due neonati. I codici di comportamento e il lessico domestico furono rimodellati in funzione di ninne nanne, biberon, ciucciotti, tutine, cambi di pannolini, bagnetti, borotalchi e pianti. A frignare di più era Totò, mentre Peppina per richiamare l'attenzione su di sé scalciava e si dimenava come una ballerina di breakdance.

Patrizia li allattava al seno in contemporanea, e di solito il maschietto si addormentava con la tetta in bocca. Peppina studiava di sottecchi il fratellino, attendeva che il suo appisolamento fosse completo, poi lo spostava e ne prendeva il posto per una poppata extra.

Il più apprensivo nei confronti dei gemellini fu, da subito, Giggetto. Il candido coniglio passava ore e ore accanto alle cullette dei bimbi, collocate nella camera da letto di Tonino e Patrizia. Se percepiva movimenti strani, correva a morsicare una scarpa al primo che incontrava per casa e gli faceva capire che c'era urgenza di andare a controllare gli infanti.

Gaetano ogni pomeriggio prelevava Sansone e Ivana dal terrario e li portava davanti alle cullette. Seduto su una poltroncina, con le iguane accoccolate sulle gambe, sorvegliava i gemellini e raccontava favole, aneddoti storici, imprese eroiche. Tina lo raggiungeva dopo aver fatto i compiti, e si divertiva un sacco quando il nonno impepava le storie con battute o con stravaganti esagerazioni. Un po' di spensieratezza le era tornata, dopo tante settimane di grigiore.

«Ma non è possibile! Cappuccetto Rosso non andava dalla nonna con la metropolitana! E poi non è vero che col paniere le portava il Kukident e le pillole per il diabete.»

«No? Non teneva 'o diabete? Che teneva, 'a sciatica?»

Il dieci luglio padre Francesco battezzò i gemellini nella basilica di Santa Maria. Gaetano fece da padrino per il maschietto, Manuela da madrina per la femminuccia.

Quando Totò si sentì versare l'acqua benedetta sulla testolina, lanciò un acuto simile allo stridio di un pezzo di gesso su una lavagna, e dal soffitto della cappella di San Pietro martire si staccò un pezzo d'intonaco.

Da par suo, Peppina tentò di tuffarsi nel fonte battesimale. Salvata in extremis da Olga, rigurgitò addosso a Tonino, che per poco non si lasciò scappare un'espressione sconcia e dovette temporaneamente lasciare il drappello dei congiunti per andarsi a cambiare.

L'abito di riserva e la morigeratezza gli durarono poco. Durante il banchetto battesimale, che gli Esposito offrirono a parenti e amici a Baia, nella panoramica «Villa Poppea», Genny rovesciò sul vestito del padre un intero vassoio di gamberetti con crema di fagioli.

Stavolta Tonino ebbe libertà di imprecare: «E che cazze!».

«Scusa, papà, nun t'aggie visto...» si giustificò Genny.

«È normale: pienze sulo a magna'! Da oggi in poi a dieta forzata: l'hanno detto pure i maestri della scuola tua. È vero, don Gaeta'?»

Azzannando una mazzancolla impanata e fritta, Gaetano annuì.

Tonino lanciò un anatema al figlio: «Ti facciamo diventare talmente secco che ti potranno usare come segnalibro!».

Peppina si affacciò dal suo portenfant e sorrise.

'O Piranha pensò che fosse una cosa buona e giusta, prima che il periodo di carestia mettesse a dura prova i suoi intestini, fare un opportuno rifornimento di viveri. Pertanto, andò a razziare un plateau di melanzane all'ischitana.

Mentre Tonino, brontolando, si recava dal proprietario del locale per farsi imprestare qualche indumento di fortuna con cui effettuare il secondo cambio della giornata, nella sala ristorante cominciò l'esibizione di Little Pony, noto per aver vinto tre edizioni del *Festival della Canzone Paesana* e per la sua statura da puffo: un metro e cinquantaquattro tacchi inclusi. L'artista era un beniamino della famiglia Esposito. L'anno prima era andato in scena alla festa di matrimonio di Gennariello, figlio unico di Raffaele, fratello di Tonino.

Aggiustandosi il ciuffo alla Elvis, Little Pony presentò il programma del pomeriggio: «Incomincerò con quacche canzona rocche, poi facciamo quacche tuisto e uno ciàciàcià. Non nel senzo che ci salutiamo, ma nel senzo che ci mettiamo a ballare. Tuttinzieme, su le mani!».

Totò fece capolino dal suo portenfant e pianse.

Tina se ne andò fuori ad ammirare il golfo di Baia, racchiuso tra Punta Lanterna e Punta Epitaffio, con il Castello Aragonese a difesa dell'area portuale che gli antichi Romani avevano utilizzato come arsenale per la loro flotta militare, di stanza a Miseno. Un vasto territorio di origine vulcanica in cui i patrizi dell'Urbe e gli stessi imperatori venivano a villeggiare. Il luogo dove, secondo lo storico Strabone, era stato sepolto Bajos, il nocchiere di Ulisse.

Anche le altre donne di casa Esposito uscirono all'aperto a godersi il panorama. A badare ai gemellini restarono Enzuccio e Gaetano.

Con gridolini in falsetto e una pronuncia anglosassone a dir poco maccheronica, Little Pony si avventurò nella versione flegrea di *Let's twist again* e scatenò i pruriti danzerecci degli invitati. La pista si riempì di gente.

Sbrodolato dal colletto della t-shirt fino alle scarpe, Genny provò ad aprirsi un varco tra la folla per portare in salvo un piatto di frittura di paranza che aveva strappato dalle mani di un cameriere. Missione impossibile: l'assembramento era tale da non far passare nemmeno un ciceniello. Perciò *'o Piranha* decise di andarsi a mangiare la ghiottoneria nei bagni. Raggiunse la porta con la targhetta W.C. UOMINI, entrò e fece un repentino scarto di lato. Il lato destro, per la precisione, dove urtò contro un addome dall'aspetto familiare. La frittura andò a fare compagnia ai fiori stampati sulla camicia hippy che Tonino, dopo una lunga trattativa col proprietario di «Villa Poppea», aveva appena indossato. Il mare, talvolta, può incontrare la campagna.

«E che cazze!»

Le tre gentili parole in sala non si udirono. Little Pony stava infiammando la folla: «Siamo i Watussi, siamo i Watussi, gli altissimi necri! Ogni tre passe, ogni tre passe, facimme sei metre! Ogni capanna del nostro villaccio ha perlomeno tre metri di raccio, siamo i Watussi!».

A sera inoltrata, gli Esposito tornarono a casa. Stremati.

Nervoso come un topo in una colonia di gatti, Tonino gettò nella spazzatura la camicia unta e puzzolente, si mise in canottiera e pantaloncini e uscì a fumare sul balconcino della cucina. Quando rientrò, erano già andati tutti a dormire. Patrizia in camera da letto con i gemellini, Genny e Tina nelle loro camerette, gli altri nei loro appartamenti ai piani superiori.

Faceva caldo, l'aria era ferma.

Non avendo sonno, Tonino andò a sedersi nella stanza da pranzo e azionò il condizionatore. Il refrigerio fu apprezzato da Ivana e Sansone, che stavano boccheggiando su un ramo del terrario.

Poi accese la tv e si sintonizzò su un canale che stava trasmettendo una puntata di *Dr. House*. Il medico del Princeton Plainsboro Teaching Hospital aveva scoperto di avere tre piccoli tumori in una gamba e con un bisturi si stava incidendo l'arto per rimuoverli.

"Che curaggio!" pensò Tonino. "E dopo tiene pure la forza di chiudersi da solo la ferita?" Un attimo dopo, gli venne un dubbio: "A proposito, aggie chiuso 'a serranda d' 'o garage?".

Tonino e compagnia erano rientrati a bordo di due veicoli: il SUV Yeti e una station wagon presa in prestito da Enzuccio.

"Mo' scendo a vedere."

Scese.

Effettivamente la serranda del garage era aperta.

"Oì! Meno male ca so' venuto a controlla'!"

Stava per accendere la luce, quando sentì dei passi. Pesanti. Provenivano dalla strada.

Nel varco spalancato apparve il profilo di un corpo. Massiccio, spaventoso. Il buio non consentiva di distinguerne i lineamenti. Un minotauro, una donna cannone, un troll?

"Nu mariuolo!" pensò Tonino acquattandosi dietro un pilastro.

Con un grugnito, la sagoma entrò nel garage, si accostò al lato guida dello Yeti e tirò la maniglia della portiera.

Tonino fremé: "Me vo' arrubba' 'o SUV!".

Il presunto ladro constatò che il veicolo era chiuso, farfugliò qualcosa e si girò verso il vano scala.

Tonino si sentì svenire: "No! Vuole andare di sopra!". Ricordò di aver lasciato la porta dell'appartamento aperta: "Patty! 'E guagliuni! 'E criature!".

A testa bassa, si lanciò con tutte le sue forze verso lo sconosciuto, e con una capocciata lo colpì al plesso solare. Il gigante barcollò, emise uno sbuffo, portò le braccia all'addome, si piegò in due e tentò di pronunciare una parola. Per la mancanza di respiro, dalle labbra gli uscì solo una sillaba: «... *ni*...».

Tonino gli rifilò una ginocchiata sotto il mento, gli saltò su una scapola e la addentò. Il morso gli fece ribrezzo: l'energumeno puzzava di sudore rappreso, era villoso e a dorso nudo.

Nauseato, Tonino smontò dal bestione e sputò per allontanare da sé il contagio sudorifero e un ciuffetto di peli che gli era rimasto fra i denti. Poi sferrò il colpo del kappaò: un calcione alla Bruce Lee. Scomposto ma feroce.

La punta del suo alluce destro urtò, nella zona pelvica del soggetto non identificato, contro qualcosa di duro. Si sentì una detonazione. Come un colpo di pistola. E il bestione ritrovò la voce. Gridò, si contorse, si abbatté al suolo.

Zoppicando per l'alluce dolorante, Tonino andò ad accendere la luce e vide ciò che non avrebbe mai voluto vedere. L'omone per terra non solo stava perdendo sangue dal basso ventre, ma aveva pure un viso molto conosciuto. Il viso di Tatore *Mezarecchia*.

«Uh Maronna! Tato', si' tu? Si' proprio tu?»

«Ahhhhhh... Toni', sto murenne... Aiutame...»

Tremando, Tonino si abbassò sullo scagnozzo di De Luca: «Ma che ce faje ccà? Pecché si' trasuto 'nto garage?».

«Ero venuto a verifica' se stavi a casa... Aiutame...»

«Ma tieni 'a pistola 'nte mutande?»

«Sì...»

«Senza 'a sicura?»

«Nun fa' domande, aiutame! Puortame addò duttore Canciello!»

«Non posso uscire: don Pietro m'ha dato 'o permesso solo fino a stasera!»

«Ma si' strunzo? Aiutame!»

Il dottor Osvaldo Canciello, chirurgo di specchiata disonestà, era al servizio del clan De Luca. In caso di emergenza, operava, medicava, rattoppava. Ricuciva ferite da arma da fuoco, da taglio e da botto. I suoi interventi occulti permettevano agli affiliati alla cosca di non dover ricorrere a ricoveri ospedalieri e a referti medici indirizzati all'autorità giudiziaria.

Tonino salì a prendere le chiavi del SUV e un asciugamano. Patrizia e la prole erano nel pieno del sonno. Non avevano udito lo sparo. E se pure l'avessero sentito, l'avrebbero scambiato per l'esplosione di un petardo. Un fatto non insolito, nei vecchi quartieri di Napoli.

Senza far rumore, Tonino chiuse la porta del suo appartamento, tornò nel garage, passò l'asciugamano a Tatore affinché si tamponasse la ferita, lo aiutò a distendersi sul sedile posteriore dello Yeti e partì verso il palazzo di via Stella in cui il dottor Canciello aveva sia l'abitazione che l'ambulatorio.

«Brutta ferita» disse il medico appena vide l'inguine di Tatore. «Ti fa male, eh?»

«Nu dulore 'e pazzi, dotto'!» si lagnò *Mezarecchia*.

«Ve lo dico sempre che le sputafuoco non ve le dovete infilare nelle mutande. Questo è già il terzo caso dall'inizio dell'anno. Comunque, veniamo a noi: dobbiamo operare, subito. Dobbiamo rimuovere.»

«Che dobbiamo rimuovere?» mormorò Tatore, con gli occhi sbarrati.

«Il testicolo sinistro. È completamente maciullato. La pallottola l'ha attraversato, ha bucato i pantaloni ed è andata a finire chissà dove, senza toccare altri organi. Tenevi le cosce aperte quando è partita la botta?»

«Nun me ricordo, dotto'...»

Tonino riferì la sua testimonianza diretta: «Sì, teneva le cosce aperte».

«Bene, almeno 'na cosa positiva ce sta» commentò il medico preparando i ferri del mestiere. «Non perdiamo tempo, operiamo.»

«Dotto', voi siete sicuro che non possiamo recuperare la palla?» piagnucolò Tatore.

«No, ormai l'abbiamo persa, s'è schiattata. Poi più in là te ne puoi far trapiantare una nuova, e torni a giocare con due palle.»

L'operazione riuscì, e il dottor Canciello informò De Luca dell'accaduto. Il boss chiese a Ciruzzo di appurare i particolari della vicenda. *'O Schiattamuorto* interrogò separatamente Tonino e Tatore, poi andò a relazionare il capo su quanto accaduto.

«Sempre Tonino, sempre lui!» tuonò *'o Tarramoto*. «Pure chiuso in casa riesce a fa' danni!»

«Per come si sono svolti i fatti, va detto che anche Tatore ha agito con inopportuna leggerezza» commentò Ciruzzo. «Prendiamola a ridere, capo. Proporrei di modificare il soprannome di Tatore.»

«E cioè?»

«Sostituendo *Mezarecchia* con *Mezapalla*.»

VIII

LA CAMORRA È STUPIDA

Per la Logica classica il «principio di non contraddizione» è una delle leggi fondamentali del pensiero. Aristotele nella *Metafisica* ne diede una formulazione precisa: «È impossibile che lo stesso attributo nello stesso tempo appartenga e non appartenga allo stesso soggetto e nella stessa relazione. Nessuno può ritenere che la medesima cosa sia e non sia».

Le dichiarazioni contraddittorie, dunque, si escludono a vicenda: «X è Y» e «X non è Y» sono incompatibili. Nessun asserto può essere sia vero sia falso.

Questo pilastro della filosofia occidentale, su cui tanti straordinari pensatori hanno basato le loro riflessioni, viene demolito ogni giorno dalla camorra.

La camorra non ha una logica. Non conosce Aristotele e se ne frega della filosofia. Non sa nemmeno che proprio gli antenati del genio di Stagira fondarono prima Parthenope e poi Neapolis, la *Città Nuova*.

La camorra non ha coerenza. È sanguinaria, disumana, schizofrenica. Se con le minacce e le pressioni psicologiche non riesce a ottenere ciò che vuole, uccide. E anche quando ha ottenuto ciò che vuole, continua a uccidere, per il solo gusto dissennato di moltiplicare i dolori e le sofferenze.

La camorra non ha un *logos*. È completamente priva di ragione. Spesso ammazza per un nonnulla, per motivi banali. È contraddittoria. Ammazza persino se stessa. Non dà un futuro nemmeno ai suoi figli, costringendoli a vivere le paure che essa stessa ha creato.

La camorra è stupida.

Nel rione Sanità l'ultima faida di camorra aveva lasciato sul terreno una quindicina di morti e una ventina di feriti. La pressione delle forze dell'ordine, le indagini della magistratura, le inchieste giornalistiche e gli arresti avevano poi costretto le *famiglie* in lotta a deporre le armi e a trovare un nuovo equilibrio.

La guerra tra bande si era conclusa con l'omicidio eccellente di Gennaro Esposito, che stava tentando di espandere il suo potere oltre i confini della Sanità. Dopo aver tentato di bloccarne l'ingerenza, i boss dei quartieri limitrofi avevano deciso di comune accordo di ricorrere a uno strumento che in situazioni del genere si rivela, per la sua doppiezza ingannatrice, di grande utilità: il tradimento.

Un emissario delle cosche nemiche di don Gennaro aveva contattato Pietro De Luca e gli aveva fatto una proposta categorica: «Se vogliamo far finire questo bagno di sangue che ci sta massacrando e ci sta facendo perdere affari, devi aiutarci ad ammazzare il tuo capo. Una volta che lo abbiamo fatto fuori, tu pigli il posto suo, e pace è fatta. Tu non dai fastidio a noi, e noi non diamo fastidio a te. Se non accetti, ti mettiamo al primo posto del nostro elenco di cadaveri ambulanti e veniamo a spararti. Tieni un giorno di tempo per pensarci».

'O Tarramoto si era tormentato per ore. Verso il padre di Tonino nutriva riconoscenza. Don Gennaro gli aveva fatto accumulare ricchezze e lo considerava il suo uomo più devoto.

Ma i sentimenti contano poco, nel mondo della camorra. I

soldi guadagnati con la violenza e l'illusorietà del prestigio criminale oscurano ogni altra cosa. Così De Luca aveva accettato.

"Prima o poi pure lo uccidono, tanto vale accelerare i tempi": questa era stata la sua riflessione finale. L'alibi per mettersi a posto la coscienza.

Era stato lui stesso a preparare l'agguato, attirando il boss nella trappola omicida. Una sera, con la scusa di dovergli fare un'*imbasciata* urgente, lo aveva fatto accorrere in un luogo appartato del quartiere. Don Gennaro si era fidato: De Luca era il suo braccio destro, il suo *guaglione* più forte e ambizioso; mai avrebbe potuto ingannarlo.

I killer, appostati nelle vicinanze su una moto rubata, avevano avuto gioco facile. Sette colpi di pistola e via. Fine programmata di un boss.

Prima che don Gennaro spirasse, *'o Tarramoto*, preso da un fugace senso di colpa, si era chinato su di lui e ne aveva ascoltato le ultime parole: «Promettimi di proteggere la mia famiglia, e soprattutto a Tonino, non fargli sporcare le mani».

«Sì, don Genna', ve lo prometto.»

Poi era scappato, e per un paio di settimane non s'era fatto vedere in giro. Nel rione la sua assenza era stata interpretata come precauzione: poteva essere lui la prossima vittima della faida. Nessuno aveva sospettato il doppiogioco.

Quando le attenzioni degli inquirenti e degli organi d'informazione sul delitto di Gennaro Esposito si erano affievolite, era tornato. E aveva fatto capire subito all'interno della cosca di voler prendere il posto di comando: «Mi spetta di diritto, so' io l'erede 'e don Gennaro. Se qualcuno tiene qualcosa da dire, si facesse avanti».

L'autoproclamazione era stata accettata senza obiezioni. La spietatezza di De Luca era un deterrente inattaccabile. Solo un kamikaze avrebbe osato mettersi contro di lui. Con la *benedizione* dei boss delle zone limitrofe alla Sanità, gli stessi che avevano portato *'o Tarramoto* al tradimento, il clan Esposito poteva tramutarsi in clan De Luca. Il sistema di alleanze camorristiche sul territorio aveva un nuovo assetto. Le armi potevano tornare a tacere.

L'equilibrio saltò a fine luglio, a causa di un futile episodio di cui fu protagonista Mirko, un sedicenne figlio di una cugina di De Luca.

Mentre si trovava con gli amici in una pizzeria del centro, il ragazzino si avvicinò a una graziosa brunetta seduta a tavola con la sua comitiva e le sussurrò in un orecchio: «Si' proprio bona».

Con un sorrisetto, la pulzella prima mostrò di apprezzare il complimento, poi lo riferì al fidanzatino accanto a lei: Gianluca, figlio di un capozona del Pallonetto di Santa Lucia.

Ne nacque una discussione, e dalle parole si passò ai fatti. Spuntarono i coltelli, e nella rissa tra i due gruppi Gianluca rimase sfregiato al volto.

Mirko raccontò l'accaduto ai familiari e fu subito spedito fuori Napoli, al riparo da possibili ritorsioni.

Da Santa Lucia arrivò un ultimatum a De Luca: «Consegnaci tuo nipote, deve pagare».

«Non se ne parla nemmeno» fu la risposta del boss.

Dopo qualche ora, il padre di Mirko, un operaio senza precedenti penali, fu freddato sotto casa da un sicario. La vendetta per il figlio del capozona era stata consumata. Con il sangue di un innocente.

'O Tarramoto reagì con la consueta ferocia. Non potendo disporre di Tatore, ancora in convalescenza, né di Ciruzzo e di

altri killer della Sanità, perché facilmente riconoscibili, assoldò due mercenari assassini del Casertano. Cocainomani e con un pedigree criminale che avrebbe fatto inorridire anche Jack lo squartatore. Diede loro una manciata di banconote da cento euro e li mandò a uccidere un fratello di Gianluca.

La catena di omicidi e ferimenti si allungò di giorno in giorno. Un'estate di terrore, non solo per gli abitanti della Sanità e di Santa Lucia. Le esecuzioni di alcune vittime avvennero anche in altre zone della città. Spesso in pieno giorno, in mezzo alla folla, davanti ai bambini.

La polizia capì che la scintilla della faida era stata la rissa in pizzeria, ricostruì le parentele pericolose di Mirko e Gianluca, fece numerose perquisizioni, sequestrò armi e munizioni, interrogò a più riprese De Luca e il capozona del Pallonetto, ma non trovò prove sufficienti per poterli incastrare.

Durante le sue omelie in basilica, padre Francesco usò parole forti: «Ancora una volta il nostro amato rione deve pagare un tributo di sangue e di orrore sull'altare della violenza. Ancora una volta Napoli, tutta Napoli, è costretta a vivere nella barbarie per colpa di una minoranza di delinquenti brutali che non esitano a sparare tra la gente, che vogliono tenerci sotto scacco con la prepotenza. Quante lacrime dovremo ancora versare? Quanto tempo dovrà passare prima che la mattanza abbia fine? Quasi vent'anni fa ad Agrigento, riferendosi ai siciliani, il pontefice Giovanni Paolo II disse: "Questo popolo che ama la vita, che dà la vita, non può vivere sempre sotto la pressione di una civiltà della morte. Qui ci vuole civiltà della vita". E con voce inflessibile chiese ai mafiosi di convertirsi. Io faccio mie le parole di papa Wojtyla, perché il popolo napoletano è come il popolo siciliano: vuole una civiltà della vita, non una civiltà della morte. E chiedo ai camorristi: fermatevi! Abbiate l'umiltà di fare un passo indietro. Deponete le armi, liberatevi delle vostre cattiverie. Le vere fortune non si accumulano con l'odio, ma con l'amore. E intanto dico a noi stessi: non restiamo inermi, facciamoci sentire, prendiamo posizione contro i violenti. Non culliamoci nell'illusione che porta a pensare: "Tanto si ammazzano fra di loro, che ce ne importa". Loro stanno ammazzando anche noi e la nostra voglia di costruire un mondo di pace».

Il sacerdote organizzò una fiaccolata per le strade della Sanità, alla quale aderirono gruppi studenteschi, rappresentanti delle istituzioni, associazioni, comitati civici, semplici cittadini. Il rione era stanco del clima di terrore. Voleva riprendersi i suoi spazi, la sua vita.

In testa alla processione, Tina. Era la prima volta che partecipava a una manifestazione pubblica. S'era prodigata per aiutare padre Francesco a prepararla e aveva creato su Facebook una pagina evento chiamando a raccolta tutti i suoi amici. Nel gruppo giovanile della parrocchia agiva da leader. Sempre presente alle riunioni e pronta a inventare progetti e iniziative.

Molti la riconobbero. E in tanti apprezzarono il suo coraggio. La nipote di un boss alla guida di un corteo anticamorra. Un taglio netto col passato. La dimostrazione che il male può essere attaccato e sconfitto anche dall'interno.

La faida provocò anche episodi surreali.

Alla Sanità un quarantenne squattrinato s'era messo in testa di arricchirsi ricorrendo a un espediente truffaldino: pararsi all'improvviso davanti a un mezzo di locomozione marciante a velocità non troppo sostenuta, simulare un investimento, spaventare il conducente facendo finta d'essersi fatto molto male e chiedere il risarcimento dei danni alla sua compagnia assicurativa. Si chiamava Ciccio *'a Botta. Soprannomen omen.*

La furfanteria gli era già riuscita un paio di volte.

In una prima occasione si fece investire da un'utilitaria guidata da una ragazza fresca di patente. Appostato all'angolo tra via Sanità e vico San Felice, Ciccio aspettò che il bersaglio gli arrivasse a tiro, scese dal marciapiede all'ultimo secondo, diede una ginocchiata alla fiancata della macchina e si buttò per terra urlando.

La guidatrice uscì dalla vettura con le mani nei capelli: «Che ho fatto, che ho fatto...».

«Mi stavi uccidendo!» gridò Ciccio toccandosi il ginocchio. «Che guardavi, 'e mosche 'ncielo?»

«Io non vi ho visto proprio... Dove eravate?»

«Qua, stavo attraversando sulle strisce pedonali!»

La ragazza si girò intorno. Sull'asfalto non c'erano tracce di segnaletica stradale.

«Ma qui le strisce non ci sono...»

«Guardate bene: ci stanno! Un poco cancellate, ma ci stanno!»

La malcapitata guardò di nuovo, e le strisce le vide. Per suggestione.

'A Botta passò al *conquibus*: «O mi paghi in contanti o faje 'na lettera all'assicurazione».

La ragazza optò per la seconda ipotesi. Diede le sue generalità a Ciccio, il quale dopo due giorni le fece recapitare un referto medico truccato. La compagnia assicurativa ricevette la denuncia di sinistro e in capo a qualche mese liquidò una bella somma all'impostore.

Dopo un esordio così promettente, *'a Botta* una mattina provò il bis con un ciclomotore. Arpionò il veicolo in via Mazzella e cascò insieme al conducente, un cameriere della Cantina del Torello. Questi gli scaricò addosso una caterva di parolacce, ma dovette zittirsi davanti all'avvertimento di Ciccio: «Vi porto in tribunale perché siete stato voi a buttarmi sotto. Sicuramente me so' fratturato 'o polso e mi so' fatto 'na lussazione alla spalla. I testimoni mi daranno ragione».

«Qua' testimoni? Ccà nun ce sta nisciuno.»

«Ce stanno, ce stanno. 'E faccie appari'.»

Il cameriere si rese conto di essere incappato in un malfattore pronto a tutto. Per levarselo dalle scatole, la sera stessa gli portò a casa duemila euro augurandogli ogni fortuna: «Con questi soldi ti devi comprare tutte medicine, canaglia!».

Per nulla impressionato dalla maledizione, dopo qualche giorno Ciccio tornò in azione. Con la solita tecnica. Nei pressi della chiesa dei Cinesi mise un piede sotto una ruota di un furgoncino guidato da Zhao Lin Pezzella, un giovane commerciante della zona, e si buttò per terra lamentandosi d'essere rimasto ferito.

Zhao Lin, nato a Napoli da madre pechinese e padre dei Quartieri Spagnoli, non si fece abbindolare, e con un triplice fischio convocò sul posto i suoi amici residenti nelle vicinanze, i quali invitarono Ciccio a sloggiare. *'A Botta* nicchiò, tergiversò, protestò. Per tutta risposta, fu sollevato di peso, lanciato dentro il furgoncino su una catasta di indumenti *Made in China*, trasportato ai Colli Aminei e infilato in un cassonetto dei rifiuti.

Lo smacco non frenò i propositi mascalzoni di Ciccio. Ma i tempi e il luogo del suo quarto tentativo di imbroglio gli furono fatali.

Undici agosto. Alla Sanità la faida di camorra era al culmine della sua efferatezza. Ciccio *'a Botta* non ne tenne conto, e a tarda ora si piantò di vedetta in prossimità di una curva di via del Serbatoio, in attesa di un pollo da spennare. A una ventina di metri da lui, nella penombra, c'erano due uomini fermi a chiacchierare.

"Questi magari mi potranno fare 'a testimonianza" vagheggiò.

Transitavano poche auto, a una velocità eccessiva per fargli eseguire la *botta*. Aspettò con pazienza fino a che non vide arrivare quella giusta. Andava lenta, sembrava volesse fermarsi.

"È essa, mo' me votto" pensò Ciccio, e allungò una gamba sulla carreggiata.

Giunta all'altezza dei due uomini, la vettura si fermò. Da uno dei finestrini posteriori spuntò la canna di un mitra. Una, due, tre raffiche, e i due caddero crivellati dai proiettili.

Ciccio restò a bocca aperta a guardare la scena. Dal centro della strada. Impietrito.

«Accelera, fujimme!» urlò qualcuno all'interno dell'abitacolo.

L'auto sgommò, fece una sbandata, scartò verso Ciccio, lo prese in pieno e lo catapultò contro il cancello di un edificio.

Dalla macchina, rimasta in panne, scesero tre uomini. I due che erano seduti davanti si diedero alla fuga a piedi. Il terzo, il sicario col mitra, prima di scappare si avvicinò a Ciccio, a terra in fin di vita.

«Chi cazz'è chisto?» disse. E con una mitragliata lo finì.

Tonino si sentiva al riparo dalle rappresaglie di camorra: "A me non mi possono fare niente, quello che sta succedendo non mi riguarda. E devo pure ringraziare Pietro, che mi tiene ancora ai domiciliari".

Una sera, invece, gli Esposito furono chiamati in causa a colpi d'arma da fuoco. Due sconosciuti a bordo di una moto, protetti da caschi integrali, si fermarono davanti alla palazzina di salita dei Principi e ne presero a pistolettate la facciata. Uno dei proiettili mandò in frantumi i vetri della porta esterna della cucina, quella che dava sul balconcino affacciato sulla strada.

In quel momento Patrizia, con l'assistenza di Olga e Manuela, stava allattando i gemellini accanto al lavello.

Il panico.

Con prontezza di riflessi, Olga abbrancò Totò e Peppina e li portò verso l'interno dell'abitazione, dove corsero a ripararsi anche Manuela e Patrizia.

Impauriti, Genny e Tina uscirono dalle loro camerette.

Da sopra accorsero Enzuccio, Gaetano e Assunta.

Giggetto andò a nascondersi in una scarpiera.

Sansone e Ivana si abbracciarono.

Soltanto Tonino restò immobile. Sotto shock. Perso dentro di sé. Seduto nella camera da pranzo davanti al televisore.

Nell'agitazione generale, Gaetano chiamò il centotredici, e dopo qualche minuto dal commissariato Stella arrivò una volante della polizia. Una coppia di agenti entrò in casa, si fece raccontare l'accaduto da Patrizia, Olga e Manuela ed eseguì i primi accertamenti. L'impatto delle pallottole sulla facciata della palazzina aveva aperto dei piccoli crateri nell'intonaco. Il proiettile che aveva distrutto il vetro della cucina si era conficcato nel soffitto, accanto al lampadario.

«Non volevano uccidere ma dare un segnale» disse uno dei due poliziotti, il più anziano. «Chi è il capofamiglia?»

«Io» rispose sommessamente Tonino.

«Venga con noi in commissariato, così potrà sporgere denuncia.»

«È proprio necessario? Io sto agli arresti domiciliari, non posso allontanarmi.»

Il poliziotto fece una faccia stupita.

Patrizia guardò il marito con l'espressione di chi ti infilerebbe uno scorpione negli slip, giusto per vedere l'effetto che fa.

Scossa e disgustata, Tina se ne tornò nella sua cameretta.

Per sbloccare il momento di imbarazzo, Gaetano intervenne con piglio deciso: «Toni', non dire panzane. Non tieni nessun arresto domiciliare. È necessario che vai. Questo fatto che è successo è gravissimo. Devi subito fare la denuncia».

Tonino si sentì addosso gli sguardi di tutti. E non trovò scampo.

«Va bene, andiamo» disse. «'O destino così ha voluto.»

Scese in strada insieme agli agenti e salì con loro sulla volante. Non era mai entrato in un'auto della polizia, e per la prima volta doveva recarsi in un commissariato.

Si sentì a disagio.

"Chissà quanti inseguimenti avrà fatto 'sta macchina" pensò. "E quanti malviventi so' stati qua dentro, con le manette ai polsi."

Le strade della Sanità erano tristi. Poca gente in giro. Con l'inizio della faida, nel rione era scattato il coprifuoco. Dopo una certa ora, tutti a casa. Chi se l'era potuto permettere, aveva portato la famiglia in vacanza fuori Napoli. Lontano dagli spari, dal sangue, dalle sirene delle ambulanze.

In commissariato i due poliziotti fecero accomodare Tonino su una panca in un corridoio: «Aspetti qui, andiamo ad avvisare il capo».

L'ambiente era spartano. Pareti disadorne, le luci dei neon, una radiomobile che gracchiava, lo squillo di un telefono. E un caldo afoso.

Di fronte a Tonino era seduto un uomo di mezza età. Grasso, sudaticcio, i capelli arruffati, un viso bonaccione.

«Pure vuje avita fa' 'na denuncia?» chiese a Tonino.

«Sì.»

«E che v'è successo?»

«Niente, m'hanno rapinato 'o portafoglio» mentì Tonino. «E a voi?»

«Aggia denuncia' a chella zoccola 'e muglierema.»

«Perché, che v'ha fatto?»

«Tiene l'amante.»

«Ah… E come l'avete scoperto?»

«Non l'ho scoperto io, l'ha scoperto mio figlio che ci ha dieci anni. Oggi ha aperto 'o tiretto d' 'o comò dove mia moglie tiene la biancheria intima e ha trovato nu vibratore. L'ha portato in cucina dove stavo parlando con dei compagni miei e ha detto: "Papà, lo posso accendere 'sto razzo?". Volevo morire.»

«Be', può essere che lo teneva per uso personale.»

«Uso personale? Sopra a 'sto coso c'era scritto a pennarello *Mimì*. Io mi chiamo Umberto.»

«Tutto un altro nome…»

«Tutto un altro nome.»

«E quando è successa la scoperta, vostra moglie dove stava?»

«Non lo so, è da un mese che non torna a casa. Secondo me se n'è andata. Aggie penzato bbuono?»

«Avete pensato benissimo. Vi posso dare un consiglio fraterno?»

«Dite.»

«Non mettete carne a cuocere: jatevenne senza fa' 'a denuncia. Andate a divertirvi e a festeggiare, ché avete avuto 'na fortuna.»

Il poliziotto anziano tornò: «Venga, signor Esposito».

Tonino lo seguì fino alla porta su cui era incollata la targhetta con la scritta IL DIRIGENTE.

Il commissario capo Flavio Capasso era in piedi, con le braccia incrociate. Quarantadue anni, fisico asciutto, i capelli brizzolati sulle tempie, abito grigio chiaro.

A una scrivania, dietro un computer, era seduta una donna poliziotto.

Un ventilatore rotante dava un po' di frescura alla stanza.

Capasso si presentò, fece accomodare Tonino e indicò la sua collaboratrice: «L'agente De Marinis». Poi chiese se poteva far arrivare un caffè.

«No, vi ringrazio. Dopo quello che è successo, ho bisogno più di un calmante.»

«Già, signor Esposito, cos'è successo?»

«Io non ho visto niente» rispose Tonino.

L'agente cominciò a ticchettare sulla tastiera del computer.

«Stavo guardando la televisione. Ho sentito solo le botte che venivano dalla strada. Mia moglie, in compagnia di mia mamma e della nostra cameriera, stava in cucina ad allattare le criature. So' due gemellini, un maschio e una femminuccia, tengono quasi due mesi. Si so' pigliati uno spavento!»

Il commissario si tolse la giacca, scorciò le maniche della camicia e prese un foglio: «Ho mandato sul posto gli esperti della Questura, che stanno facendo i rilievi. Gli agenti intervenuti mi hanno riferito che contro la sua abitazione sono stati esplosi una quindicina di colpi d'arma da fuoco. È un'intimidazione, rivolta a lei o a qualcuno dei suoi familiari. Di recente avete ricevuto minacce?».

«No, né io né i miei parenti. Dotto', noi ci facciamo sempre i fatti nostri.»

«Signor Esposito, non sia reticente. Io so chi è lei: il figlio del pluripregiudicato Gennaro Esposito, ucciso poco più di tre anni fa in un agguato di stampo camorristico. Con questo non voglio fare illazioni sul suo conto. Ma suo padre fu ammazzato al termine di una faida violentissima. E quella in corso in questo periodo è altrettanto feroce. Quindi se lei ha qualcosa da dirci per aiutarci nelle indagini, ne saremo contenti. Glielo dico anche a sua tutela. Ci sono già andate per lo mezzo delle persone innocenti, e dobbiamo fare ogni sforzo per assicurare i colpevoli alla giustizia, anche con la collaborazione dei cittadini. Sono stato chiaro?»

Tonino deglutì: «Sì, chiarissimo».

A bruciapelo, Capasso fece l'ultima domanda: «Lei conosce Pietro De Luca?».

«Ne ho sentito parlare…»

Il commissario capì che non avrebbe cavato un ragno dal buco: «Vada, signor Esposito. Firmi la denuncia e torni a casa. E stia attento: la terremo sotto controllo».

"Pietro mi tiene agli arresti domiciliari, 'a polizia sotto controllo e Patty sotto 'o schiaffo" pensò Tonino uscendo. "Che schifo 'e vita!"

Attraversando il corridoio, vide che l'uomo grassoccio era ancora lì.

«Non ve ne siete più andato?» gli chiese.

«Io volevo seguire il vostro consiglio, ma ci ho ripensato. È meglio che la denuncia la faccio: mia moglie, oltre al vibratore, teneva nascoste pure delle fruste e delle catene. Può essere pericolosa per la società. Non vorrei che mo' stesse facendo del male a qualcuno.»

La mattina del quindici agosto fu commesso un nuovo omicidio. A pochi passi dal portale della basilica di Santa Maria, in cui padre Francesco stava celebrando la messa di mezzogiorno per la festività dell'Assunta.

Il sacerdote interruppe la funzione e corse fuori. A terra, in una pozza di sangue, c'era un ragazzo di nemmeno vent'anni. Gli avevano sparato al torace e alla testa. E alla nuca, per il colpo di grazia.

Scattò il tragico rituale che segue ogni delitto. L'arrivo delle forze dell'ordine e di un'ambulanza a sirene spiegate, il transennamento dell'area, l'accertamento di morte da parte del medico legale, gli agenti della Scientifica con le tute bianche, le urla e i pianti dei parenti della vittima.

Sopraggiunse anche il commissario Capasso con i suoi uomini. Padre Francesco gli si avvicinò. I due si conoscevano e si stimavano.

«Flavio, cosa possiamo ancora fare per mettere fine a queste atrocità?»

«Tutto il possibile, France', dobbiamo fare tutto il possibile» rispose Capasso. «E agire in fretta. Guai ad arrenderci.»

Il parroco rientrò in chiesa, e dall'altare chiese ai fedeli di pregare per il ragazzo ucciso. Poi andò in sacrestia, si sfilò la casula e rifletté sulle parole dette dal commissario: "Tutto il possibile. Dobbiamo fare tutto il possibile. E agire in fretta. Allora sì, muoviamoci ancora di più. Lui venne qua? E mo' vado io da lui!".

Poco dopo, si avviò verso la collina del Moiariello. A piedi, sotto il sole. Verso il rifugio di De Luca.

Davanti al cancello della villa del boss trovò un'auto ferma, con due uomini a bordo. Si accostò al lato guida: «State a fare le sentinelle per il *capo*? Fatemi entrare, devo parlargli».

I due lo riconobbero e si scambiarono una rapida occhiata: «Don France', non possiamo».

Il parroco sferrò un pugno sul tettuccio della macchina: «Chiamatelo subito e ditegli che sto qua!».

Uno dei due compose un numero su un telefonino: «Ci sta don Francesco, 'o parrucchiano. Vo' trasi'».

Dall'interno arrivò l'ok, e i battenti del cancello si aprirono.

Ciruzzo *'o Schiattamuorto* fece gli onori di casa: «Salve, padre Francesco, buon Ferragosto. Il signor De Luca è a bordo piscina con alcune sue ospiti. Mi segua».

'O Tarramoto era sotto un gazebo, su una sdraio, a sorseggiare una bibita. Camicia e pantalone di lino bianco, abbronzato, un paio di Ray-Ban da sole sugli occhi.

Nella piscina nuotavano due ragazze.

«È un piacere averti qui, France'» fece il boss. «È la prima volta che vieni, e spero che non sia l'ultima.»

«Non cominciare a fare lo stronzo» replicò il sacerdote sistemandosi su una sedia.

«Che linguaggio: nu prevete non dovrebbe parlare in questo modo. Ti piace 'sto posto? Bello, eh? 'E palme, 'e funtane, 'a villa in stile pompeiano. Tiene venti stanze, è 'na delizia. 'A piscina me la so' fatta fare questa primavera. Ci voleva. Non è olimpionica, però va bene così: non ci devo organizzare le gare.»

«L'hai fatta sicuramente costruire con lavori abusivi, eh?»

«Abusivi, non abusivi, che differenza fa? Ho fatto guadagnare soldi a degli operai e alle loro famiglie, questo è importante. Tu m'insegni: senza lavoro nun se cantano messe. E se il lavoro non te lo dà lo Stato, te lo devi andare a procurare da qualche altra parte. Ti posso offrire 'na cosa fresca?»

«Non voglio niente.»

«Perché ti sei disturbato a venire?»

«Per ripeterti con più forza quello che ti ho detto il primo gennaio: fermati! Ferma la violenza. È già morta troppa gente, non t'è bastato? M'avevi detto che forse ci pensavi, a cambiare vita. E invece eccoti qua, a fa' 'o spaccone in questo luogo finto, circondato dai tuoi leccapiedi e da donne facili. Chesta nun è 'a realtà, Pie'. Questo è un castello di carta che prima o poi crollerà. La realtà sta giù al rione, dove la gente non campa più e tiene paura, per colpa tua e degli assassini al tuo servizio.»

«Tu che ne sai che io sono coinvolto nella faida? Tieni 'e prove?»

«Non faccio l'investigatore, ma basta poco per capire che ci stai dentro. Se tenessi le prove, t'avrei già denunciato.»

«E tu mi faresti 'sta carognata?»

Padre Francesco saltò all'impiedi: «Tu parli a me di carognate? Proprio tu? Poco fa è stato massacrato un altro ragazzo. Davanti alla basilica. Questa, è una carognata! E tu ne sei responsabile!».

«Non l'ho fatto ammazzare io.»

«Eh già, tu li fai ammazzare fuori rione, i tuoi nemici. Ma per tutti quelli che sono stati uccisi qui, di chi è la colpa? Non ne senti il peso sulla coscienza? Dove vuoi andare a finire? Tu e tutti i camorristi come te avete il destino segnato: o in carcere o sotto terra. Voi siete il Male. Siete dissennati, non avete un minimo di moralità e di intelligenza. Pensate di arricchirvi e di fare la bella vita, invece restate dei poverelli. Vi scavate la fossa da soli. E state sputando sulla storia e sulla cultura di Napoli. Questa città non vi merita.»

«Napoli non merita tante cose. Alla fine, so' gli affetti veri che contano.»

«Bravo, *gli affetti veri*: sante parole. Tu ce l'hai? Ce l'hai un cuore?»

Il cellulare del boss squillò. De Luca ne osservò il display e rispose alla chiamata. Ascoltò l'interlocutore per qualche secondo, poi si alzò di scatto dalla sdraio: «Dove?... Siete sicuri?... Bastardi di merda!».

Scagliò per terra il telefonino. Si tolse i Ray-Ban e si mise le mani sulla faccia.

«Che altro è successo?» domandò padre Francesco.

'O Tarramoto rispose con un filo di voce: «Hanno ucciso a mia sorella».

IX

I PETALI DEI DESIDERI

Ci sono giorni neri come la pece. Giorni in cui sembra girare tutto storto.

Inciampi scendendo dal letto, e già questo dovrebbe consigliarti di rimetterti sotto le lenzuola. Ma non lo fai, no, sarebbe una sconfitta prematura. E duro come il coccio affronti la vita.

Ti infili sotto la doccia e scopri che manca l'acqua.

Vai a prepararti il caffè e ti ricordi di averlo finito.

Cerchi una camicia pulita e ti viene in mente che l'ultima l'hai gettata la sera prima nel cesto della biancheria sporca. Lo stesso cesto, stracolmo da una settimana, che ora ti sta guardando con un'espressione di orrore tale e quale a *L'urlo* di Munch.

Esci e trovi l'ascensore guasto. Scendi a piedi. Il portiere sta lavando le scale e ti dice «Non si preoccupi, passi pure», mentre in effetti pensa: "'St'imbecille proprio adesso doveva uscire?".

Arrivi alla macchina e capisci quanta cacca possono depositare i piccioni su un parabrezza in una sola notte.

Ti infili nell'ingorgo della Tangenziale e ti accorgi di aver dimenticato il cellulare sul comodino. Gridi a te stesso un potente «Vaffanculo!», e dall'auto accanto ti senti chiedere, con tono garbato: «Ce l'hai con me, coglione? Ti straccio a coriandoli!».

Arrivi in ufficio e i colleghi ti sghignazzano in faccia.

«Che cazzo avete da ridere?»

«Deficiente, hai la patta aperta. E non ti sei messo le mutande.»

Ci sono giorni in cui vorresti mandare a quel paese l'universo intero. Giorni in cui avresti voglia di tornare sui tuoi passi, rimetterti sotto le lenzuola e ricominciare tutto daccapo. Poi pensi: "Sarebbe peggio, sicuramente mi crollerebbe il soffitto addosso".

E allora non torni indietro, no. Sei un duro, tu. Intrepido e stoico. Devi andare avanti. Un cavaliere senza macchia e senza paura. Anzi no, *con* la macchia. Quella che ti è appena apparsa sui pantaloni a causa del distacco di un maccherone al sugo, e della successiva sua caduta a precipizio, dalla forchetta che stavi portando alla bocca.

Per Tonino le giornate peggiori iniziavano sempre con una scenata di Patrizia. E poiché le scenate di Patrizia erano quotidiane, cominciavano intorno alle sette del mattino e proseguivano *ad libitum*, per Tonino non c'erano giornate peggiori o migliori: erano tutte pessime.

Ora gli Esposito stavano vivendo un momento molto delicato. Le pistolettate contro la loro palazzina e l'atmosfera di violenza che si respirava alla Sanità li avevano messi con le spalle al muro.

Ci furono discussioni, contrasti, e la famiglia si spaccò sulle decisioni da prendere a propria tutela.

«Ce ne dobbiamo andare, qua non stiamo più al sicuro!» dichiarò Patrizia dopo aver saputo dell'omicidio davanti alla basilica.

Tonino, intrepido e stoico, si oppose: «E dove vuoi andare? Non ci sta nessun posto migliore di questo».

«Toni', ma non ragioni proprio? Stai capendo o no quello

che sta succedendo? Se fosse per te, campa cavallo che la barba cresce! Ci stiamo dentro pure noi. Ci hanno fatto un avvertimento, ci hanno sparato addosso, potevamo morire!»

Patrizia non era fuori pista. Il messaggio lanciato dai pistoleri si poteva decifrare in un solo modo: vi conosciamo, sappiamo chi siete e da che parte state, siamo in grado di colpirvi in qualunque momento. Il pericolo era reale. Tonino lo sapeva bene, ma provò a minimizzare: «Nun esagera', Patty, non ci hanno sparato addosso. Hanno fatto un poco di tirassegno. È stata 'na buffonata».

«'Na buffonata? Che dici, 'a prossima vota 'e facimme accomoda' in casa? "Prego, trasite, metteteci 'na bomba, così fate più presto." Ma famme 'a cortesia, Toni'! Je me ne vaco. Tu fa' chello ca vuo' tu.»

Assunta, presente alla discussione insieme a suo marito, condivise il pensiero di Patrizia: «Pur'io me ne voglio andare. Gaeta', tu fa' chello ca vuo' tu».

Distratto dalla trasvolata di un moscone sulla testa della consorte, Gaetano fece un'osservazione istintiva: «Te ne vai, Assu'? Sia fatta 'a volontà 'e nostro Signore!».

Assunta si sfilò una ciabatta e si accinse a tirarla verso Gaetano. Aveva un'ottima mira: mai fallito il bersaglio.

Patrizia le consigliò un'alternativa: «Mammà, lascia perdere, è troppo leggera. Piglia nu vaso».

«Ma fatela finita, tutte e due!» scattò Gaetano. «E tu, Toni', non essere troppo facilone! Per come stanno le cose, dobbiamo trovare una soluzione giusta. Pure per i ragazzi e per i bambini. Anzi, soprattutto per loro. Se ce ne scappiamo con la coda fra le gambe, la diamo vinta a chi vuole vederci intimoriti e sconfitti. Agiamo con intelligenza. Facciamo capire a tutti che non abbiamo nulla a che vedere con certa gente. Toni', una volta per tutte, distaccati dalle cattive compagnie e dalle cattive azioni. Tuo padre è stato quello che è stato, tu sei un'altra persona. Riscattiamoci. La nostra è 'na famiglia perbene. E per il momento pigliamoci 'na pausa. Ne abbiamo bisogno tutti quanti. Andiamocene in vacanza, a far riposare il corpo e la mente. Concediamoci un poco di *otium*, come dicevano i Romani.»

«Gaetanu', quando usi le parole straniere mi rendo conto di avere sposato 'na perzona intelligente assai.»

«E in quali altre occasioni ti rendi conto di 'sta cosa?»

Assunta si grattò il capo: «Boh, nun me ne vene in mente nisciuna…».

«Assu', tu te si' sfilata 'a chiantella. Vuoi che mi sfili 'na scarpa?»

Nell'estate dell'anno prima, gli Esposito avevano trascorso una lunga vacanza di gruppo in un villaggio turistico calabrese. Da allora, il loro ménage era nettamente cambiato. Lo spirito giusto per ripetere l'esperienza non c'era più. Pur senza ammetterlo davanti agli altri, ciascuno avvertiva la necessità di staccarsi dai familiari. O almeno da una parte di essi. Per cui le destinazioni furono decise in piena libertà. Ognuno per sé, e *otium pro omnibus*.

Patrizia fu la prima a fare i bagagli: «Io e Olga andiamo fuori un paio di settimane. Purtamme a Totò e a Peppina a respira' aria di mare. Devono prendere un poco di tintura di iodio: ai bambini fa bene».

Prenotarono una camera a Sperlonga, nel basso Lazio. All'hotel «Bora Bora». Lido annesso, piscina, solarium, sala da pranzo climatizzata, ombrellone in prima fila, ampio parcheggio, ampio buffet.

Tina, invece, su consiglio di padre Francesco, si iscrisse a un campo scuola in programma nel parco sannita di Pietraroja, nell'alta valle del Titerno. Chiese a Manuela di starle vicina, e la mamma di Tonino si trovò una stanza in una pensioncina della zona.

«Portiamo con noi Giggetto?»

«Certo, cara.»

E il Bianconiglio, salutati Ivana e Sansone con mestizia, si accodò a nonna e nipote.

Più complicata fu la scelta di Gaetano, per via delle resistenze della moglie.

«Assu', deciditi: a mare non vuoi andare, in montagna soffri di vertigini e in campagna ti scocci di camminare. Che vuo' fa'? 'Na bella vacanza in un ospizio, accussì t'abitui all'idea?»

«In ospizio ci vai tu, insieme a tutti i vecchi comme a te!»

«Io vecchio? Aggie capite: ti porto a villeggiare in un centro oculistico.»

Alla fine Gaetano riuscì a trovare il posto adatto: la beauty farm «Antro del Saraceno», ad Amalfi. Un centro benessere scavato nella roccia, a picco sul mare, in cui si poteva usufruire di trattamenti che avrebbero dato vigore anche a un'ameba: bagno turco, massaggio Kundalini, cura idropinica, fanghi, peeling, fiori di Bach, sauna, training autogeno.

«Genny, tu vieni con me e nonna Assunta.»

«Si mangia bene?»

«Benissimo, guaglio'. Mi so' informato: cosce di tacchino e costatelle di maiale tutti i giorni.»

«E 'o pollo arrosto con le patatine?»

«Ci sta pure quello. Col rosmarino ti piace?»

«No.»

«Allora ce lo facciamo togliere. Non vorrei che ti facesse ingrassare.»

Soltanto Tonino, con un muso che gli arrivava fino a terra, decise di non partire: «Jate, jate. Jate a ve diverti', ingrati! Nun m'avite manco domandato che intenzioni tenevo io. Come se vi stessi mischiando 'na malattia infettiva!».

Enzuccio si candidò a fargli da tata: «Don Toni', resto io a farvi compagnia. Dobbiamo pure badare alle iguane, non possono rimanere da sole».

Sansone e Ivana udirono e svennero.

Al «Bora Bora» Patrizia diede spettacolo fin dal primo giorno. I suoi costumi catarifrangenti sembravano usciti da un agrumeto: arancio, limone, cedro, bergamotto. Quando sfilava sulla passerella della spiaggia, gli orologi del pubblico maschile si fermavano. Quelli al polso delle donne si voltavano dall'altra parte.

Mentre Olga accudiva Totò e Peppina, sistemati al fresco in un passeggino a due posti, con i cappellini bianchi a cuffia intonati con il rosso degli ombrelloni del lido, lei prendeva la tintarella, leggeva riviste scandalistiche o spettegolava con la vicina di sdraio, sua coetanea, procace e appariscente quanto lei. Si chiamava Laura, era divorziata, viveva a Salerno e ogni anno veniva in vacanza a Sperlonga con un uomo diverso.

«Patty, non si nota proprio che hai partorito da poco. Ci hai un fisico bello sodo. Tu agli uomini fai gira' 'a capa.»

«Eh, devo smaltire qualche chiletto e un poco di celluloide, ma non tengo tempo di andare in palestra. Comunque grazie. Pure tu stai proprio bella.»

«Dopo che ho divorziato, so' rinata» disse Laura agitando una bomboletta di abbronzante spray. «Mio marito era uno scassacazzo che non hai idea. Sempre azzeccato a me, come 'na cimice. Non mi faceva respirare. Geloso e brontolone. Non gli andava mai bene niente. Mi stava facendo venire i complessi, meno male che me ne so' liberata. Mo' mi mantengo in forma facendo sesso con chi mi piace e con chi tiene i soldi. 'A vita è nu muorzo, ce ne dobbiamo vedere bene.»

«Si' furtunata. Io col matrimonio mi so' affossata. Quattro figli e nu marito ca è rimasto allo stato infantilo. Li voglio bene a tutti quanti, però alle volte penzo ca 'a vita mia putev'essere diversa.»

«A tuo marito l'hai mai tradito?»

Prima di rispondere, Patrizia si accertò che Olga fosse a una distanza tale da non poter sentire: «Sì, l'aggie tradito. È stata 'na storia tormentata, iniziata bene e finita male. Acqua passata».

«E tuo marito l'ha mai saputo?»

«No. È buono e caro, ma su una cosa di questo genere si farebbe afferrare per pazzo.»

Laura si grattò un seno: «Ci ho presente il tipo, e magari non avrebbe tutti i torti. Io a volte mi metto a pensare all'amore e ai rapporti tra uomini e donne. Oggi la fedeltà è diventata la vera trasgressione. È triste, ma è così. Di maschi accertati ne so' rimasti pochi, e questi pochi spesso e volentieri fanno gli stronzi, ma bisogna pure dire che noi femmine siamo troie dentro. Davanti agli altri non lo ammetteremo mai. Tra di noi ce lo possiamo dire».

«So' d'accordo. 'E masculi so cchiù fessi. Noi siamo furbe e isteriche. E quando vogliamo, anche perfide.»

Nel passeggino, Peppina strappò il ciucciotto dalla boccuccia di Totò e lo lanciò sulla sabbia.

«Che dici, Patty, ce lo andiamo a fare un bagno?» propose Laura.

«Sì, jamme, sto tutta accaldata.»

Un signore panzuto che stava passeggiando a riva si vide passare davanti le due amazzoni con le tette ballonzolanti, ebbe una tachicardia ventricolare, subì un'alterazione delle funzioni neurovegetative, mise un piede nel fossato di un castello di sabbia che un bambino aveva appena finito di costruire dopo due ore di paziente operosità, e cadde distruggendo la costruzione sotto il suo peso. Il fanciullo si mise a piangere e fece accorrere il suo papà. Costui, da uomo fine e garbato qual era, mostrò comprensione nei confronti del demolitore disattento: gli infilò la testa nella sabbia e gli fece masticare un granchio morto, quattro gusci di tellina e una conchiglia originaria del golfo di Gaeta.

A Pietraroja, nel campo scuola allestito alle pendici del monte Mutria, Tina visse giornate serene, a contatto con la natura e con altri ragazzi della sua età. Era la sua prima vacanza senza i genitori. Senza nessuno che le imponesse regole e costrizioni. La presenza discreta della nonna nelle vicinanze le dava sicurezza. Con lei si incontrava la sera, per lunghe passeggiate e chiacchierate. Di giorno, invece, partecipava con impegno a tutte le attività del campo: lezioni di archeologia e di educazione ambientale, trekking nei boschi e lungo le rive del fiume Titerno, escursioni nei paesini della valle.

Andò anche a visitare il museo in cui era conservato il fossile di *Ciro*, un cucciolo di dinosauro appartenente alla specie *Scipionyx samniticus*, i cui resti erano incastrati in una roccia calcarea che aveva più di cento milioni di anni.

Si incuriosì per la leggenda delle *janàre*, le streghe che volavano sulle scope e organizzavano *sabba* in onore di Satana. A raccontargliela fu Christian, un ragazzo che veniva al campo ogni estate. Diciotto anni, bruno, atletico, in procinto di iscriversi all'università. Facoltà di Sociologia della «Federico II», a Napoli.

«Gli abitanti di queste zone, quasi tutti contadini e pastori, erano sicuri della presenza delle *janàre*. Dicevano che erano vecchie e brutte, che rubavano gli animali dalle stalle ed erano capaci di preparare pozioni magiche. Per catturarle bisognava afferrarle per i capelli. Si riunivano di notte sotto i rami di un grande albero di noce, e lì ballavano fino all'alba.»

«Ma tu ci credi?»

«No, Tina. All'epoca c'era molta ignoranza, e la gente si faceva facilmente impressionare. Oggi non è più così. Però la storia delle *janàre* è molto interessante. Fa parte delle tradizioni delle nostre terre. Due di loro erano temute e rispettate. Una si chiamava *Manalonga* e si nascondeva nei pozzi: aveva delle lunghe braccia, con le quali ti acchiappava e ti tirava giù. L'altra era soprannominata *'a Zucculara* perché calzava degli zoccoli. Per far capire che stava arrivando, faceva rumore battendo i piedi per terra, e tutti scappavano. Qui a Pietraroja è anche vissuto un mago famoso: *zi' Peppu Mamèo*. Venivano anche da Roma per consultarlo. Non prendeva soldi, ma si faceva pagare con uova, galline, conigli, pezzi di formaggio.»

«Più furbo di Harry Potter.»

«E più bravo di Albus Silente.»

Tra Tina e Christian nacque una bella amicizia. Trascorrevano ore e ore insieme. Parlavano, scherzavano, si aiutavano a vicenda nelle incombenze assegnate dai coordinatori del campo. Quando c'era da dare una mano, erano sempre in prima fila.

Una sera, prima che Tina raggiungesse la nonna in paese, Christian le chiese di trattenersi per qualche minuto. Andarono a sedersi sotto una quercia.

«Ti devo rivelare una cosa importante, Tina, che finora non ho avuto il coraggio di dirti.»

«Cosa?»

«Io sono di Casal di Principe.»

Tina lo guardò con aria stupita: «E quindi?».

«Non ti dice niente questo nome?»

«So che è il paese del clan dei Casalesi, l'ho sentito alla televisione. Quindi?»

«Volevo dirti che io non sono un camorrista. E nemmeno la mia famiglia è camorrista.»

«Non l'avevo pensato per niente. Vivere in un posto in cui ci sono dei camorristi non significa essere per forza come loro.»

Christian si rincuorò: «Ti apprezzo tantissimo. Sei la prima ragazza che ha una reazione normale su questo argomento. Ogni volta che mi capita di dire che abito a Casal di Principe, mi guardano con occhi strani, come se fossi un mostro. E mi evitano. Me ne sto facendo un problema».

«Non devi. Se io invece ti dicessi che sono figlia di una *specie* di camorrista e nipote di un boss?»

«Non mi farebbe nessun effetto. Per me conti tu.»

«E allora te lo confermo. Mio padre faceva l'estorsore, e ha ancora a che fare, per certe cose, con la camorra. Suo padre, cioè mio nonno, è stato boss del rione Sanità, dove abito con la mia famiglia. Poi è stato ucciso.»

Christian non fece una piega: «Te lo ripeto: per me conti tu».

«Grazie. Anche a me non era mai successo di conoscere un ragazzo come te, che non si spaventa quando parlo della mia situazione. All'inizio mi vergognavo di raccontare la mia *appartenenza*. Ora non me ne importa nulla di quello che può pensare la gente. O mi accettano per come sono, o addio. Che posso farci?»

«Niente. Non puoi farci niente. Sono gli altri che devono fare uno sforzo per superare i loro pregiudizi. Sono felice di averti conosciuta. Con te mi sento più forte. Sei intelligente, bella, gioiosa. Sei unica. Ti voglio bene, e mi dispiace che tra qualche giorno dovremo dividerci. Mi mancherai tanto.»

«Anche tu. E ti voglio bene anch'io.»

Christian la abbracciò e le sfiorò una guancia con le labbra.

Lei si sentì felice. E leggera, leggerissima.

«Io non ho mai avuto un fidanzato, Christian. Non so neanche baciare.»

«Non è importante. Ogni cosa al suo tempo. I petali dei desideri si colgono al realizzarsi dei sogni.»

«Bella questa frase! L'ha detta qualche poeta?»

«No, è mia. Me l'hai ispirata tu adesso, con la tua dolcezza.»

Appena incontrò la nonna, Tina le raccontò tutto.

«Christian è troppo carino. E tenero.»

«Goditi questo momento» disse Manuela. «Te lo ricorderai per tutta la vita.»

Giggetto, in ascolto durante la conversazione, si ingelosì e diede un morsetto a Tina su una caviglia.

«Uè, vieni qua!» fece Tina prendendolo in braccio. «Voglio bene anche a te, sei il mio cuccioletto preferito, e sicuramente Christian ti piacerà. Ha gli occhi azzurri come te. Gli occhi della purezza.»

Ad Amalfi, intanto, Genny aveva gli occhi fuori dalle orbite. Per la fame. Sudava come un mulo dalla mattina alla sera, senza ricevere un adeguato corrispettivo calorico. Sveglia alle sette, colazione macrobiotica, sauna col nonno, seduta elioterapica, tre chilometri sulla cyclette, pranzo in stile vegano, breve riposino con sottofondo musicale New Age, massaggio *watsu* con istruttore nordcoreano, esercizi *hatha yoga* per il dominio dell'energia cosmica, meditazione serale su antichi testi tibetani, cena a base di verdure, riposo notturno su un letto di bambù.

«Nonno, ma non dovevano darci tacchino, maiale e pollo tutti i giorni?»

«Guaglio', e che ti devo dire, ho capito male» disse Gaetano con un risolino furbetto. «Però gli involtini di verza con ripieno di riso non erano da buttare. E pure i dadini di cocco alla cioccolata facevano la loro figura.»

«'A cioccolata? Ce ne stavano appena due gocce.»

«E vuol dire che bastavano. Ho parlato con lo chef. Prima di venire a lavorare qua, faceva il monaco. Mi ha detto che lo stomaco si riempie pure con i pensieri e con le preghiere. Quindi pensiamo e preghiamo.»

«Allora prego di mangiarmi appena possibile 'na muntagna 'e patatine.»

«Hai visto la nonna?»

«Sì, stava uscendo dalla stanza dei fanghi. M'ha fatto piglia' 'na paura! Pareva Rambo quando viene fuori dalla palude.»

«E tu immagina quando la notte mi sveglio e me la trovo accanto. Dorme con la bocca aperta, come 'na morta. 'Na volta s'è inghiottita un ragno che stava scendendo dal soffitto col filo.»

«Non può essere!»

«Forse hai ragione. Non era un ragno, era Rambo.»

Furono proprio le gesta del reduce del Vietnam a suggerire a Genny un piano alimentare d'attacco. Un pomeriggio saltò il relax musicale, si mise alle calcagna di un cameriere, ne studiò gli spostamenti e riuscì a capire dove fosse la dispensa. Si mimetizzò dietro una botticella ornamentale, attese il momento buono e fece scattare il blitz. Altro che cibi macrobiotici. Nella dispensa c'era una quantità tale di pietanze da far ingrassare anche un banco di sogliole.

'O Piranha recuperò una bustona e la riempì di scatole di biscotti, confezioni di pancetta, würstel giganti, formaggi, mortadelle, salami interi e a fette, arachidi e barrette di cioccolato.

Terminata la razzia, con passi goffi ma prudenti si diresse verso la camera che divideva con i nonni.

«A quest'ora staranno sicuramente a fa' qualcosa» pensò. «Io mi mangio tutto quello che mi posso mangiare, poi nascondo il resto da qualche parte dentro all'armadio.»

Invece davanti alla porta della stanza trovò Gaetano di vedetta, con le mani sui fianchi.

«E bravo! Noi facciamo la carestia e tu vai a fare l'assalto alla diligenza. Dammi qua, fammi vedere che te si' arrubbato.»

Genny consegnò la refurtiva.

«'Aspita, si' riuscito a truva' pure nu caciocavallo affumicato!» fece Gaetano guardando nella bustona. «E una soppressata di Castelluccio! Ci hai gusti buoni.»

«Nonno, tenevo fame, non ce la facevo più...»

«Guaglio', fame o non fame, 'ste cose non si fanno. Sei andato contro la legge. Mo' dovremmo andare a restituire tutto, con il rischio di farci cacciare dall'albergo e di farci denunciare. Oppure potresti riportare 'sta santa roba dove l'hai presa.»

«Me metto appaura...»

«Lo so. La paura viene sempre dopo che si è commesso il delitto. Io non ti voglio mettere in difficoltà, anche se te lo meriteresti. Facciamo 'na cosa: teniamocela per noi. Poi al momento della partenza faccio un bel regalo a tutti i camerieri. Una mancia sostanziosa, pari al valore della merce che hai trafugato. D'accordo?»

«Sì.»

«Con un patto: 'a soppressata e 'o caciocavallo me li mangio io, che tengo appetito come a te. Chesta nun è 'na beauty farm, ma 'na beauty *fam*! Hai qualcosa da dire?»

«No.»

«Bene. Vatti a procurare due coltelli e due forchette, così mangiamo prima che torna la nonna. Si sta facendo un bagno di Cleopatra, dentro una vasca piena di latte. Le ho detto di farci mettere dentro un poco di caffè, accussì se fa' 'o cappuccino.»

La mattina dopo Gaetano portò il nipote a vedere il Duomo di Amalfi. Genny ne restò affascinato. Dopo la visita, si sedettero sui gradini della monumentale scalinata davanti al tempio.

«Questa è stata 'na grande città, guaglio'. La leggenda dice che fu fondata da Ercole. 'A storia, invece, ci racconta che fu una delle Repubbliche Marinare, insieme a Venezia, a Genova e a Pisa. Di qua passavano spezie, profumi, tappeti, pietre e metalli preziosi, stoffe pregiate. Era un porto commerciale tra i più importanti dell'Europa. Ma come tutte le città di mare, ebbe i suoi periodi negativi. Fu distrutta da un maremoto, colpita dalla peste, attaccata e saccheggiata un sacco di volte. Qua ci so' stati pure 'e Saraceni. Un popolo evoluto, ma quando decidevano 'e fa' 'na conquista erano spietati. Guai a capitare sotto le loro scimitarre. Zac, te muzzavano 'a capa!»

'O Piranha si toccò il collo.

«Bruciavano, depredavano, si portavano via i giovani e le ragazze per venderseli come schiavi e arraffavano ogni cosa di valore. Come hai fatto tu ieri nella dispensa. Ti sei comportato allo stesso modo di un predone. Ah, mo' che ci penso: era avanzato un pezzo di caciocavallo, te lo sei preso tu?»

«No, giuro!»

«Cazzarola, allora se l'è magnato Assunta!»

Mentre i suoi familiari vivevano le loro esperienze vacanziere, Tonino si straziava nella solitudine. Un conto era avere la palazzina piena di schiamazzi e vivaci scambi di battute, un altro trascorrere ore e ore nel più completo silenzio.

Enzuccio gli faceva la spesa, si tratteneva con lui a pranzo e a cena, lo stimolava con argomenti calcistici, lo teneva al corrente dei fatti del rione. Lui apprezzava, ma più passavano i giorni e più la sua voce si inaridiva.

«Don Toni', da quest'anno nessuno potrà più dire che il Napoli non è una squadra capace di stare fra le grandi d'Europa.»

La formazione azzurra, grazie soprattutto alle ventisei reti realizzate dall'attaccante uruguaiano Edinson Cavani detto *El Matador*, era arrivata terza nel campionato di serie A e si era qualificata alla fase a gironi della *Champions League*.

«No, nessuno lo potrà più dire, no» replicò Tonino con mollezza.

«E mo' dovranno fare i conti con noi pure nella *Champions*.»

«Sì, dovranno fare i conti, sì.»

«Don Toni', vi sentite bene?»

«Sì, mi sento bene, no.»

Preoccupato per lo stato di salute del suo *dominus*, Enzuccio, non sapendo a chi rivolgersi, chiamò Tatore *Mezarecchia*: «Ci ha qualcosa che non mi convince. Da quando i parenti se ne so' partiti per le ferie, s'è chiuso in se stesso. Mi sta facendo inquietare. Vieni a vederlo pure tu».

«E m' 'o domandi proprio a me, Enzu'? Dopo quello che m'ha fatto?»

«Ja', vieni, accussì facite pace. Ce mangiammo 'na cosa insieme.»

Il bruscolo di umanità che albergava in un angolino del cuoricino dell'orsetto *Mezarecchia* luccicò: «Va buo', vengo stasera. Faciteme truva' 'na bistecca».

Lo storico incontro di rappacificazione avvenne nella sala da pranzo di casa Esposito. A porte chiuse, senza la stampa. Testimoni, le iguane Ivana e Sansone. Nelle vesti di mediatore diplomatico, Enzuccio: «Stringetevi la mano, e amici come prima».

Tatore stritolò il palmo di Tonino e nel contempo avvertì un pizzicore al testicolo scampato alla *botta* nel garage.

«Comme staje, Toni'?»

«E comm'aggia sta', comm'aggia sta'... Aspetto 'a morte.»

«Uanema, e che allerìa!»

Enzuccio preparò la tavola e andò ad arrostire tre fettone di carne.

«Tu che mi dici, Tato'?» chiese Tonino. «'A pistola 'a puorte sempe 'nte mutande?»

«Sì, però dietro.»

«Dietro? Fai attenzione, quella è una zona delicata!»

Il guardaspalle di De Luca si irritò: «Putimme cagna' argomento? Comm'è ca nun te si' fatto 'e vacanze e si' rimasto sulo sulo ccà?».

«Lo sai, sto ancora agli arresti domiciliari.»

«Ah, già... E tua moglie e 'e guagliuni come stanno?»

Tonino ebbe un fulmineo giramento di testa e, come gli era accaduto durante la campagna elettorale, perse provvisoriamente la memoria. Amnesia globale transitoria, come aveva diagnosticato il dottor De Bonis.

«Mia moglie? Io non sono sposato.»

«Me vuo' sfottere? Tu si' spusato e tieni quattro figli.»

«Addirittura! E quando li ho fatti?»

«Toni', ma staje fore?»

«Io non mi chiamo Tonino. Mi chiamo Gennaro.»

«Gennaro era tuo padre. Tu ti chiami Tonino.»

«No, non mi contraddire: Gennaro.»

Arrivò Enzuccio con le bistecche: «Ecco qua, bollenti e profumate!».

«E tu chi sei?» domandò Tonino. «Che ci fai a casa mia?»

Tatore si picchiettò una tempia con un dito, alludendo alla presunta pazzia di Tonino.

«Don Toni', io sono Enzuccio, il compagnello vostro!»

«No, tu si' nu mariuolo: esci da casa mia! E già l'ho detto al signore qua: io non mi chiamo Tonino, ma Gennaro.»

Enzuccio decise di assecondarlo: «Va bene, signor Gennaro, non vi rubo niente e me ne vado. Però prima mangiatevi questa bistecca che ho appena preparato. È buona, vi farà bene».

«No, io so' vegetariano.»

«Sì? E da quando?»

«Da sempre. So' nato sotto un cavolo.»

«Ho capito. E invece di mangiare, che volete fare?»

«Voglio andare a dormire.»

«Ok. Signor Tatore, vuole aiutarmi ad accompagnare il signor Gennaro a letto?»

«No, a lui non lo voglio, è troppo brutto!» fece Tonino.

Ricordando una commedia di Eduardo Scarpetta che aveva visto a teatro quand'era piccino, *Mezarecchia* sfoderò le sue doti recitative: «Signor Enzuccio, fate come ha detto il signor Gennaro. Portatelo a letto e poi andatevene, che siete un grande mariuolo. Io resto qua a sorvegliare le bistecche. Signor Gennaro, i miei rispetti, fate sogni d'oro».

«Grazie» rispose Tonino. «Siete un uomo brutto ma buono.»

Enzuccio lo prese sottobraccio, lo portò in camera da letto e lo fece coricare.

«Posso andare, signor Gennaro?»

«No, massaggiatemi un poco i piedi e raccontatemi una favoletta.»

«Quale?»

«Quella dei Tre Porcellini.»

A modo suo, intrecciando la storia dei Tre Porcellini con quella dei Sette Nani, Enzuccio narrò la favoletta, frizionò i piedi di Tonino e lo fece addormentare. Poi rientrò in sala da pranzo. Tatore aveva già divorato la sua bistecca, e ora stava annientando quella di Tonino.

«Tato', hai visto come sta?»

«M'ha impressionato. Pare nu viecchio.»

«Che possiamo fare per aiutarlo?»

«Niente. Sta stressato, guarirà. Mo' mangia, Enzu', 'a carne s'è fatta fredda.»

«M'è passata 'a famme.»

«Allora damme 'o piatto. È peccato buttarla.»

La notte di Tonino fu popolata da incubi d'ogni genere. Alle cinque si svegliò con un urlo raccapricciante, che fece inorridire Sansone e Ivana. Enzuccio, che s'era fermato a dormire nella cameretta di Genny, cascò dal lettino, si rialzò, provò a infilarsi le ciabatte, scivolò, andò a cozzare con il naso contro l'anta di un armadio, esclamò un «Mannaggia 'o sasiccio!» e accorse al capezzale dello strillatore. Lo trovò sudato e tremolante.

«Enzu', mi volevano uccidere!»

«Chi?»

«I Gormiti.»

«Ah, quelli so' terribili! E perché vi volevano uccidere?»

«Stavo nella loro foresta, ho buttato per terra un mozzicone di sigaretta acceso, è scoppiato un incendio e 'a foresta s'è distrutta.»

«E avevano ragione a volervi uccidere. Dovete stare attento, con le sigarette.»

«Pe' furtuna s'è presentato Furia cavallo del West, ha alzato uno zoccolo e ha detto: "Gormiti, state calmi calmi, Tonino non l'ha fatto apposta, lo conosco, è nu bravo guaglione". E i Gormiti hanno posato le mazze e si so' calmati. Poi Furia mi ha detto: "Saglie, bello!". Io ci so' salito sopra, e lui s'è messo a cavalcare nella prateria.»

«Scusate, non stavate nella foresta?»

«Sì, ma la prateria stava lì vicino, e Furia c'è arrivato subito. È un cavallo svelto.»

«E poi?»

«E poi ci hanno fermato a un posto di blocco perché avevamo superato 'o limite 'e velocità. Furia nun tene 'o contachilometri, quindi nun se rende conto.»

«Chi vi ha fermato, 'a polizia?»

«No, Shrek.»

«Shrek?»

«Sì, proprio lui. Furia gli ha fatto vedere 'a patente e 'o libretto, e lui ci ha detto che doveva farci la contravvenzione perché andavamo a centosessanta. Furia è diventato 'na furia. Allora so' intervenuto io e ho detto: "Shrek, nun fa' l'orco, lascia stare. Nun fa' incazza' a Furia. Tiè, pigliati quindici euro e vatte a fa' 'na lampada, ca tieni 'a faccia verde". Non l'avessi mai detto. S'è 'ncazzato pure Shrek.»

«Pe' forza. E che ha fatto?»

«Mi ha arrestato e mi ha portato in prigione. In cella con me ci stavano Diabolik ed Eva Kant. Diabolik mi ha dato la mano e mi ha detto: "Me fa piacere, Toni', che stai pure tu qua. Te presento 'a 'nnammurata mia, Eva"». Io ci ho risposto: "Piacere mio, Diaboli'. Mi dispiace che non ti posso presentare a mia moglie Patty, che sta a mare. Comunque volevo solo precisare ca nun me chiammo Tonino, ma Gennaro". Lui s'è corrucciato: «Non mi fai fesso, tu ti chiami Tonino!". Io ho insistito: «No, Gennaro!". E ci siami pigliati a cazzotti.»

«Ma mo' che siete sveglio, vi ricordate come vi chiamate?»

«Certo che mi ricordo: Gennaro.»

X

MISSIONE DI MORTE A BARCELLONA

Monica. Monica De Luca. La sorella di Pietro. Ventotto anni, casalinga. Viveva con i genitori in via Sanità, era fidanzata e stava preparando il matrimonio per la futura primavera. Sarebbe andata a vivere a Modena, dove il suo ragazzo aveva trovato lavoro in una fabbrica. Faceva una vita semplice. Sapeva che suo fratello era un boss e non ne aveva mai condiviso le scelte.

'O Tarramoto l'aveva messa in guardia: «È nu periodo complicato. Deve passare la bufera. Esci di casa solo se è necessario. Sto pensando di mettervi sotto scorta. A te, a mammà e a papà».

«Non voglio nessuna scorta» aveva detto lei. «Già è abbastanza il male che stai facendo a te e alla nostra famiglia. Mo' ci vuoi privare pure della libertà?»

Due killer la uccisero davanti a una salumeria. Le spararono alle spalle, senza pietà. Prima di fuggire, lasciarono accanto al suo cadavere un bouquet di fiori bianchi. Un messaggio crudele: «Visto che stavi per sposarti, questo è il nostro regalo di nozze; te lo porti nella tomba».

De Luca rimase sconvolto dall'omicidio. Non pensava che la faida potesse arrivare a tanto. Non aveva previsto una escalation di violenza così cruenta. Tutto per una rissa in pizzeria tra ragazzini. Un morto tirava via l'altro, come in un rosario interminabile.

Per Monica nutriva un affetto profondo. Ne ammirava la modestia, il modo di sorridere, la bellezza del viso e dei capelli, ricci e scuri come quelli della loro mamma. Con lei aveva diviso tanti momenti dell'infanzia e dell'adolescenza. Sogni, confidenze, buoni propositi. Le aveva detto, un giorno, che se si fosse fatto i soldi avrebbe dato metà dei suoi guadagni a lei e ai genitori, in modo che potessero fare una vita agiata.

L'intento di arricchirsi gli era riuscito, grazie alla malavita. E Monica da quel momento si era allontanata. Per il disonore e per la vergogna. Negli anni in cui era stato in carcere, gli aveva fatto visita una sola volta: «Sei mio fratello, e non posso non volerti bene. Ma da me non avrai mai appoggi. Mammà non fa che piangere tutti i giorni, e papà s'è ammalato per colpa tua. Ci hai distrutto la vita».

Ai funerali De Luca si ricordò di tutto questo, e provò dolore, disperazione, rabbia. La sua invincibilità criminale era crollata. I nemici lo avevano colpito duramente. Gli avevano ucciso dei parenti. Erano arrivati al cuore dei suoi affetti. A Monica.

Durante la funzione in chiesa, si tenne lontano dai genitori. Per non esporli ulteriormente. Potevano esserci dei camorristi avversari, nascosti tra la folla. E c'erano sicuramente dei poliziotti in borghese: li individuò subito.

Si mostrò imperturbabile, freddo, e al termine del rito funebre, insieme a Tatore, a Ciruzzo e a Girolamo *Ursus* Patanella, portò la bara a spalla dall'altare al sagrato, dove era in attesa una macchina funebre della *Requiem Aeternam*. Poi chiamò *'o Schiattamuorto* in disparte: «Vado fuori per qualche giorno. Avvisa tu gli altri. Non mi cercate se non per fatti urgentissimi. E nun pigliate nisciuna iniziativa. Quando torno vi dico quello che c'è da fare».

Si fece ospitare da amici siciliani. Fece telefonate su telefonate. Con schede e cellulari sempre diversi, per non farsi intercettare. Inviò messaggi cifrati, utilizzando il frasario segreto del clan. Effettuò ricerche e verifiche mediante un computer portatile protetto. E alla fine trovò quello che cercava. Anzi *quelli*: gli assassini di Monica.

Tornò alla Sanità covando vendetta. Nella villa al Moiariello ebbe una sgradita sorpresa: un avviso di garanzia. Il pubblico ministero che stava indagando sulla faida lo informava che erano in corso indagini preliminari sul suo conto e lo invitava a nominare un difensore di fiducia.

Si sentì braccato. Il cerchio intorno al suo potere criminale si faceva sempre più stretto.

L'avvocato Ernesto Borzacchiello accolse il boss nel suo studio con tutti gli onori. Era il legale del clan, e aveva tolto De Luca dagli impicci già in un'altra occasione, facendolo assolvere in un processo in cui era imputato per lesioni personali aggravate. Nell'ambiente giuridico partenopeo era nota la sua abilità di destreggiarsi nel viscido mondo delle *tràstule*, ossia delle truffe e degli inganni.

«Carissimo Pietro, come mai questa visita?»

«Un'altra rottura di palle, Erne'. Tiè, leggi qua.»

Con la faccia seria, Borzacchiello esaminò l'avviso di garanzia.

«È una formalità, lo sai, solo una formalità. Non tieni nulla da temere. Stanno indagando, e te l'hanno fatto sapere.»

«Cosa rischio?»

«Per il momento niente. Stanno raccogliendo elementi per arrivare eventualmente a un'imputazione. Devi solo usare prudenza.»

«È 'na bella sfilza 'e reati: omicidio, concorso in omicidio, associazione per delinquere, istigazione a delinquere, favoreggiamento. Non m'erano mai capitati tutti insieme.»

L'avvocato si toccò il nodo del suo cravattone verde: «Non hanno voluto farti mancare niente. Ma stanno nel regno della fantasia. Lasciami l'avviso ccà, ti preparo io 'na comunicazione come tuo difensore. A meno che tu non vuoi avere un difensore d'ufficio...».

De Luca rise: «Erne', tu si' 'o meglio. Per apparare a uno come a te, ci vorrebbero almeno 'na trentina 'e difensori d'ufficio».

«Grazie, troppo buono. Stai tranquillo, me la vedo io.»

«E a parte l'onorario, te faccio ave' qualche bustina 'e *rrobba*, come l'altra volta.»

Borzacchiello sgranò gli occhi: «Com'è, buona?».

«Purissima, appena arrivata dal Sudamerica. Te faje 'na sniffata, e 'o cervello te schizza su Marte.»

«L'hai provata?»

«No, ma che devo provare, io non mi fumo neanche 'e sigarette! L'ho fatta annusare al nostro esperto in materia: Sabatino *Bergerac*, quello che mi ha fatto da testimone al processo l'anno scorso, te lo ricordi?»

«Sì, nu guaglione serio.»

«Ha detto che è una bomba magica.»

«Bene. Me la farò scoppiare sotto al naso.»

'O Tarramoto dimenticò l'avviso di garanzia e si dedicò alla preparazione di una trappola letale per i carnefici di sua sorella. In un primo momento aveva pensato di eliminare anche il mandante dell'omicidio, ma l'operazione sarebbe stata rischiosa e avrebbe scatenato ulteriori rappresaglie. Meglio concentrarsi sui killer. Erano sicari professionisti, avevano eseguito l'ordine di morte e si erano dati alla macchia. Chi li aveva assoldati non aveva più alcun interesse per il loro destino.

Quando fu pronto, fece salire Ciruzzo e Tatore al Moiariello.

«Guagliu', qua ci stanno tre buste per voi. Nella prima trovate le fotografie e tutte le informazioni su quelli che hanno ucciso a mia sorella, compreso l'indirizzo dell'appartamento dove sono nascosti. Nella seconda due biglietti aerei e la prenotazione di due camere singole in un albergo. Nella terza ho messo due carte di credito, delle schede telefoniche e dei soldi in contanti. Vi basteranno per una settimana. Questo è il tempo che avete a disposizione per massacrarli: sette giorni. E non tornate prima di averli fatti affogare nel loro sangue.»

«Capo, dove si trovano i nefandi?» chiese Ciruzzo.

«In Spagna. A Barcellona. Si so' andati a rifugiare là, in attesa che si calmano le acque. E da quello che m'hanno riferito, ci resteranno almeno per un mese. Se stanne facenne 'e bagni a mare, 'e bastardi. Muovetevi con circospezione, so' pericolosi. Camminano sempre armati. In albergo vi contatterà un amico e vi consegnerà 'e pistole che vi serviranno per fare quello che dovete fare. La partenza è fra due giorni. Jate.»

Ciruzzo prese le buste: «Sarà fatto, capo. Tatore, andiamo. Le terre iberiche ci attendono».

Mezarecchia esitò: «Don Pie', posso fare 'na rivelazione personale?».

«Parla, Tato'.»

«Je nun aggie mai pigliato l'aereo.»

«Embè?»

«Al pensiero di dover andare in mezzo alle nuvole, me caco sotto.»

Ciruzzo sogghignò.

Il boss la buttò sulla provocazione: «E come vorresti andare a Barcellona? Cu 'na machina, nu treno, 'na bicicletta, 'na roulotte, nu tappeto volante?».

«Con quello che volete voi, don Pie'. Se proprio dovessi scegliere io, me facesse piacere 'na roulotte.»

«Ma che staje dicenne, Tato'?!» abbaiò De Luca. «Vuole andare con la roulotte, 'o damerino... Pigliati l'aereo e nun rompere 'o cazzo! Se tieni paura di fartela addosso, puortate nu pannulone.»

'O Schiattamuorto propose un rimedio farmaceutico: «Anche una capsula di Enterogermina potrebbe essere utile al bisogno. Pardon, alla bisogna...».

Durante il decollo dall'aeroporto di Capodichino, Tatore vomitò come una betoniera.

Ciruzzo provò a distrarlo: «Guarda che panorama: si vedono il Vesuvio, il monte Somma e le isole adagiate sulle calme acque del Tirreno. Napoli è una meraviglia del creato».

«Ma che me ne fotte d' 'o panorama, Ciru'? Je tra poco sputo pure 'a colaciste! Spalanca 'o fenestriello, famme piglia' nu poco d'aria.»

«Tatore, devo farti notare che hai scarse cognizioni di fisica, meccanica, aerodinamica e fisiologia. Se uno solo dei finestrini fosse aperto, rischieremmo di perdere coscienza e dovremmo subito indossare le maschere per l'ossigeno. Inoltre, potremmo essere risucchiati verso l'esterno e come minimo moriremmo per congelamento. A quest'altezza la temperatura è molto rigida.»

«Perché, quanti gradi fanno là fuori?»

«Almeno trenta sotto lo zero.»

«E a che altezza stiamo?»

«A occhio e croce, a cinquemila metri dal suolo. Ma dobbiamo ancora arrivare in quota.»

«In quota?»

«A diecimila metri, dove viaggeremo a una velocità di crociera di circa ottocento chilometri orari.»

Tatore vomitò di nuovo. Nel sacchetto di Ciruzzo.

In quota si tranquillizzò e si mise a osservare le nuvole.

«So' belle, Ciru', sembrano di ovatta. Mo' compaiono pure gli angeli?»

«Sì, e san Pietro che ti consegna le chiavi del paradiso.»

Arrivarono due hostess con il carrello delle bevande.

Ciruzzo prese un succo di frutta.

Mezarecchia puntò su qualcosa di più solido: «A me mi date uno spaghetto aglio e olio. Ben cotto, accussì 'o digerisco subito. Tengo 'a panza in disordine».

«Siamo spiacenti, signore, su questo volo non è prevista la consumazione di pasti caldi, ma solo di uno snack» fece una delle hostess. «Se vuole, posso darle dei biscottini al burro.»

«Ma comm'è?!» sbottò Tatore. «Nuje pavamme nu sacco 'e soldi, rischiammo 'a vita a dieci chilometri 'e altezza, e vuje nun ce facite manco magna'? Cose 'e pazzi! Mi chiamate il caposala, per piacere? O volete che vengo io di là in cucina e mi preparo da solo il piatto?»

Un passeggero seduto nella fila dietro approvò la proposta: «Bravo, avete detto bene! A me mi portate una mozzarella in carrozza».

«A me un risotto allo champagne!» ordinò un altro viaggiatore.

Ciruzzo spense sul nascere il focolaio di insurrezione rivolgendosi alle hostess: «Gentili signorine, vogliate perdonare il ragazzo. È la prima volta che il suo corpo si libra nell'aria, e dunque non ha contezza delle pratiche in uso a bordo degli aeroplani che effettuano voli di breve durata».

«Breve durata, Ciru'?» fece Tatore. «'Stu viaggio è 'na sfacchinata, dura più di due ore. E je pe' ddoje ore avessa sta' senza magna'?»

«Tatore, stiamo facendo una figuraccia che non rientra nei parametri del nostro stile. Su questo aereo non c'è una cucina, non c'è un caposala e non preparano spaghetti aglio e olio. Accontentati dei biscotti e tappati la boccaccia, con la quale hai già prodotto danni ingenti. Quando saremo a terra potrai dare libero sfogo ai tuoi impulsi primordiali.»

A malincuore, *Mezarecchia* afferrò il concetto e guardò le hostess con disprezzo: «Datemi 'sti biscottini. 'Na ventina 'e pacchetti. E dite al comandante di stare attento ai fossi e di andare più piano, che non abbiamo fretta».

L'atterraggio all'aeroporto El Prat non fu morbido. L'aereo rimbalzò più volte sulla pista e fece ricordare a Tatore la sera in cui in un luna park alcuni amici gli avevano fatto fare un giro su una giostra tagadà. Lui dopo li aveva picchiati uno a uno.

Sorretto da Ciruzzo, *Mezarecchia* scese dal velivolo, baciò l'asfalto e con il suo sodale andò verso la sala ritiro bagagli.

Individuarono il nastro trasportatore relativo al loro volo e attesero. Un quarto d'ora, mezz'ora. Osservarono gli altri viaggiatori portare via trolley, borsoni, pacchi. Attesero ancora. E restarono soli. Con il nastro che girava, girava. Vuoto.

A Tatore sorse un dubbio: «Ciru', ci avessero fottuto 'e valigie?».

«Non credo» rispose *'o Schiattamuorto*. «Andiamo a chiedere all'ufficio informazioni.»

Peregrinarono da uno sportello all'altro, sollecitarono spiegazioni e controlli, e alla fine scoprirono che i loro bagagli erano finiti su un volo diretto a Istanbul.

«Hai capito, Tatore? Le nostre valigie sono partite per la Turchia.»

«'A faccia d' 'o cazzo! E mo'? Io dentro ci tenevo pure delle riviste porcografiche.»

«Complimenti. I turchi vedranno cose turche.»

Presentarono una denuncia di smarrimento, presero un taxi e si diressero verso il centro di Barcellona. Hotel «Don Pablo», in Carrer de Ferran, a pochi metri dalla Plaça Reial.

Si fecero una doccia, poi uscirono per acquistare spazzolini, dentifrici, schiume da barba, rasoi, creme solari, biancheria intima, capi d'abbigliamento da mare e da passeggio. Rigorosamente scuri per Ciruzzo, vivacemente colorati per Tatore.

Al rientro in albergo, nella hall trovarono un tizio ad aspettarli: «Guagliu', benvenuti in Catalogna».

Era la persona che doveva consegnare loro le armi.

«Si' napulitano?» chiese *Mezarecchia.*

«Sì, te meravigli? In zona siamo in parecchi. Si campa bene, stamme abbastanza coperti.»

Da alcuni anni Barcellona e la sua fascia costiera erano diventate uno dei rifugi privilegiati dei camorristi. Una colonia a delinquere. Forti della complicità di persone corrotte, i latitanti venivano a nascondersi qui, per sfuggire alla giustizia italiana. E qui alcuni boss e pregiudicati avevano impiantato le loro attività. Traffico di droga, investimenti immobiliari, gestione di esercizi commerciali. Qualcuno era finito in galera, altri erano stati ammazzati. Eventi sporadici. Il pendolarismo criminale tra la Campania e la Catalogna era ancora molto attivo.

L'uomo porse a Ciruzzo un pesante zaino che conteneva due pistole dotate di silenziatori, una mitraglietta e le munizioni.

«Ccà ce stanne 'e *fierri*» disse. «Una volta usati, chiamatemi e me li vengo a riprendere. Il mio numero lo trovate dentro, su un foglietto. Bbona sort!»

Il clima era splendido, a Barcellona. Fine agosto, tempo di mare e di svaghi. La città era piena di turisti. Dal Mediterraneo, dalla Ciutat Vella e dal Barrio Gótico saliva un venticello fresco che muoveva le foglie dei platani sui viali della Rambla, attraversava vicoli e piazze e si spingeva su, fino al pittoresco Parc Güell, una delle più geniali invenzioni di Antoni Gaudí.

Il giorno dopo il loro arrivo, Tatore e Ciruzzo si svegliarono presto. Si prepararono, fecero colazione e andarono in avanscoperta. Davanti al palazzo in cui alloggiavano gli assassini di Monica, in Carrer de la Palla. Si posizionarono a cento metri l'uno dall'altro e aspettarono.

Alle dieci videro uscire i loro bersagli. Sandruccio *'o Curiuso* e Mario *'o Cecato*. In pantaloncini e t-shirt, con due borse a tracolla. Meno di trent'anni a testa.

Il primo assomigliava a un primate della specie *Nasalis recurvus*: appendice olfattiva schiacciata e pendula, occhi molto ravvicinati, sopracciglia folte.

'O Cecato era strabico, e si raccontava che proprio questo difetto lo avesse reso un tiratore scelto di singolare bravura: con un colpo solo, riusciva a disintegrare un cecio lanciato in volo.

I due sicari entrarono in una *cervecería*, acquistarono birre, sandwich e *quicos*, si diressero verso Via Laietana e da qui verso il mare. Pedinati da Ciruzzo e Tatore, in costante contatto visivo tra loro.

La spiaggia della Barceloneta era gremita. Mario e Sandruccio sostarono al Puerto Olimpico, davanti alla scultura a forma di pesce di Frank Gehry. Si misero in costume, poi andarono sotto una palma, dove un paio di ragazze in topless stavano prendendo il sole. Le salutarono, tirarono fuori dalle borse un paio di teli da mare e si distesero accanto a loro.

Ciruzzo esaminò il posto e scelse il miglior punto d'osservazione: un *chiringuito* di fronte alla spiaggia. Si accomodò a un tavolino e fece cenno a Tatore di avvicinarsi.

«Da Napoli se so' purtati pure 'e guaglione» fece *Mezarecchia*.

Ciruzzo dissentì: «Penso che le abbiano conosciute in loco. Probabilmente sono due peripatetiche».

«Eh?»

«Due meretrici.»

«Ciru', e parla italiano!»

«Donnette di malaffare, escort, prostitute.»

«Ddoje puttanelle, insomma.»

«Tatore, devi sempre essere volgarotto. Diamine, datti un po' di *bon ton*. Cosa prendi da bere?»

«'Na *sangría*.»

«Tu vieni a Barcellona per bere la *sangría*? Troppo scontato.»

«Scusa, e addò me l'aggia bevere, se non in Spagna?»

«Avanti, leggi la carta dei vini e dei cocktail e scegli qualcosa di più originale. Io mi faccio servire un *Rumba Numba*.»

Tra mille difficoltà interpretative e di pronuncia, *Mezarecchia* chiese un *Mojito*. Ne trangugiò il rametto di menta e svuotò il bicchiere in un sorso. La bevanda gli piacque, e la ordinò altre tre volte. Si fermò quando sentì la pancia borbottare. Corse verso il bagno, lo trovò occupato, abbatté la porta con una spallata, cacciò fuori un ragazzo che si stava lavando le mani e si sedette sulla tazza.

Tornò da Ciruzzo col viso pallido: «'Sta panza mia è 'na traditrice».

«Se tu la trattassi con maggiore cura, ti sarebbe fedele.»

«Ciru', mo' che facimme?»

«Studiamo gli obiettivi» rispose *'o Schiattamuorto* guardando *'o Cecato* e *'o Curiuso*. «Appena saremo pronti, agiremo.»

«Dove li facciamo fuori?»

«Ancora non lo so. Dobbiamo trovare il momento e il luogo opportuni. Comprendere cosa fanno, quali luoghi frequentano, come si muovono. Ecco, ad esempio ora stanno mettendo i loro corpi in posizione eretta.»

Sandruccio, Mario e le due ragazze raccolsero le loro cose, raggiunsero la battigia e si incamminarono verso il Moll Oriental.

«Fanno una passeggiata» disse Ciruzzo. «Comincia a seguirli tu. Io pago il conto e sopraggiungo. Restiamo separati e non diamo nell'occhio.»

Senza sospettare di essere scrutati, *'o Cecato*, *'o Curiuso* e le loro accompagnatrici si fermarono alla *playa naturista* di Sant Sebastià, davanti al Club Natació Barcelona. Si tolsero i costumi e restarono nudi. Sulla spiaggia c'erano gay, lesbiche, coppie etero. Quasi tutti privi di coperture tessili.

Tatore rimase allibito. Non aveva mai visto una scena del genere. Natiche, piselli, poppe, ciuffi di peli al vento. Altro che riviste porcografiche. Qui era tutto tridimensionale e in movimento.

Fu attratto soprattutto dai gay e si sentì turbato. Era stato con qualche ragazza, ma solo per appagare gli istinti carnali. Aveva sempre rifiutato l'idea dell'omosessualità. Per lui era un tabù. Dal momento in cui era entrato nella camorra, si era adeguato alla sua mentalità maschilista: gli uomini sulla scena, le donne dietro le quinte a fare da copertura, i *ricchioni* fuori dai giochi. *'O Sistema* vuole i *machi*, non gli effeminati.

Insieme a Ciruzzo, per ore seguì i movimenti di Mario e Sandruccio, a spasso per ristoranti, bar, negozi, locali alla moda. Agì meccanicamente. La sua testa era altrove.

A tarda sera in una boutique comprò in gran segreto un costume osé. Se ne pentì subito e stava per buttarlo in un cestino, ma non fece in tempo perché *'o Schiattamuorto* gli si accostò: «Che cosa hai acquistato?».

«Nu pensierino pe' mammà» si affrettò a dire *Mezarecchia*. «Tu non accatti niente?»

«Per i souvenir c'è tempo. Prima il dovere. Ritiriamoci nelle nostre stanze, la giornata è stata proficua. Lasciamo i due scellerati a divertirsi. Agiscono con rilassatezza e sicumera, non temono pericoli. Meglio per noi. Domani voglio continuare a studiarli. Lo faccio da solo. Tu riposati, ti vedo fiacco.»

«Tengo ancora 'o stommaco sotto e 'ngoppe.»

«Prenditi una Enterogermina.»

La mattina successiva fu quasi la fotocopia di quella precedente. Ciruzzo uscì da solo dal «Don Pablo», aspettò che *'o Curiuso* e *'o Cecato* venissero fuori dal loro nascondiglio in Carrer de la Palla e li pedinò fino alla Barceloneta. Stavolta non utilizzò il *chiringuito* come torretta di avvistamento, ma andò direttamente in spiaggia. Allungò una stuoia sulla sabbia, si levò i pantaloni, la camicia e i mocassini, e mostrò al popolo catalano il suo *dark look*: occhiali neri, canotta aderente nera, costume elasticizzato nero a pantaloncino, modello ciclista. Se lo avesse visto Morticia Addams, se ne sarebbe innamorata.

Mario, Sandruccio e le ragazze si intrattennero per un paio d'ore sotto la palma, poi si spostarono in direzione della spiaggia di Sant Sebastià.

'O Schiattamuorto li seguì.

Giunti alla *playa naturista*, i quattro si scoprirono le pudenda e andarono a tuffarsi. Il posto era affollato, come il giorno prima. Lo specchio d'acqua era da cartolina. Barche a vela, surfisti, una decina di yacht al largo, tre deltaplani in volo. Sulla destra, il porto della capitale catalana.

Ciruzzo si appoggiò a un muretto e osservò l'orizzonte. Poi abbassò lo sguardo verso la spiaggia. Pochi ombrelloni e sdraio. Quasi tutti i bagnanti erano distesi su teli da mare, senza protezioni. Isolati o a gruppi. Chiacchieravano, ridevano. Visi allegri, gioiosi. Corpi magri, ben curati. Tranne uno. Un corpo maschile, sotto una doccia. Grasso, imponente, peloso. Con un perizoma leopardato.

'O Schiattamuorto si tolse gli occhiali, si stropicciò le palpebre e focalizzò la vista sull'individuo.

"Non è possibile" pensò. "È proprio lui!"

Tatore.

Terminata la doccia, *Mezarecchia* andò a sedersi accanto a un gruppo di gay. Uno di loro gli mise un braccio al collo. Tatore ricambiò con tenerezza.

Ciruzzo decise di concedersi una pausa di divertimento, e lo chiamò sul cellulare: «Buongiorno, amico mio, come stai? Come procedono le tue dinamiche intestinali?».

«Nu poco meglio, Ciru', grazie.»

«Sei in albergo?»

«Sì.»

«E come mai odo delle voci intorno a te?»

Mezarecchia si mise una mano a coppa davanti alla bocca: «Sto fuori al balcone...».

«Ah, ecco. E lo vedi il mare? Oggi è un incanto.»

«No, nun 'o veco. Tu addò staje?»

«Sulla spiaggia.»

«Sulla spiaggia dove?»

«A Sant Sebastià. Dove siamo stati ieri. Dove molti si palesano come mamma li ha fatti.»

Tatore si sfilò il telo da sotto il sedere e se lo avvolse sulla testa e sulle spalle, a mo' di *chador*: «E che staje a fa' ccà?».

«Perché dici *ccà* se sei in albergo?»

«Volevo dire *là*… Che cosa vedi?»

«Tanta gente. C'è una splendida atmosfera. Persone gaudenti. A parte uno con un velo sul capo. Dev'essere un tipo ambiguo. Ti assomiglia, sai?»

«È 'na casualità.»

«Forse. Perché non ti volti, così verifico?»

«Dove mi devo voltare?»

«Guarda dietro di te, verso il muretto.»

Mezarecchia cascò nel trabocchetto. Si girò e vide Ciruzzo fargli *ciao ciao* con la manina.

«Maronna!»

«Calma, Tatore, non agitarti. Vieni un attimo qua.»

Senza togliersi il telo da dosso, *Mezarecchia* spostò lentamente la sua mole verso Ciruzzo.

«Ci hai messo poco, a fare amicizia» disse *'o Schiattamuorto*. «Io a lavorare e tu a sollazzarti. Toglimi una curiosità: in che lingua stai parlando con i tuoi nuovi amici?»

«In italiano. So' 'e Roma.»

«Bene. Complimenti per il costume. Questo è il pensierino che hai acquistato ieri sera per tua madre?»

Tatore annuì, con gli occhi bassi.

«Spalmati un po' di crema protettiva sulle terga, possono arrostirsi. Perché non mi hai avvisato che venivi qua? Ci sono anche i nostri due obiettivi, a pochi metri da te.»

«Veramente?»

«Veramente.»

«Nun penzavo ca turnavano 'n'ata vota ccà.»

«Pessima previsione. Questi sono errori che si possono pagare cari. Comunque, torna dov'eri. I tuoi amici stanno guardando da questa parte. Ti vogliono.»

Tatore ebbe un crollo. Fisico e psicologico. Cadde in ginocchio e strinse le gambe di Ciruzzo: «Te prego, Ciru', nun dicere a nisciuno chesta cosa, me metto scuorno!».

'O Schiattamuorto conservò la freddezza: «Alzati».

«Se lo viene a sapere don Pietro, mi uccide!»

«Alzati, Tatore. Ci stanno osservando tutti.»

«Ciru', non mi tradire!»

«Ti ho detto alzati!»

Mezarecchia si rimise in piedi.

«Tatore, sei sessualmente libero di comportarti come ti pare e piace. Non giudico i tuoi gusti, ci mancherebbe. E non riferirò nulla al capo. Ti chiedo soltanto di essere più professionale. Stiamo svolgendo una missione molto rischiosa, e non possiamo permetterci disattenzioni e negligenze. Per oggi è andata così. Torna dai tuoi amici e divertiti. Io abbandono il campo, ci si rivede stasera in albergo. E levati questo drappo dalla zucca, sembri una madre badessa.»

Il trenta agosto Barcellona si svegliò sotto un velo di nuvole.

Controllati a vista da Ciruzzo e Tatore, alla solita ora Mario e Sandruccio si affacciarono dal portone del loro palazzo, guardarono su verso il cielo, parlottarono sul da farsi, fecero delle telefonate. Poi consultarono una mappa della città e si misero in cammino.

"Cambiano itinerario" pensò Ciruzzo.

Sulla Via Laietana, infatti, invece di andare verso la costa, *'o Curiuso* e *'o Cecato* svoltarono a sinistra in direzione dell'Eixample. Passeggiavano con tutta calma. Ogni tanto si fermavano a scattare foto e a guardare le vetrine dei negozi.

Superarono la Gran Via de les Corts Catalanes, giunsero in Carrer d'Aragó e cominciarono a percorrerla verso est.

A questo punto Ciruzzo, che aveva studiato la geografia, l'architettura e la storia della città, capì quale fosse la loro meta. La Sagrada Familia. La *Grande Incompiuta* di Gaudí. «L'ultimo grande santuario della Cristianità» come lo stesso architetto aveva definito l'opera, alla quale aveva dedicato gli ultimi quarant'anni della sua vita. Una fabbrica perenne in cui si concentravano stili, visioni, geniali intuizioni artistiche. Maestosa, evocativa, unica al mondo. Il simbolo di Barcellona.

Davanti al tempio, Mario e Sandruccio si misero in coda per l'acquisto dei biglietti d'ingresso.

Ciruzzo chiamò Tatore accanto a sé: «Entriamo anche noi. Io mi tengo a distanza. Tu seguili più da vicino, può darsi che abbiano appuntamento con qualcuno. Cerca di captare ciò che si dicono. Per ogni evenienza, fammi uno squillo».

Appena vide i cantieri interni, con le impalcature gigantesche e i materiali da costruzione ammonticchiati in ogni angolo, *Mezarecchia* fece una riflessione degna di un congresso sulle politiche del Welfare a favore del Mezzogiorno: "Sai quanti disoccupati napulitani putessero fatica' ccà!".

'O Cecato e *'o Curiuso* visitarono la cripta, poi si aggregarono ai turisti in fila davanti all'ascensore con cui si poteva salire sulla sommità di una delle torri che sovrastavano la Facciata della Passione.

Tatore fece altrettanto, e in cima, su un balconcino che offriva un gran panorama della città, si accostò ai due sorvegliati speciali e ne sentì le voci.

«Sandru', è proprio 'n'incanto, da qua sopra» disse *'o Cecato*.

«Abbiamo fatto bene a non andare a mare. Tanto, 'e guaglione le incontriamo stasera.»

«È vero» fece *'o Curiuso*. «Dobbiamo stare a Barcellona ancora diversi giorni, per i bagni c'è tempo. 'E soldi 'e tenimmo, ce ne dobbiamo vedere bene. E poi, una volta che torniamo a Napoli, agli amici nun putimme fa' vere' sulo 'e fotografie d' 'a spiaggia. Ccà ce stanno tanti posti che meritano, e dobbiamo dimostrare che ce li siamo guardati tutti. Simme o no dei bravi turisti?»

Mario rise: «Bravissimi. Ce la facciamo 'na fotografia insieme? Vediamo se qualcuno ce la scatta». Estrasse una macchinetta digitale, si guardò attorno e puntò Tatore: «Excuse me, friend, ce faje 'na foto?».

Mezarecchia mantenne il necessario autocontrollo: «Va bene».

«Ah, sei italiano? Meno male, così ci comprendiamo. Tiè, devi solo premere questo pulsante.»

Tatore prese la fotocamera e attese che i due si mettessero in posa. Sandruccio e Mario ne scelsero una ardita: salirono su un davanzale tra due colonne.

Mezarecchia stava per immortalarli, quando *'o Cecato* lo riconobbe: «Ma tu ieri non stavi sulla spiaggia dei nudisti?».

'O Curiuso confermò: «Sì, in mezzo a quella maniata di ricchioni! Allora sei ricchione pure tu?».

Tatore si sentì ribollire il sangue.

«Nu ricchione bello gruosso!» fece Sandruccio.

I due si misero a ridere sguaiatamente, e persero l'equilibrio. Per non precipitare, si aggrapparono alle colonne. Terrorizzati. Con i corpi sospesi nel vuoto.

Alle spalle di Tatore un gruppo di turisti premette per passare. Qualcuno cominciò a strillare, e sul balconcino si creò il caos.

A *Mezarecchia* venne un'ispirazione. Si infilò la fotocamera nei pantaloni e si approssimò al davanzale. Facendosi scudo con il corpo, diede due robusti spintoni a Mario e a Sandruccio e si defilò. Nel pigia pigia generale, riuscì a imboccare la scala a chiocciola della torre e cominciò a scendere.

'O Cecato e *'o Curiuso* precipitarono gridando. Da un'altezza di sessantacinque metri.

Si spiaccicarono al suolo a una ventina di metri da Ciruzzo, che con occhio incantato stava ammirando proprio la Facciata della Passione.

Con nonchalance, *'o Schiattamuorto*, incurante delle scene di panico che gli si svolgevano attorno, si avvicinò ai due corpi, li identificò, prese nota della loro dipartita e si allontanò. Inviò un sms a Tatore e gli diede appuntamento davanti a un chioschetto.

Tatore arrivò tutto trafelato: «Ciru', e che scalinata! Stretta e senza passamani. Me so' acciso!».

«Hai pagato pegno per il peccato commesso. Come hai portato a termine l'operazione?»

Mezarecchia gli raccontò lo svolgimento degli eventi.

«Meglio così» commentò Ciruzzo. «Non abbiamo dovuto neanche usare le armi. L'episodio verrà archiviato come un incidente, e noi non avremo seccature. Più tardi avviso io il capo. Ora andiamo a bere, offro io. Ti va un *Mojito*?»

«No, pe' carità! Voglio 'na *sangría*!»

«Vada per la *sangría*.»

Tatore recuperò la digitale dalle braghe: «E di questa che ce ne facciamo?».

«Ti scatto una foto ricordo. Sali sul tetto di quel palazzo.»

XI

SPENDING REVIEW

La vendetta si era consumata. Gli assassini di sua sorella avevano fatto una brutta fine. «Non tornate prima di averli fatti affogare nel loro sangue» aveva ordinato a Tatore e a Ciruzzo. E così era stato.

Eppure, quando ricevette sul cellulare il messaggio *Barcellona boom boom*, con cui *'o Schiattamuorto* gli fece capire che la missione di morte era andata a buon fine, Pietro De Luca non provò alcuna soddisfazione. Non gioì, non esultò, non fece festa. Si distese con indolenza su un divano della sua villa, si appoggiò sulle orecchie un paio di cuffie e ascoltò musica. *Otherside* dei Red Hot Chili Peppers, *Let down* dei Radiohead, *Enjoy the silence* dei Depeche Mode.

Il malessere che si portava dentro non cessava di crescere. Ripensò alla sua vita, alle scelte che aveva compiuto e a quelle abbandonate, a ciò che avrebbe potuto fare e non aveva fatto. Era diventato un criminale senza volerlo. Si era arricchito, ma dai soldi non gli era arrivata la felicità. Non aveva amici veri, di quelli con cui puoi confidarti, con cui puoi ridere, scherzare, sentirti libero. Non aveva mai avuto un vero amore. Donne tantissime, ma solo per rapporti occasionali. Ogni volta che una di loro gli diceva «Ti voglio bene» o «Ti amo», la mandava via. Era convinto che i sentimenti potessero indebolirlo.

Ripercorse i tragici eventi delle ultime settimane. L'uccisione del padre di Mirko. Gli agguati ai *guagliuni* del suo clan. L'assassinio di Monica. Monica che non sarebbe più tornata. Monica che nessuna vendetta gli avrebbe potuto restituire. Monica trucidata per colpa sua.

Sentì il bisogno di parlare, di sentire una voce. Non una qualsiasi, ma una voce autentica, leale.

Si tolse le cuffie, scorse la rubrica del telefonino e avviò una chiamata.

«Pronto.»

La voce di padre Francesco.

«Cia', so' Pietro.»

«Buon pomeriggio, Pietro» rispose il parroco con tono sorpreso.

«Come stai, France'?»

«Bene. Tu?»

«Si va avanti. Che staje facenne?»

«Sto preparando la messa di stasera. Tu dove sei?»

«Nella villa.»

«Come mai questa telefonata? Devi dirmi qualcosa?»

«No, niente, volevo solo sentirti. Lo senti che caldo che fa?»

«Sì, si schiatta. Mi devo far mettere un condizionatore nella sacrestia. Che fai oggi?»

«Sento musica, mi riposo.»

«Da solo?»

«Sì.»

«Perché non mi vieni a trovare? Ci facciamo 'na chiacchierata.»

«No, meglio di no.»

«Guarda che non ti mangio, eh. Non penso che mi hai chiamato solo per parlare del tempo. Mi stai nascondendo qualcosa?»

«No. Te l'ho detto: volevo solamente sentirti.»

«Va bene, non insisto.»

«Stasera, durante 'a messa, di' una preghiera per Monica.»

«L'ho già fatto e lo rifarò.»

«Grazie, France'.»

«Di niente. Riguardati. E stai attento.»

«Sicuramente.»

Si sentì un po' meglio, dopo la conversazione. Padre Francesco era l'unico con cui poteva avere un confronto diretto. Duro ma autentico, senza preconcetti. L'unico in grado di ascoltarlo.

Andò in una delle stanze al pianterreno della villa. Un salottino, arredato con gusto. Spostò un tappeto, prese un telecomando nascosto all'interno di una statuetta cava e ne premette l'unico pulsante. Alcune mattonelle del pavimento iniziarono a sollevarsi e si spalancò una botola grande poco più di un metro quadrato. Sotto si intravedevano dei gradini.

Il boss si infilò nell'apertura, la richiuse e andò giù. Un dispositivo a sensori rilevò la sua presenza e fece accendere dei faretti che illuminarono il nascondiglio sotterraneo, composto di vari ambienti: una «stanza di comando», una cucina, un bagno, una camera da letto, un deposito in cui erano conservate provviste alimentari in grado di assicurare la sopravvivenza di un paio di persone per un mese. E un'armeria: pistole, fucili, mitra, pugnali, munizioni, esplosivi.

Un vero e proprio bunker, con spesse pareti in cemento armato. *'O Tarramoto* lo aveva progettato e fatto costruire per difendersi da eventuali irruzioni delle forze dell'ordine e da attacchi di malavitosi avversari.

Nella stanza principale c'erano tre postazioni informatiche, un televisore a parete e decine di contenitori zeppi di documenti. Lì erano conservati i registri del clan. L'elenco degli affiliati e delle ditte «amiche», con tutti i loro recapiti. I libri mastri delle attività estorsive e della vendita della droga. Titoli azionari e conti correnti aperti presso istituti bancari italiani e stranieri. I nomi di politici, fiancheggiatori e *colletti bianchi* compiacenti. Indicazioni dettagliate su appalti vinti o da vincere. Una serie di mappe su cui era indicato l'assetto delle cosche sul territorio, con le rispettive zone di influenza.

Un archivio «bollente», la cui scoperta avrebbe fatto saltare in aria mezza Napoli.

Il boss accese uno dei computer e consultò alcuni file crittografati. Eseguì dei conteggi, controllò cifre e bilanci, effettuò stime finanziarie. Ore e ore di lavoro, fino a notte inoltrata.

Quando ebbe finito, si fermò a pensare. La crisi economica che da anni teneva in scacco l'Italia e tutto il mondo occidentale stava erodendo anche il patrimonio del clan. Le casse erano sempre più vuote.

Non c'era tempo da perdere. Bisognava intervenire con urgenza.

Tagli alle spese e al personale, lotta agli sprechi, aumento della pressione fiscale. Furono questi i primi provvedimenti che De Luca adottò, agendo come un ministro dell'economia camorristica. Licenziò alcuni pusher che agivano nelle piazze di spaccio della Sanità. Decurtò le paghe agli affiliati meno produttivi. Si liberò delle auto e delle moto eccedenti rispetto alle quotidiane esigenze delinquenziali. Aumentò del cinque per cento la quota del pizzo che i commercianti erano costretti a versare mensilmente alla cosca. Applicò una tassa estorsiva più alta a quanti avviavano opere edili nel rione.

A pagare le conseguenze della manovra furono anche Tonino, Ciruzzo e Tatore. Il boss li riunì nel suo studio e tenne loro un discorso di grande responsabilità istituzionale: «L'acqua ci sta salendo alla gola, e ho dovuto prendere dei rimedi dolorosi ma necessari. Da oggi in poi, meno inefficienze e maggiore concretezza. 'O bilancio deve stare in pareggio, se no andiamo sottosopra e non ci arripigliamo più. 'E parole d'ordine sono due: *spending review*. Sapete che significano?»

Tatore e Tonino rovistarono mentalmente nel loro vocabolario senza trovare risposte.

Ciruzzo chiarì il concetto: «*Spending review* significa letteralmente *revisione della spesa*. È una messa a punto, un miglioramento, un perfezionamento degli interventi finanziari avente per obiettivo la riduzione degli sperperi».

Tonino e *Mezarecchia* il concetto non lo capirono.

«Bravo, Ciru', si' priparato!» fece De Luca. «In poche parole, avimma spennere cchiù poco e meglio. Chiaro?»

I tre assentirono.

«E visto che la chiarezza è fatta per i galantuomini, vi dico subito perché vi ho fatto venire qua. Parto da te, Toni'. Tu si' 'o figlio 'e don Gennaro, e io fino a questo momento ho onorato la promessa che gli feci in punto di morte. Ti ho conservato sotto la mia protezione, anche quando hai fatto cose che non stavano né in cielo e né in terra. Ho dovuto metterti agli arresti domiciliari proprio per evitare che ne facessi altre ancora peggiori. Ciò nonostante, sei stato capace di combinare altri guai. Tatore qui presente può testimoniare.»

Mezarecchia si toccò i bassifondi.

«E aggie onorato pure 'o pagamento d' 'o sussidio per te e per la tua famiglia» continuò il boss. «Cinquemila euro al mese, tondi tondi. Voglio continuare a mantenere questo impegno, non mi tiro indietro. La parola data è giuramento. Ma però devo abbassare l'importo. Ti devo mettere in cassa integrazione, Toni'. Da cinquemila euro dobbiamo scendere alla metà, a due e cinque. Questo per il fatto della *spending review* di cui parlavamo prima. 'O saccio che 'sta cosa comporterà per te sacrifici. Ma come li sto facendo io, li fai pure tu. Li dobbiamo fare tutti. 'A crisi ce lo impone, nun putimme agi' diversamente. Allora, ti sta bene?»

Con la gola secca per il contraccolpo subito, Tonino si sforzò di esprimere la sua opinione: «Don Pie', permettetemi di dirlo: chesta è 'na botta terribile. Io con i soldi che mi avete dato finora ho fatto campare 'na famiglia intera. E a famiglia chist'anno è crisciuta, come sapete. Mo' devo mantenere quattro figli e tre animali, oltre a mia moglie e a Olga. E ogni tanto passo qualcosa a Enzuccio, ca ne tene bisogno. Mi so' accollato pure 'e spese per dargli 'na sistemazione abitativa confacente, perché per me è come un fratello. Se da un giorno all'altro passo da cinquemila a due e cinque, comme faccio?».

«Ti adatti, come stanno facendo tante persone in questo periodo. Le aziende stanno chiudendo, 'a disoccupazione aumenta, il mercato è fermo, 'a gente spende poco. Per queste ragioni, come *Sistema* stiamo avendo delle difficoltà. O ti accontenti di questo oppure niente.»

«Se è 'na decisione presa e compresa, mi devo stare e basta. Non voglio assolutamente ribattere, il capo siete voi. Però vi chiedo un piccolo sforzo.»

«Di che genere?»

«Invece di due e cinque, tremila. Quei cinquecento euro in più mi possono servire ad avere 'na maggiore tranquillità.»

'O Tarramoto fu generoso: «Va buono, tremila. E spendili come si deve. Ogni centesimo po' essere importante».

«Grazie. Don Pie', non ve l'ho ancora chiesto: sto ancora agli arresti domiciliari?»

«No, da oggi stai in libertà vigilata.»

Durante il botta e risposta tra De Luca e Tonino, *Mezarecchia* e *'o Schiattamuorto* s'erano tenuti in disparte. Con le orecchie tese. Tatore facendo finta di studiare i quadri del boss. Ciruzzo seduto, a limarsi le unghie.

Ora toccava a loro.

«Guagliu', per quanto riguarda a voi, devo comunicarvi 'na brutta decisione» dichiarò *'o Tarramoto*. «'Na decisione sulla quale ho pensato molto, e che so' costretto a prendere con rincrescimento. Mi siete sempre stati fedeli e mi avete sempre difeso, e io ve ne sono grato. Persone come voi non si trovano facilmente, dentro al *Sistema*. Ma purtroppo, per motivi economici, non mi posso più permettere di avervi tutt'e due insieme a fianco a me. Ne devo scegliere solo a uno, e l'altro deve andare a trovarsi un'altra occupazione. So' convinto che mi potete capire: se so' arrivato a questo, è perché non ci stanno alternative. Nel caso in cui in futuro le cose dovessero cambiare, domanderò di tornare a chi è rimasto fuori. E lui potrà fare la sua scelta liberamente, senza sentirsi obbligato.»

«Capo, comprendiamo la tua amarezza e siamo solidali con te» disse Ciruzzo. «La congiuntura che stiamo attraversando rende indispensabile l'adozione di strategie drastiche, prudenti e parsimoniose. Dicci chi di noi due deve farsi da parte. Siamo pronti. È vero, Tatore?»

«Se così dev'essere, così sia» commentò *Mezarecchia* con tono ecumenico.

«Mi state dimostrando ancora una volta il vostro attaccamento» fece De Luca. «Avete dei modi di fare differenti, ma per me siete uguali, e non posso dire chi di voi due deve restare e chi no. Mi sembrerebbe di fare un torto a chi rimane escluso. Quindi vi lascio campo libero. Decidete voi. Per non condizionarvi, mo' m'alluntano. Fatemi sapere.»

Il boss abbandonò la stanza.

Tonino, Ciruzzo e Tatore restarono per un po' senza parlare, sovrappensiero.

Fu *Mezarecchia* a rompere il ghiaccio: «Ciru', resta tu, mi faccio io da parte. Espatrio. Me ne vado a vivere in Spagna».

«A fa' che cosa?» chiese Tonino.

«'O turista. Mi so' fatto delle amicizie particolari, mi troverò bene.»

Tonino volle intrigarsi: «*Particolari* in che senso?».

Tatore arrossì come un pomodoro San Marzano, e Ciruzzo lo cavò dall'impaccio: «A Barcellona il caro Tatore ha stretto dei legami d'affari con personalità di alto lignaggio».

«Eh, di alto linguaggio» attestò *Mezarecchia.*

«Nondimeno, Tatore, devo rappresentarti che anche la Spagna è investita dalle procelle economiche e finanziarie, per cui potresti ritrovarti in balia delle onde e colare a picco. Dammi ascolto: giocati qui le tue carte. Resta tu. Mi ritiro io in buon ordine, senza alcun rancore. Saprò dare un nuovo senso ai miei giorni.»

«Si' nu poeta, Ciru'! Però insisto: me ne vado io, senza nessun sudore. Saprò dare un nuovo sesso ai miei giorni.»

«Che fai, mi dileggi?»

«E tu mi correggi?»

Visto che il dialogo stava prendendo un andamento da opera lirica, Tonino suggerì una soluzione semplice semplice: «Prima che vi appiccicate a chi resta e a chi se ne va, fate una cosa: tirate a sorte».

Tatore e Ciruzzo si dissero d'accordo.

«Lanciamme 'e dadi?» propose *Mezarecchia.*

«E dove li prendiamo?» osservò *'o Schiattamuorto.*

«Facciamo alla carta più alta?»

«Hai un mazzo disponibile?»

Tonino si irritò: «Guagliu', e basta! La state tirando all'esasperazione. Io vi capisco: nessuno di voi due vuole lasciare don Pietro, e vi state trovando le scuse per rimanere un altro poco. Ma ormai è fatta: 'a decisione è pigliata, mettetevi l'anima in pace. Facite a testa o croce e via».

Ciruzzo e Tatore si perlustrarono i corpi alla ricerca di spiccioli. Operazione infruttuosa.

«Ce l'ho io!» fece Tonino cavandosi dai pantaloni una moneta da un euro. «Tato', tu che scegli? La parte dove ci sta scritto 1 EURO o quella dove ci sta nu masculo con quattro braccia e quattro cosce?»

«Quella dove ci sta 'o masculo.»

«Ok, allora tiro. Se esce 'o masculo vince Tatore, e Ciruzzo non lavorerà più per don Pietro. Se esce la parte dove ci sta scritto 1 EURO vince Ciruzzo.»

Tonino lanciò la moneta in aria.

Tatore e Ciruzzo ne seguirono le evoluzioni con apprensione.

Tonino provò ad afferrarla al volo ma la presa non fu efficace. La moneta cadde sul pavimento, prese velocità, rotolò verso la vetrata che dava sul terrazzo, ne attraversò la porta e andò a finire in un canale di scolo per l'acqua piovana.

«Se tu giocassi a golf, saresti campione del mondo» disse Ciruzzo.

«Ripetiamo» annunciò il golfista virtuale.

«E come?» chiese *Mezarecchia.*

«Eh eh eh, ne tengo un'altra!» disse Tonino estraendo da una tasca una seconda moneta. «Tiro.»

Stavolta riuscì ad agguantarla. La strinse in un pugno, poi la appoggiò sul dorso dell'altra mano.

L'Uomo Vitruviano.

«Vince Tatore, perde Ciruzzo.»

Silenzio.

«Io vado, allora» biascicò *'o Schiattamuorto*. «In bocca al lupo, Tatore, sei stato un compagno formidabile. Ciao, Tonino, sii diligente nell'amministrazione delle tue finanze.»

Mezarecchia lo fermò: «Ciru', voglio ca tu 'o saje: io nun so' cuntento 'e chesta cosa. Per me nun è 'na vittoria».

«Lo so. Ti avrei detto la stessa frase se fosse toccato a me restare.»

«Mo' che te miette a fa'?»

«Mi dedicherò ai miei interessi. Tornerò a essere padrone della mia esistenza. Letture, viaggi, studi, ho tantissimo da imparare. Riprenderò le mie passioni. Dal mio aspetto non si direbbe, ma io sono un inguaribile ottimista, uno speranzoso. Guardare avanti, mai indietro: questo aiuta a vivere.»

«Se mi occorre, te pozzo veni' a cerca'?»

«Certo. Però mai di sorpresa e in posti bui, come hai fatto con Tonino. Rischieresti di rimetterci anche il testicolo sopravvissuto.»

Con il rientro di tutti i familiari dalle vacanze, Tonino riprese colorito e grinta, e osò metterli in competizione con l'abbronzatura e l'irruenza di Patrizia.

«Te si' fatta nera nera, eh?»

«'Mbe'?»

«Io a squagliarmi a casa e tu a paccheggiare sulle spiagge.»

«Se venivi, mettevi pure tu le pacche al sole. Sai quanto saresti stato bello?»

«Sì, sfotti, sfotti. È finita la zizzinella.»

«Che vuoi dire?» chiese Patrizia dondolando il passeggino in cui erano coricati Totò e Peppina.

«Voglio dire che è finita la pacchia. Dobbiamo fare economie, abbassare le spese. Ce sta 'a crisi. Pietro m'ha tagliato 'o sussidio. Da cinquemila, siamo scesi a tremila euro 'o mese.»

«Bbuono!»

«Come, bbuono?»

«Chisto è 'o mumento bbuono ca te mietti seriamente a fatica'. Basta con questo sussidio di merda! Devi vivere onestamente, Toni', trovarti un lavoro. Lo devi fare per me e per i nostri figli.»

I gemellini si affacciarono dal passeggino e guardarono il loro genitore con severità.

«M'aiuti a truva' 'n'occupazione, Patty?»

«Se mi dovesse capitare, domanderò.»

Tonino si fece dolce: «Damme nu bacetto, ja'...».

Senza entusiasmo, Patrizia lo accontentò.

Totò e Peppina si portarono le manine agli occhi.

Tonino chiese collaborazione anche a Enzuccio: «Tu che stai sempre in giro, vedi se riesci a trovare 'na cusarella 'e fatica per me. So' disposto a lavorare dappertutto. Tranne nelle pompe funebri e nelle imprese di pulizia, pecché nun supporto 'a puzza d' 'e gabinetti».

«Va bene, don Toni', vi servirò. Proprio oggi ho finito di leggere un libretto sfizioso che dà dei consigli su come diventare ricchi. Ve lo presto.»

Il pamphlet, curato dall'economista Gianmaria Tarallo, professore emerito di Economia Sociale Teorica presso l'università di San Vito Lo Capo, era intitolato *Come guadagnare soldi in*

10 facili mosse. Tonino lo lesse con attenzione, senza riuscire a capire se Tarallo stesse folleggiando o facendo sul serio.

Le *10 facili mosse* pro arricchimento potevano così riassumersi:

1. Non perdete mai le speranze. Neanche dopo morti.
2. Affidatevi a santi, beati e divinità di tutte le religioni.
3. Comprate un *Gratta & Vinci* e vincete.
4. Scavate pozzi alla ricerca di giacimenti petroliferi.
5. Chiedete a una banca, sotto la minaccia delle armi, un consistente prestito a fondo perduto.
6. Comunicate al mondo intero il numero del vostro conto corrente e invitate gli esseri umani a versare sul conto stesso un centesimo a testa. Fateglielo capire: cos'è un centesimo, suvvia?
7. Entrate in politica.
8. Sposate una persona molto danarosa e molto anziana e attendete.
9. Andate in tv a sparare cazzate.
10. Male che vada, andate a rubare.

Tonino scartò tutte le ipotesi tranne la seconda, che accolse parzialmente inoltrando una preghiera al *Munacone*. Poi restituì il volumetto a Enzuccio con un appunto critico sull'autore: «Chisto è scemo proprio».

Verso ben altri studi accademici decise invece di orientarsi Ciruzzo. Il Diritto era sempre stato un suo grande amore, e l'anno prima, in gran segreto, si era iscritto alla Facoltà di Giurisprudenza della «Federico II», pur sapendo che non avrebbe potuto frequentarne i corsi né preparare esami.

Difatti, il suo ruolo di criminale a tempo pieno lo aveva tenuto distante dai libri.

L'uscita forzata dal clan De Luca gli dava ora l'occasione di mettersi a studiare. E lui non la perse. Si gettò a capofitto nelle carte, e in men che non si dica assimilò ogni rigo del manuale di Istituzioni di Diritto Romano e dei volumi della parte speciale.

Si prenotò per la prova, e la mattina del tredici settembre, con i libri sotto al braccio e un completo antracite nuovo di zecca a fasciargli il corpo, apparve davanti alle sfingi del Palazzo dell'Università, al corso Umberto I. Guardò l'imponente edificio neobarocco, salì la scalinata e raggiunse l'aula degli esami. Appena ne varcò la soglia, ebbe una visione uguale a quella che gli era capitata sulla *playa naturista* di Sant Sebastià, quando aveva intravisto la sagoma villosa e leopardata di *Mezarecchia* sotto la doccia. Il cranio era lo stesso, la schiena pure. E la sagoma, in tutta la sua ampiezza, era spaparanzata in prima fila, con le gambe aperte e le braccia appoggiate sulle spalliere delle sedie laterali.

"No, non può essere lui" pensò *'o Schiattamuorto*.

Invece sì. Era proprio Tatore.

«Cia', Ciru'. Me steve preoccupanne. Penzavo ca nun venissi cchiù.»

«Che ci fai qui?»

«So' venuto ad assistere all'esame tuojo. È nu mumento importante per te, putevo mai manca'? Tu si' l'unico amico mio ca va all'università, e pe' me è 'n'onore.»

«Come hai fatto a saperlo?»

Mezarecchia gli diede un buffetto: «Uh mannaggia 'a capa toja! Tu mi domandi a me, ca so' frate a te, come ho fatto a saperlo? Proprio tu? Ci abbiamo i nostri *metodi*, no?».

«Tatore, non farmi fare brutte figure. Sospendi le tue attività verbali per i prossimi centoventi minuti.»

«Tranquillo. Me stoche ccà buono buono e assisto al tuo trionfo.»

Entrò il titolare di cattedra, il professor Augusto Lo Castro, con i suoi assistenti. L'appello iniziò, e i primi studenti cominciarono a sostenere l'esame.

Lo Castro aveva fama di duro. Faceva prima seviziare le matricole dai suoi assistenti, e dopo interveniva personalmente per le stoccate finali. Il voto più alto che aveva mai concesso era stato un ventotto. Ma solo perché aveva sbagliato a scrivere il numero sul libretto dell'esaminando, e per non ammettere l'errore l'aveva convalidato.

Quando arrivò il turno di Ciruzzo, Tatore lo incoraggiò: «Va', scassa».

'O Schiattamuorto sguinzagliò il suo linguaggio oxfordiano e mandò in visibilio uno degli assistenti con una sequenza di risposte appropriate. Poi passò nelle grinfie di Lo Castro.

«Ha iniziato molto bene l'esame, ma non basta» debuttò il professore. «Ora viene il bello. Mi parli del *Senatus Consultum de Bacchanalibus*.»

Ciruzzo partì sparato: «Nel milleseicentoquaranta, nel paesino calabrese di Tiriolo, in provincia di Catanzaro, durante gli scavi per la costruzione delle fondamenta del palazzo del principe Giovan Battista Cigala, fu rinvenuta una tavoletta di bronzo che riportava un'iscrizione in latino su una delle sue facce. Il Cigala intuì la rilevanza del reperto e lo inviò a Vienna, dove tuttora è conservato. Un gruppo di studiosi lo esaminò e stabilì che trattavasi del *Senatus Consultum de Bacchanalibus*, un editto emanato alle idi di ottobre del centottantasei avanti Cristo, con cui il Senato romano vietò il culto del dio Bacco, pena la morte. La rigorosa disposizione interruppe le feste bacchiche, che da convegni gioiosi durante i quali si mesceva vino e ci si dimenava con sfrenatezza, erano diventati simposi sessuali che terminavano con orge licenziose e accoppiamenti tra uomini, donne e bestie, anche mediante la sodomia».

«Si' gruosso, Ciru'!» gridò Tatore.

«Faccia silenzio, lei!» intimò Lo Castro a *Mezarecchia*. Poi si piegò verso Ciruzzo: «Chi è questo bruto in prima fila? Lo conosce?».

«No, egregio professore, lo vedo anch'io per la prima volta.»

«Procediamo. Mi illustri la composizione della *Lex Romana Visigothorum*.»

«Con questo nome viene indicata una raccolta normativa ordinata nell'anno cinquecentosei da Alarico II, re dei Visigoti, durante il dominio di tale popolo nella Gallia meridionale. Detta anche *Breviarum Alaricianum*, essa si compone di due sezioni. La prima contiene parti del Codice voluto dall'imperatore romano d'Oriente Teodosio II nonché alcuni editti del sovrano stesso e dell'imperatore romano d'Occidente Valentiniano III. Nella seconda sono raccolti il *Codex Gregorianus*, il *Codex Hermogenianus*, le *Institutiones* del giurista Gaius e le *Sententiae* di Iulius Paulus. La *Lex Romana Visigothorum* andò a completare la già esistente *Lex Visigothorum*, emanata dal re Eurico dei Balti.»

«Chi era Eurico?»

«Il quartogenito di Teodorico I e di Pedoca, figlia di Alarico I. Dunque, era fratello di Teodorico II, Federico e Torismondo. Di quest'ultimo va ricordato un episodio significativo: fu proclamato re sul campo di battaglia, dove il padre era morto combattendo contro gli Unni guidati da Attila.»

«Bene. *Scire leges non est earum verba tenere, sed vim ac potestatem*: che cos'è?»

«Un brocardo, ossia una massima di natura giuridica.»

«Me lo traduca.»

«*Conoscere le leggi non significa tenerne a mente le parole, ma lo spirito e la forza.*»

«In quale opera è presente?»

«Nel *Digesto*, che è una delle parti del *Corpus Iuris Civilis*.»

«A chi è attribuito?»

Prima che Ciruzzo rispondesse, *Mezarecchia* volle lanciare un'incitazione: «Forza, Ciru', si' 'na cannunata!».

«Le ho detto di fare silenzio, altrimenti la caccio dall'aula!» minacciò Lo Castro.

Tatore si atrofizzò.

Ciruzzo perse per un attimo la concentrazione e rispose in modo automatico alla domanda del professore: «All'imperatore Giustiniano I».

«Come ha detto?» fece Lo Castro.

«All'imperatore Giustiniano I.»

«Il brocardo di cui stiamo discutendo è attribuito a Giustiniano?»

«No, professore. Ritenevo che lei si stesse riferendo al *Corpus Iuris Civilis*, la cui creazione fu peraltro solo ordinata da Giustiniano. L'effettivo lavoro di raccolta delle leggi fu realizzato da un gruppo di giuristi.»

«E il brocardo?»

«Il brocardo è attribuito al giureconsulto Giuvenzio Celso Figlio, le cui opere, dal punto di vista strutturale, trovarono una fonte d'ispirazione in quelle del console repubblicano Sesto Elio Peto.»

Mezarecchia stava per farsi risentire, ma una vocina dentro di lui gli consigliò di rimanere muto.

«Bene, lei è molto preparato» disse Lo Castro a Ciruzzo.

«Mai mi era capitato di esaminare uno studente di tale bravura. Ma c'è sempre un *però*. Ammetterà che ha avuto una piccola esitazione, pertanto non me la sento di darle il voto massimo. Per me merita un bel ventinove.»

«Ventinove no, la prego» disse *'o Schiattamuorto*. «Mi dia qualsiasi altro voto, ma ventinove no. Sarei costretto a rifiutare.»

«Perché?»

«Ventinove è un numero che mi esporrebbe a derisioni d'ogni sorta.»

«Non capisco.»

«Nella cabala napoletana il ventinove indica *'o pate d' 'e criature*, «il padre dei bambini», e cioè l'organo genitale maschile.»

«Ma che c'entra? Ventinove è un voto di eccellenza. Il più alto che io abbia mai dato a uno studente. Lei lo merita, e io non torno indietro. Non si faccia condizionare da stupide credenze. Lei è un uomo razionale?»

«Sì, lo sono. Ma sono anche napoletano. Arrivederla, professore.»

Col broncio, Ciruzzo si alzò e abbandonò l'aula.

Tatore gli corse dietro: «Ciru', che è successo?».

«Mi voleva dare come voto un ventinove.»

«E tu?»

«L'ho rifiutato.»

«Bravo, hai fatto bene. Il primo a sfotterti sarei stato io.»

«Ecco.»

XII

RAPIMENTI E TRADIMENTI

Una domenica di fine settembre, le otto del mattino. Il citofono di casa Esposito fece sentire il suo trillo in tutte le stanze. Un suono lungo, insistente, fastidioso. Mai capitato prima, a un'ora così inappropriata, in un dì di festa. Tranne la volta in cui due Testimoni di Geova s'erano incollati al pulsante e l'avevano mollato solo quando Tonino aveva risposto e s'era lasciato trascinare in un dibattito via cavo sul ritorno di Cristo sulla Terra nel giorno dell'Armageddon.

Alla seconda citofonata, Patrizia, che stava sonnecchiando in camera da letto con il marito e i gemellini, mormorò: «Chi sarà? Toni', va a vere'».

«Va' tu. Sto stanco.»

Alla terza citofonata, Totò e Peppina si misero a frignare.

«Toni', e vuoi andare?»

«No, va' tu. Tengo suonno.»

Patrizia gli diede una gomitata nella milza: «Va'!».

Tonino si alzò. E ciondolando come un pinguino, andò a rispondere.

«Don Toni', siete voi?» La voce di Mimmo, il custode del cimitero delle Fontanelle. «Potete scendere un attimo? È un fatto urgente.»

Scalzo, in slip e canottiera, Tonino andò ad aprire il portone.

«Che è stato, Mimmo?»

«Perdonatemi se sono venuto a disturbarvi a quest'ora e in una giornata festiva» disse il custode, con la faccia stravolta. «È capitata 'na stranezza alla quale ancora non posso credere. Scusatemi, mi devo appoggiare da qualche parte, sto troppo scosso.»

Tonino lo aiutò a sedersi su un gradino delle scale, e Mimmo continuò: «Stamattina presto ho aperto il cimitero e mi so' fatto un giro in mezzo alle ossa, come faccio sempre prima che arrivano i turisti. Quanto so' care, 'e *capuzzelle*: mi hanno salutato tutte allegre, mi hanno sorriso, e io ho ricambiato. Me so' fatto 'na chiacchieratella cu *'o Piccerillo*, Pascalino, che mi ha chiesto una coperta per quando viene l'inverno, perché sennò si congela. Io ci ho detto: "Pascali', sicuro che te la porto, tu sei bambino, puoi morire di freddo". Ho fatto una buona azione, don Toni'?».

«Hai fatto un'azione ottima, Mimmo» rispose Tonino, commosso. «Gliela regalo io, una coperta, a Pascalino. E poi che è successo?»

«Nella navata degli Appestati, tutto a posto. Nella navata dei Pezzentelli e in quella dei Preti, tutto regolare. A parte 'na *capuzzella* che si lamentava perché aveva perduto un dente durante la nottata. Arrivato alla sala del Tribunale, ho sentito un brivido forte dietro alla schiena. M'è venuto 'o penziero che ci stava qualcosa di irregolare. Come se mancasse qualcosa. Mi so' girato verso il posto dove sta il Capitano e so' rimasto sconvolto: 'o Capitano non ci stava più!»

Tonino sussultò: «Tu che dici, Mimmo? 'O Capitano non ci stava?».

«Proprio accussì, don Toni', non c'era!»

«E dov'era andato?»

Mimmo scosse la testa: «Non lo so, non lo so... Ho detto:

“Vuoi vedere che stanotte è andato a trovare qualche *capuzzella* e non è riuscito a ritrovare la via di casa?”. Allora ho guardato dappertutto, in ogni angolo, sotto a ogni catasta di ossa. Niente, è scumparzo. O se n'è andato o se lo sono arrubbato. Non è che ve lo siete pigliato voi?».

«Io?!»

«Don Toni', non equivocatemi, non l'ho detto per cattiveria. Voi avete con lui un rapporto speciale, per questo l'ho penzato.»

«'O Capitano per me è sacro. È come un padre, e non l'ho mai mosso da dove sta. Aspettami cinque minuti, me metto 'na cosa addosso. Voglio veni' a vedere pure io. Può essere che hai avuto un'allucinazione.»

«Eh, fosse 'o cielo!»

Nessuna allucinazione. Mimmo aveva visto bene: il teschio del Capitano non c'era. La teca in cui era conservato aveva la porticina anteriore socchiusa, e all'interno erano rimasti solo gli oggetti lasciati dai visitatori nel corso del tempo: monete, banconote, bigliettini, un rosario, dei santini.

Qualcuno aveva portato via il cranio più famoso delle Fontanelle. Chi poteva essere stato? E perché l'aveva fatto?

Un maniaco? Un amante del macabro? Un ricettatore di reliquie? Ogni ipotesi era possibile.

Introdursi di nascosto nel cimitero non era complicato. La caverna aveva varie aperture scavate nel tufo, da cui si poteva entrare e uscire con un minimo di agilità, e nel passato erano state già trafugate molte ossa. Teschi, soprattutto. Ritenendoli miracolosi, tante povere persone se li portavano a casa, li sistemavano su comò e mensole e si affidavano alla loro protezione. Le *capuzzelle* diventavano Lari domestici, angeli custodi della salute e della prosperità familiare.

L'usanza affondava le sue origini nella notte dei tempi: alcuni popoli antichi seppellivano in casa i loro defunti. Oppure, se ne avevano la possibilità, li interravano nei giardini accanto alle abitazioni. Il colloquio di affetti avuto in vita proseguiva dopo la morte: la prossimità con l'estinto era concreta, le sue ossa erano lì a ricordarlo. E se la vicinanza tra i vivi e le spoglie mortali non poteva avere una quotidianità, si faceva in modo di rendere partecipe il defunto di particolari momenti di festa e giocondità. Nelle catacombe romane i loculi venivano spesso messi in comunicazione con l'esterno tramite delle *cannule* di terracotta o di vetro. Questi tubicini servivano a parlare con i morti e a versare all'interno delle loro tombe profumi, vino, spezie.

Alle Fontanelle per anni avevano fatto «rifornimento» anche numerosi studenti di Medicina, che avevano portato via interi scheletri da utilizzare per i loro studi anatomici.

Con il recupero e il consolidamento strutturale della caverna, il saccheggio indiscriminato aveva avuto fine. Ma qualcuno ancora tentava di fare il furbo.

«Don Toni', avvisiamo la polizia?» propose Mimmo.

«No, meglio di no. Si farebbe troppa pubblicità sulla scomparsa, e chi ha sequestrato 'o Capitano gli farebbe fare 'na fine tragica, per liberarsene. Non ci vuole niente a far sparire un corpo, figuriamoci 'na *capuzzella*. Aspettiamo. So' sicuro che 'o Capitano, con i modi suoi, saprà convincere 'o rapitore, o 'a rapitrice, a pentirsi di quello che ha fatto. Intanto io chiedo in giro, con accortezza. Può darsi che qualcuno sappia qualcosa.»

«E quando vengono i turisti e domandano addò sta 'o Capitano, io che ci dico?»

«Che l'hanno portato a fare un restauro e che presto tornerà.»

«Non mi crederanno.»

«Allora fa' 'na cosa: piglia 'na *capuzzella*, con una matita disegnaci un livido nero attorno all'occhio sinistro e mettila al posto del Capitano. Chi se ne accorge che non è lui? Poi, quando 'o mistero s'è risolto, rimettiamo tutto a posto.»

«Don Toni', è 'na genialata! Provvedo subito.»

Tonino contattò riservatamente *'o Schiattamuorto*, gli raccontò della sparizione del Capitano e gli chiese un parere.

«Chi ha compiuto un atto di tale nefandezza è sicuramente una persona affetta da turbe psichiche» commentò Ciruzzo. «Colui o colei che si è recato nell'ossario delle Fontanelle per asportarne il cranio più noto deve avere gravi disturbi mentali. Ha sfidato la morte, ha scelto un teschio potente e glorioso, probabilmente per asservirlo a qualche sua necessità. Senza sapere che il Capitano, da personalità integerrima qual è, mai ha accettato e mai accetterà imposizioni.»

«Mai, Ciru', te lo posso assicurare.»

«Farò qualche indagine per conto mio, per stabilire se il furto è stato commissionato da qualcuno. Ho la sensazione, però, che il colpevole abbia agito in solitudine, come un serial killer, e che presto si addiverrà alla soluzione di questo enigma.»

Le congetture di Ciruzzo si rivelarono esatte. La domenica successiva a quella della scomparsa del Capitano, Mimmo andò di nuovo a schiacciare il pulsante del citofono di casa Esposito. Alla stessa ora: le otto.

Stavolta Tonino non si fece pregare da Patrizia. Saltò dal materasso e corse a rispondere.

«Don Toni', ho da darvi 'na bellissima notizia: 'o Capitano è turnato!»

«Grande!»

«Volete venire al cimitero a vederlo?»

«Certamente. Avviati. Mo' mi vesto e ti raggiungo là.»

In camera da letto Tonino trovò la moglie in piedi.

«Chi era, Toni'?»

«'N'amico.»

«Lo stesso di domenica scorsa?»

«Sì.»

«Ce l'ha a vizio, a scetarsi presto e a te veni' a citofona'.»

«È un mattiniero. Tu perché ti sei alzata?»

«Esco, voglio andare a messa.»

«Non sei mai andata a messa a quest'ora...»

«Da oggi si cambia.»

«Vai con tua mamma?»

«No, da sola.»

«Devo usci' pure io. Vuo' nu passaggio c' 'o motorino?»

«No, vado a piedi.»

«E a Totò e Peppina chi li guarda?»

«Mo' faccio scendere a Olga. Cia'.»

Mezz'ora dopo, Tonino arrivò alle Fontanelle con lo Scarabeo, parcheggiò e si fece accompagnare da Mimmo nella sala del Tribunale.

«Eccolo qua!» disse il custode.

Il teschio del Capitano era al suo posto. La *capuzzella* che aveva fatto da controfigura era appoggiata sul terreno accanto alla teca.

Tonino rilevò un particolare bizzarro: «Mimmo, ci hai fatto caso?».

«A che cosa?»

«'O Capitano tiene nero non solo l'occhio destro, ma pure 'o sinistro.»

Mimmo osservò il teschio con attenzione: «È vero! Preso

dalla contentezza, non l'avevo notato. E come può essere, 'na cosa del genere?».

«Non lo so. Vamme a piglia' 'a siggiulella, me lo faccio raccontare da lui.»

Il custode andò a recuperare la sediolina pieghevole che dava sempre a Tonino quando veniva a colloquiare col Capitano: «Nel frattempo che voi restate qua, io vado a vedere giù al rione se trovo un bar aperto che mi vende 'na bottiglia di spumante. Dobbiamo festeggiare l'avvenimento».

«Giusto. Ci vediamo dopo e stappiamo.»

Mentre Mimmo usciva, una donna con un foulard sulla testa varcò l'ingresso del cimitero, si fece il segno della croce e sparì in uno dei varchi a sinistra.

Tonino si sedette di fronte al Capitano.

«Buongiorno, bentornato.»

«Tonino, che avventura! Ho rischiato la vita!»

«Capita', vi vorrei ricordare che voi già siete morto tanto tempo fa...»

«Sì, ma potevo morire una seconda volta.»

«Che vi è successo? Chi vi ha rapito?»

«Un essere crudele.»

«Un uomo o una donna?»

«Un uomo. Un individuo squilibrato, fuori di sé. Si è introdotto di notte qui dentro ed è venuto direttamente verso di me. Mi ha prelevato dalla teca, mi ha messo in un sacco e mi ha portato via. Ho protestato, sbraitato, ma lui niente. Anche le altre *capuzzelle* gli hanno gridato contro il loro sdegno, senza ottenere risposta.»

«Forse non vi ha sentiti. Non tutti, Capita', riescono ad ascoltare le vostre voci.»

«È vero.»
«E dove vi ha portato?»
«A casa sua.»
«Qua alla Sanità?»
«Non saprei. Ero chiuso nel sacco, non ho visto. Mi ha tirato fuori solo quando eravamo all'interno della sua abitazione.»
«Quindi l'avete guardato in faccia?»
«Eccome! Per una settimana intera!»
«Chi è? Già lo conoscevate?»
«No. Era ed è rimasto uno sconosciuto. Cinquant'anni circa, cicciottello, mezzo calvo. Curiosetto, insomma. Come te.»
«Grazie, Capita'.»
«Prego.»
«E che voleva da voi?»
«Che risolvessi i suoi problemi sessuali.»
«Problemi sessuali?»
«Sì. È impotente. Non riesce ad avere erezioni.»
«Ve l'ha fatto vedere?»
«Che cosa?»
«*Quello*.»
«Che il dio degli eserciti mi scampi! Sarei morto!»
«Un'altra volta?»
«Sì. Volendo, posso farlo quando voglio.»
«Come mai avete anche l'occhio destro nero?»
«Mi ha maltrattato. Ogni sera mi diceva: "Per domani mattina mi devi far svegliare bello tosto!". La mattina si svegliava, verificava di essere ancora impotente e mi prendeva a pugni. Ho rischiato un trauma cranico. Io i miracoli non li faccio. E anche se li sapessi fare, non lo avrei accontentato. I violenti non meritano la mia considerazione.»
«E alla fine come siete tornato qua? Siete scappato?»

«Tonino, vedi per caso delle gambe sotto di me?»

«No.»

«Allora non fare supposizioni stupide. È stato lui stesso a riportarmi nella mia casetta, tra le mie amate *capuzzelle*. E mi ha chiesto perdono per il male fatto.»

«Forse s'è convinto che con voi non l'avrebbe spuntata.»

«No. Ho agito io d'astuzia. Ieri sera ho chiamato in soccorso la *Bella 'Mbriana*.»

«Uah!»

«Invisibile, è entrata nell'appartamento e ha fatto sciogliere una pastiglia di Viagra in una bottiglia di vino. Quando il mio rapitore l'ha bevuta a cena, ha avuto un'erezione. Leggera ma sufficiente per fargli credere che avessi compiuto il miracolo. Mi ha preso tra le mani, mi ha riempito di baci, che orrore!, mi ha rimesso nel sacco, e tutto contento mi ha riportato qui.»

«Che storia! Capita', ci avete fatto proprio spaventare, lo sapete? Però io e Mimmo non abbiamo mai perso le speranze di rivedervi. Mo' riposatevi, fatevi un sonnellino.»

«Sono secoli che riposo.»

«E con questo secondo livido come facciamo?»

«Sparirà. Per accelerarne l'assorbimento, portatemi un tubetto di Lasonil.»

«Siete un grande! Arrivederci, buon riposo.»

«Ciao. Fa' il bravo.»

Tonino ripiegò la sediolina e si incamminò verso l'uscita.

«No, aspetta!» fece il Capitano. «Non andartene ancora, fermati!»

Assorto nei suoi pensieri, Tonino non lo sentì.

Anime sante, anime purganti, je so' sola e vuje site tante. Andate avanti al mio Signore e raccontateci tutti i miei dolori. Primme ca s'oscura questa santa giornata, da Dio voglio essere consolata. Pietoso mio Dio, col sangue tuo redento, a tutte le anime del Purgatorio salutammelle a tutte 'e mumente.

Era una delle preghiere che le donne devote recitavano al cospetto delle *capuzzelle*. In particolare, davanti al teschio di donna Cuncetta, ritenuto miracoloso come quello del Capitano. Un cranio lucidissimo: nei secoli, era stato toccato, strofinato e accarezzato migliaia di volte. Lo chiamavano «il teschio che suda», perché ogni tanto sulla sua superficie apparivano goccioline di umidità. «Ha fatto 'a grazia!» si diceva in queste occasioni.

Più di una volta Tonino, dopo aver parlato col Capitano, era andato a salutare donna Cuncetta. Meditò di farlo anche questa volta: "Mimmo non si vede ancora, mi trattengo un poco con lei".

Giunto nei pressi dell'area in cui era esposta la *capuzzella* trasudante, intravide nella penombra una figura umana. Di sesso femminile, a giudicare dalle forme. Aveva un foulard sul capo ed era inginocchiata proprio davanti a donna Cuncetta. Stava parlando a bassa voce. Con un tono che gli sembrò familiare.

Per sentire meglio e poter guardare la donna in viso, Tonino si accostò a una colonna di tufo. Fece *cucù settè* per un attimo, e per poco non gli venne un colpo. La signora genuflessa era sua moglie Patrizia.

"Buciarda!" pensò Tonino. "Ha detto che andava a messa, e invece è venuta qua. Come mai? Che starà dicendo?"

Patrizia veniva a trovare di nascosto donna Cuncetta da un paio di mesi. Da quando una cartomante di nome Wanda, detta *'a Riggina d' 'o Tarocco*, sua confidente e guida spirituale, era stata arrestata per frode fiscale.

Come avveniva a Tonino con il Capitano, Patrizia *sentiva* la voce di donna Cuncetta. E in quel momento stava trattando il delicato tema dei rapporti con suo marito.

«Donna Cunce', continuo a sentirmi insoddisfatta. Tonino è troppo un fessacchiotto. Nun tene carattere, si lascia andare. Nun me fa cchiù attizza' come succedeva un tempo. Io sto sempre bollente, tengo 'o fuoco dint' 'e vene, e mo' che i gemellini so' cresciutelli, vorrei riprendere le attività motorie a letto. Ma lui niente: 'na volta sta stanco, 'na volta sta stressato, 'na volta ci ha gli incubi. Come devo fare? Mi sento in un circolo sfizioso.»

«Patty, bellezza mia, devi avere pazienza. Già è un passo in avanti il fatto che lui si sta staccando dalle brutte amicizie. Ha avuto la sfortuna di nascere figlio di un boss, e questo gli ha condizionato tutta l'esistenza. A proposito di boss, l'hai più visto a Pietro De Luca?»

«No, ultimamente no. Come vi raccontai il mese passato, a giugno Pietro venne a trovarmi nella clinica dopo la nascita di Totò e Peppina. Che faccia tosta! Portò pure dei regali per le criature, e io li feci buttare. Per come mi ha trattata anni fa, lo odio. L'anno scorso pretendeva di fare un'altra volta sesso con me. L'ho mandato affanculo, scusatemi l'espressione.»

«A me 'o può dicere: per lui ci tieni ancora?»

«No, donna Cunce', non ci tengo più. So' soltanto preoccupata che lo uccidono, visto la vita che fa. Ma a livello sentimentale è finito tutto. Quando mi innamorai di lui, persi completamente la testa. Furono mesi di grande passione: e chi se li scorda! Lui era il braccio destro di mio suocero, e ci vedevamo di nascosto a nostro rischio e pericolo. Se ci sgamavano, ci facevano finire in un palo di cemento. E quante scuse mi dovetti inventare con Tonino! Poi tutto finì, senza preavviso. Era un pomeriggio, lui m'aveva portato in un albergo, e mi disse che ci dovevamo lasciare. Gli domandai 'o motivo, e isso me dicette che non sentiva più attrazione per me e che avevamo consumato tutto in fretta. In parole povere, non gli servivo più. Sapevo che teneva altre femmine, ma mi ero illusa di essere diversa dalle altre. Lo avevo amato veramente, con tutta me stessa, tralasciando pure la famiglia. Mi sentii umiliata e mi feci da parte, con dignità. Che dovevo fare, mettermi a fare scenate? Non sarebbero servite a niente: lui è freddo comme nu piezzo 'e marmo, e quando ha deciso 'na cosa, quella è. Mi rimangono i ricordi, insieme alla coscienza di avere sbagliato. E mo' sto punto e da capo. Non riesco mai ad appaciarmi.»

«Pensa ai bambini, e a Genny e Tina. Quanto a Tonino, lo sento molto vicino a te, pure in questo momento. Lui a te ci tiene, dagli tempo.»

«Ci proverò. Stateve bbona, donna Cunce'.»

«Arrivederci, Patty, e grazie per essere venuta a farmi visita.»

Patrizia si alzò, baciò il teschio e andò via.

Tonino della conversazione aveva sentito solo ciò che aveva detto la moglie, ma questo gli era bastato per sentirsi sempre più male. Mentre Patrizia si allontanava, vide le farfalline davanti agli occhi. Barcollò e perse i sensi.

Cinque minuti dopo, tutto sorridente e felice, Mimmo entrò nel cimitero con una busta contenente una bottiglia di spumante e un pacco di bicchieri di plastica. Andò nella sala del Tribunale e non trovò più Tonino.

"Che ha fatto, se n'è andato?" pensò.

Lo chiamò a gran voce e si mise a cercarlo tra le navate della caverna. Quando lo vide per terra, con la sediolina sotto il corpo, immaginò che stesse dormendo. Lo scosse e capì che era svenuto. Per fargli riprendere conoscenza, stappò lo spumante e glielo versò sulla faccia.

Tonino ebbe un fremito: «Donna Cuncetta, Patrizia, don Pietro, 'o tradimento, 'o tradimento!».

«Don Toni', ma che dite, quale tradimento? Stavate sognando? Voi non dovete farmi pigliare questi spaventi. Già l'anno scorso vi trovai svenuto davanti al Capitano. Mo' avete cambiato posto? Vi piace di più donna Cuncetta?»

«No, Mimmo, no, tu non puoi capire» disse Tonino passandosi le mani sul viso. «E forse non le potrò mai capire nemmeno io, certe cose.»

«Su, alzatevi, jamme a fa' nu brindisi insieme al Capitano. Nu poco 'e spumante è rimasto, nella bottiglia.»

«Perdonami, ma non me la sento di festeggiare niente. 'O Capitano mi comprenderà. Ora me ne voglio solo andare. Non so dove, ma me ne voglio andare.»

Tonino montò sullo scooter e girovagò per il rione senza una destinazione precisa. Tentò di raccogliere le idee, di decidere il da farsi. Patrizia lo aveva tradito. Per mesi, senza dargli alcun sospetto. Trovò il fatto inconcepibile, imperdonabile. Lui le era stato sempre fedele. Aveva fatto tanti errori, sì, ma non gli era mai passato per la mente di farle le corna.

"Le ho sempre voluto un bene da pazzi, come ha potuto farmi questo?" pensò. "Con De Luca, poi. Che grande attrice, che femmina falsa!"

Si fermò davanti a un'edicola votiva dedicata a sant'Antonio da Padova, estrasse il telefonino e chiamò suo fratello Raffaele.

«Rafe', nun me chiamma' scucciante, ma mi devi dare una mano un'altra volta.»

«Che problemi tieni, Toni'?»

«Sto in crisi con Patrizia, mi voglio allontanare per un periodo. Tu mi puoi ospitare?»

«Come no. Vieni.»

Con il cuore in tumulto, Tonino tornò a casa, lasciò lo Scarabeo nel garage e salì di sopra. Patrizia era in cucina a chiacchierare con sua mamma. Olga stava giocando con Totò e Peppina.

«Patri', vieni 'n'attimo» disse Tonino alla moglie.

La portò nella sala da pranzo e chiuse la porta.

Sansone e Ivana intuirono che stesse per scatenarsi una tempesta e si attorcigliarono l'uno all'altra per darsi conforto.

«Gli altri non devono sentire?» fece Patrizia. «'O fatto è grave, allora.»

«Gravissimo.»

«Che altro hai combinato?»

«Io niente. Mai come stavolta, veramente niente. 'O fatto riguarda a te.»

«A me?»

«Eh, a te.»

«E parla, dici. 'E che se tratta?»

«Di un tradimento. 'O tradimento che m'hai fatto.»

«Io a te?»

«Sì, tu a me. Non negare, che peggiori la tua situazione. M'he tradito cu Pietro, quando ancora era vivo papà. M'he fatte fesso per mesi e mesi. E avisse pure continuato, si isso nun te lassava.»

Patrizia si sedette, lentamente: «Chi te l'ha detto?».

«Tu.»

«Io?»

«L'ho sentito dalla bocca tua, mentre parlavi cu donna Cuncetta.»

«Stamattina stavi là?»

«Sì, stavo là.»

«Mi hai seguita?»

«No, stavo là per fatti miei. T'aggie scuperta pe' caso.»

«E mo' che vuoi fare?»

«Me ne vaco. Sarebbe giusto che te ne andassi tu, visto ca 'a traditrice si' tu. Ma ce stanno 'e criature che hanno bisogno 'e te, quindi ti faccio restare. Datosi che non tengo carattere, come tu pensi, me ne vaco je.»

«Toni', perdonami.»

«Perdonarti? È facile a domandarlo, adesso. Io mo' penzo 'na sola cosa 'e te: che sei una puttana.»

Tonino caricò sullo Yeti indumenti e oggetti personali e partì. Per Mondragone, in provincia di Caserta, dove abitava suo fratello.

Raffaele sul litorale domizio gestiva, con l'aiuto del figlio Gennariello, il caseificio «L'Olimpo della Mozzarella», grazie al quale aveva accumulato una buona fortuna e s'era costruito una villa. Sua moglie Virginia era una donna dalla mentalità ristretta, provinciale. Per la sua esistenza si era posta solamente tre obiettivi: avere una casa di proprietà, mettere su famiglia, incrementare il conto in banca. Le sue giornate trascorrevano tra l'apatia e la monotonia. Ogni novità la infastidiva.

Gennariello l'anno prima gliene aveva data una forte: all'età di diciannove anni, aveva messo incinta Giustina, una ragazzotta di Grazzanise la cui famiglia era legata alla camorra, ed era stato costretto a sposarla. Il «frutto della colpa» era nato ad aprile. Un maschio. La coppietta lo aveva chiamato Raf.

Tonino fu accolto da suo fratello e da Virginia con apparente cordialità. I due gli chiesero che cosa fosse accaduto fra lui e Patrizia, e Tonino si tenne sulle sue, senza fare cenno al tradimento: «Stiamo in freddo, abbiamo deciso di separarci provvisoriamente. So' cose che succedono».

«Se vuoi, facciamo da pacieri» disse Raffaele. «Jamme a piglia' a Patrizia, la portiamo qua e vi facciamo riconciliare.»

«No, Rafe', lasciala dove sta. Per quanto mi riguarda, voglio stare un poco lontano da lei. Se per voi non sono un disturbo, mi trattengo qua per qualche settimana.»

«E che disturbo, Toni'? Ti metti nella stanza dove stava Gennariello prima che si sposasse. 'A casa mia è casa toja.»

In realtà, sia lui sia la moglie mal gradivano la presenza di Tonino. Lo avevano sempre considerato un rammollito, uno scansafatiche, e tenerlo in casa non li entusiasmava per niente.

Tonino se ne rese conto tre mattine dopo il suo arrivo, quando si alzò più presto del solito a causa di un'urgenza fisiologica e dal bagno ascoltò la conversazione che Virginia e Raffaele stavano tenendo in cucina.

«È nu parassita, Rafe'. Devi cacciarlo, non lo voglio tenere in casa. Ci può mettere nei guai.»

«Tieni ragione, Virgi', ma come devo comportarmi? È sempre mio fratello, non posso pigliarlo a calci e mandarlo in mezzo a una strada.»

«Rafe', te si' scurdato di quello che ti fece passare l'anno scorso?»

«No, nun me so' scurdato. Che paura ca me facette piglia'! Ma dico io, faje nu sgarro 'o boss Pietro De Luca, te ne scappi e te ne vieni qua? Sperando che De Luca non lo venga a sapere? Proprio cretino!»

«E infatti, De Luca venne a sapere che Tonino stava venendo qua con quel suo compagno, Enzuccio, e ti chiamò.»

«E mi mise con le spalle al muro: "Rafe', considerato che stanno venendo a nascondersi dalle parti tue, dagli tu una buona punizione, così non perdo tempo io. Se non lo fai, 'a punizione vengo a dartela io a te, personalmente". E così dovetti fare.»

«Certo che scegliesti 'na bella punizione e un bel posto!»

«Sì, l'allevamento di Vitaliano, a Sparanise. Non potevo scegliere una collocazione peggiore.»

«Vitaliano è 'na bestia.»

«Tonino ed Enzuccio se ne accorsero: Vitaliano li mise a spalare la cacca delle bufale. Anzi, Virgi', mo' ti faccio 'na confidenza: fui proprio io a consigliare a Vitaliano di farli finire dentro alla merda.»

«Bravo!»

A questo punto Tonino, sconvolto, venne fuori dal bagno: «Dentro alla merda, eh, Rafe'?».

Raffaele sbiancò: «Toni'...».

«No, Rafe', nun dicere cchiù niente, che già ho sentito abbastanza. E pure tu, Virgi', chiuditi 'sta fogna che tieni al posto della bocca. Me ne vado subito, ve levo 'o disturbo. 'E parienti so' serpienti. Me facite schifo. Vi lascio in mezzo alle mozzarelle e ai camorristi.»

Raffaele provò a discolparsi: «Toni', tu al posto mio che avresti fatto? De Luca mi minacciò».

«Io al posto tuo non avrei tradito un fratello, Rafe'. Tu sei sempre stato a cazzi tuoi, questo lo sapevo, ma mai mi sarei aspettato che arrivassi a tanto. Se nostro padre fosse vivo, ti sputerebbe in faccia.»

XIII

PROVE SCRITTE E ORALI

«Don France', imbrogli! Non puoi far ruotare la stecca più di una volta, non è regolamentare.»

«Ma no, Tina, stavo solamente tentando una rovesciata spettacolare.»

Sabato pomeriggio. Sfida a bigliardino nella sala giochi della basilica di Santa Maria. Da una parte, Tina e il suo ragazzo Christian. Dall'altra, padre Francesco e Genny. Premio in palio: una scatola di cioccolatini e torroncini.

'O Piranha provocò la sorella: «Tieni paura 'e perdere, eh?».

«Chi, io? Ma non farmi ridere! Tiè, acchiappa questo.»

Con una finta e un tiro in diagonale, Tina spiazzò i difensori e il portiere manovrati da Genny e mandò la pallina in gol.

«Dieci a otto: io e Christian abbiamo vinto!»

«Onore al merito» fece padre Francesco alzando le mani. «Siete stati più forti di noi e avete meritato la vittoria. Il premio è vostro.»

Il sacerdote consegnò la confezione di dolciumi alla coppia vincitrice.

«V' 'e mangiate tutti quanti voi?» chiese Genny, con l'acquolina in bocca. «A me e a don Francesco non ce ne date manco uno?»

«Ma no, li mangiamo insieme» fece Christian. «Vero, Tina?»

«Sì, facciamo questo atto di carità» rispose Tina con tono scherzoso.

Aprirono la scatola e ne divorarono il contenuto in cinque minuti.

Dopo la vacanza a Pietraroja, il legame fra Tina e Christian si era rafforzato. Che non fosse stata un'avventuretta estiva, lo avevano subito capito entrambi. A legarli era un affetto semplice e puro, in crescita continua. Nei discorsi e nelle azioni mostravano una sensibilità non comune. I loro contatti avvenivano per telefono o via internet, e ogni sabato Christian partiva da Casal di Principe e con autobus, treni e metropolitane veniva a trovare Tina alla Sanità. Facevano una passeggiata, si scambiavano tenerezze, poi andavano in basilica per incontrare altri ragazzi e ascoltare i consigli di padre Francesco.

Spesso Tina portava con sé Genny. Il clima a casa non era dei migliori, e tenere lontano il fratello dalle inquietudini familiari era diventato per lei un impegno. *'O Piranha* avvertiva molto l'assenza di Tonino, e ogni occasione per distrarlo era buona.

«Genny, raggiungi il gruppo che si sta radunando nel chiostro» disse padre Francesco. «Oggi c'è la caccia al tesoro. Tra qualche minuto arriviamo anche noi.»

«Va buo', vaco. Ma mentre non ci sto, mica cacciate un'altra scatola di cioccolate e ve le mangiate senza 'e me?»

«No. Ti prometto, però, che la prossima volta metto in palio una guantiera di sfogliatelle, e ci pigliamo la rivincita.»

«Bravo, siete un prete strabilioso!» fece Genny uscendo.

Il sacerdote voleva trattenersi un po' con Tina e Christian.

«Come va, ragazzi?»

«Bene, don Francesco» disse Christian abbracciando Tina. «Siamo sempre più innamorati.»

«Ne sono arcicontento. Restate sempre vicini, aiutatevi, parlatevi, confrontatevi. Il dialogo è il fondamento dell'amore. E non trascurate lo studio. Come è stato l'impatto con l'università, Christian? Sei riuscito a inserirti senza problemi?»

«Tutto ok. Sto seguendo i corsi, le discipline sono tutte interessanti e i docenti molto preparati.»

«E tu, Tina?»

«Dicono che il mio rendimento è alto e che sono di nuovo tra le più brave del liceo, ma io non ci credo.»

«Modesta! Sei in gamba, e lo sai.»

«Mi sono ripresa, grazie soprattutto ai nonni. Mi hanno sostenuto alla grande, dopo il blocco che ho avuto qualche mese fa.»

«Com'è la situazione a casa?»

«Critica. Sono già due settimane che papà non torna. Tra lui e mamma dev'essere successo qualcosa di molto grave. Non so i particolari, però ho capito che questa volta la colpa è di mamma. Ho chiesto, e nessuno ha voluto dirmi come stanno veramente le cose.»

«Non vogliono farti soffrire.»

«Io ci soffro lo stesso. Non riesco a essere indifferente.»

«Sono molto dispiaciuto, Tina. Ho pensato di venire a parlare con tua madre, ma non vorrei che la prendesse come un'intromissione sgradita. I gemellini come stanno?»

«So' uno spasso! Totò è dolcissimo, uno zuccariello. Peppina è vispa e furbetta. Mi fanno mori' dalle risate.»

«E tuo padre in questi giorni non ti ha chiamato?»

«No.»

«Chiamalo tu.»

«Non l'ho mai fatto. Lo sai, con lui non ho mai avuto un buon rapporto. Spesso ci siamo scontrati.»

«Costruitelo, questo rapporto, una volta per tutte. Fai tu il primo passo. Fagli una telefonata, gli farà sicuramente piacere. È probabile che si senta sbandato, solo. Sentirti potrebbe aiutarlo a stare meglio.»

«Don Francesco ha ragione, Tina» osservò Christian. «Ci sono dei momenti in cui dobbiamo mettere da parte l'orgoglio e le amarezze e fare uno sforzo di generosità.»

Generosi erano stati, almeno in apparenza, gli avversari di De Luca, che sembravano aver accettato tacitamente la sua vendetta. Sapevano che la caduta di Sandruccio e Mario dalla torre della Sagrada Familia non era stata una tragica fatalità. Si erano informati, avevano appurato che in quei giorni Barcellona aveva ricevuto la visita di Tatore e Ciruzzo. Due più due quattro: *'o Tarramoto* e i suoi uomini si erano presi la rivincita.

Malgrado ciò, non avevano reagito. *'O Curiuso* e *'o Cecato* non erano pezzi da novanta della criminalità. Facevano parte della manovalanza, erano carne da macello. Potevano essere sostituiti con facilità. Il serbatoio sociale da cui attingeva la camorra era abbastanza ampio e includeva anche ragazzi minorenni, perlopiù impiegati nello spaccio di droga. Alcuni di loro, i più agguerriti e prepotenti, venivano addestrati all'uso delle armi e tenuti «a disposizione». Pronti a essere inseriti nei gruppi di fuoco che partecipavano attivamente agli agguati.

«Questo silenzio non mi piace» disse il commissario Capasso.

«'E canne d' 'e pistole se so' raffreddate» commentò un suo collaboratore.

«È una tregua carica di presentimenti.»

Nel commissariato Stella si lavorava alacremente. Dopo la morte di Monica, alla Sanità non c'erano più stati omicidi, ma le indagini proseguivano a pieno ritmo. Molti indizi portavano a De Luca, e prima o poi potevano trasformarsi in prove. Per esperienza, Capasso sapeva che inchiodare un boss non era cosa semplice. I criminali che occupavano i ruoli più elevati nelle gerarchie dei clan ricorrevano a stratagemmi diabolici e a coperture insospettabili. Per incastrarli, bisognava braccarli tenacemente, far sentire loro il fiato sul collo, attendere che commettessero passi falsi, senza sottovalutare nessuna pista.

«Fatemi venire qua Pietro De Luca» ordinò il commissario.

Dopo un'ora, *'o Tarramoto* si presentò con l'avvocato Borzacchiello. Capasso li fece sedere nella sua stanza.

«Interrogatorio formale?» domandò il difensore del boss. «Non abbiamo ricevuto l'invito a presentarsi.»

«Nessun interrogatorio» rispose Capasso. «Solo una chiacchierata informale. Poteva pure risparmiarsi di venire, avvocato.»

«Allora devo rammentare al mio assistito che può avvalersi della facoltà di non rispondere.»

De Luca mostrò accondiscendenza: «Sentiamo il commissario che ci deve dire».

Capasso si portò alle spalle del boss e di Borzacchiello e prese a camminare da una parete all'altra: «De Luca, dopo l'uccisione di tua sorella, alla Sanità non si è più sparato. Né ci sono stati omicidi di camorra in altri quartieri. Strano, no?».

«Pecché è strano, commissa'? Voi volete la pace o volete i morti ammazzati?»

«Voglio che non si sparga altro sangue, ovviamente. Ma questa calma fa riflettere. Come mai non ti sei vendicato?»

Il boss non rispose.

«O forse l'hai già fatto? L'Interpol ci ha informati della morte a Barcellona di due pregiudicati di Santa Lucia, precipitati da una delle torri della Sagrada Familia. Un incidente, secondo la versione ufficiale. Ma vuoi vedere che erano proprio loro gli assassini di Monica e tu hai mandato qualcuno ad ammazzarli?»

'O Tarramoto non mostrò tentennamenti: «Commissa', voi fantasticate».

«Certo, certo, io lavoro di fantasia. Mi dicesti la stessa cosa qualche anno fa, prima che ti arrestassi: "Commissa', vuje ve facite 'e film luce!". Due giorni dopo ti portai in galera. Vogliamo fare la stessa cosa pure mo'?»

«Commissario, non minacci il signor De Luca» fece Borzacchiello.

Capasso reagì con fermezza: «Avvocato, se pronuncia un'altra mezza parola a sproposito, la faccio rinchiudere in una cella di sicurezza! E prima di farla rinchiudere, la faccio perquisire, così vediamo se la dose di cocaina che sicuramente porta addosso supera la quota per uso personale prevista dalla legge. Già se l'è cavata una volta. Che dice, proviamo il bis?».

Borzacchiello ammutolì.

«Torniamo a noi, De Luca. La faida è stata crudele, e se si è fermata un motivo c'è: o tu e i tuoi avversari vi sentite appagati, oppure state preparando qualcosa di grosso. Nell'uno o nell'altro caso, non vi mollerò. *Dicette 'o pàppece a' noce: "Damme tiempo, ca te spurtose"*. A meno che non vogliate pentirvi del male che avete fatto e venire a raccontarmi i vostri segreti. Così, sia io che voi non perdiamo tempo. Chiudiamo la partita e guardiamo al futuro con serenità.»

«Je nun tengo 'a raccunta' niente, commissa', a parte il dolore per la morte di mia sorella, che mi ha scavato un buco in petto. Se, come dite voi, a ucciderla so' state queste due persone morte a Barcellona, hanno fatto la fine che meritavano. Chi sgarra, poi deve aspettarsi le conseguenze.»

«La legge del taglione.»

«Chiamatela come volete. Già tengo troppi guai per fatti miei, per mettermi a pensare a quelli degli altri. Siamo in un mondo pieno di egoismi, e io mi adeguo. Possiamo andare?»

«Sì.»

Un ultimo sguardo fra i due. Capasso notò negli occhi di De Luca qualcosa di diverso. Non aveva più la solita spavalderia. Non era irriverente come le altre volte in cui lo aveva incontrato. Rivelava accenni di stanchezza, di cedimento. Segni appena percettibili, ma di grande importanza per un investigatore che aveva messo in manette decine di malavitosi, molti dei quali ritenuti imprendibili.

Fuori dal commissariato, Borzacchiello tornò a essere ciarliero: «In mano ci ha tutte carte sparigliate, e t'ha voluto a colloquio per trovare qualche appiglio. Hai fatto bene a essere evasivo».

«Sì, Erne', sicuramente le sue indagini so' arenate. Però mi ha fatto pensare, quando ha detto che la faida è ferma o perché io e i miei nemici siamo appagati oppure perché stiamo preparando qualcosa di grosso.»

«E tu sei appagato o stai preparando qualcosa?»

«Né questo né quello. Certo, è nu fatto positivo che gli assassini di Monica so' stati eliminati dalla faccia della terra.»

«Erano quelli di Barcellona?»

«Sì, se so' fatti 'o volo.»

«E che volo!»

«Dopodiché me so' fermato. Non ho preparato più niente. Per affaticamento mentale, più che altro. Stare appresso a tante storie nun è agevole.»

«Pigliati 'na vacanza. Vattene fuori Napoli.»

«E ccà gli affari chi m' 'e cuntrolla? Quando un capo abbandona il suo territorio, lo abbandona per sempre.»

Tonino, intanto, non pensava affatto di tornare. Dopo aver lasciato Mondragone, s'era spostato nella zona del lago Patria, dove aveva preso in affitto una camera in un alberghetto a due stelle frequentato da coppiette e prostitute. Di notte i suoi sonni, già leggeri e agitati, venivano interrotti da orgasmi singoli e multipli, urla scimmiesche, cigolii di reti e di spalliere di letti.

Di giorno gironzolava lungo le rive del lago e si fermava a osservare i pescatori, che a loro volta osservavano lui chiedendosi cosa avesse da guardare con quella faccia un po' così, mezza addormentata, inespressiva.

Mangiava quando aveva fame. In pizzerie, rosticcerie, pub, aree di servizio. Sceglieva cibi fritti molto salati o molto dolci, tenuti su da collanti alimentari dalla composizione chimica incerta.

Per le spese, utilizzava la carta bancomat. Sul conto aveva poche migliaia di euro. Non era mai riuscito a risparmiare soldi. Il sussidio mensile che gli passava De Luca si dissolveva quasi interamente per le necessità familiari.

De Luca. Il suo tormento. Colui che s'era portato a letto la moglie. Un traditore, anche lui. Un approfittatore.

«Ce la faccio pagare!» si ripeteva. «E che si crede, che la passa liscia? Je so' Tonino Esposito, mica 'o signor Pinco Pallino. Lo devo vedere morto, porcoggiuda, l'aggia squarta' da parte a parte, e vederlo soffrire con una lenta agonia!»

Un istante dopo aver elaborato questi proponimenti da macellaio, si intristiva.

Pensava a Totò e Peppina: "Cresceranno senza un padre!".

A Tina e Genny: "Speriamo che stanno andando bene a scuola e che non combinano troppi casini".

A sua madre Manuela: "Quante ne sta passando, povera donna".

A Sansone e Ivana: "Li staranno dando a mangiare? L'ultima volta a Ivana l'ho vista ingrassata, chissà se è incinta".

A Giggetto: "Da quando me ne sono andato, si sarà nascosto da qualche parte e non sarà uscito più".

A Enzuccio: "Meno male che ogni tanto lo sento, solo lui m'è rimasto vicino. È nu guaglione serio, gli devo trovare 'na fidanzata".

A Olga: "Sicuramente sta dando una mano in casa, come ha sempre fatto. Se fosse stata più giovane, si sarebbe potuta mettere con Enzuccio".

Ai suoceri: "Vulesse proprio sape' comme considerano 'o tradimento della loro figlia. Donna Assunta a me non mi ha mai potuto sopportare, e sicuramente se la starà difendendo, a quella spudorata!".

Proprio Assunta, invece, aveva preso le difese di Tonino, affrontando a muso duro Patrizia: «Svergognata! Nientedimeno hai fatto le corna a tuo marito con un camorrista? Ma pure se fosse stato 'n'ommo normale, nemmeno avresti dovuto farlo. Quando ti sei sposata, tu hai fatto un giuramento davanti a Dio e davanti al presidente della Repubblica!».

«Mammà, quale presidente della Repubblica?»

«'O matrimonio è valido per la Chiesa e per lo Stato? Per la Chiesa ci stava Nostro Signore. E lo Stato da chi è rappresentato? Dal presidente della Repubblica. Quindi ci stava pure lui presente. E tu chistu giuramento davanti a due persone accussì importanti non l'hai mantenuto. Si' 'na spergiura! Io con tuo padre, che non ci può pensare a quello che hai fatto, sto insieme da tanti anni, e mai m'è passato per la mente di fargli un tradimento. Eppure, ne ho tenuti di spasimanti, hai voglia! Mi correvano appresso a migliaia. E tu, che hai avuto per tutta la vita davanti agli occhi l'esempio di due genitori di questo stampo, di questa moralità, che te miette a fa', 'a zuzzosa con un altro uomo? Sgualdrina!»

«È stata 'na debolezza della carne...»

«Debolezza della carne? Sfacciata! Che speravi di ottenere? Nun he penzato 'e cunseguenze? Non hai pensato ai figli, no? Mo' ne tieni quattro, come faranno a vivere senza padre?»

«Pure se il padre ci fosse, sarebbe 'a stessa cosa. Tonino nun s'è mai interessato a niente.»

«Nun 'o dicere: 'o pate ce vo'! Tonino deve tornare immediatamente in questa casa. La sua presenza è obbligatoria.»

«Scusa, tu a Tonino non l'hai mai potuto alleggerire, e mo' vuo' ca torna? Nun te capisco.»

«Quel povero ragazzo non meritava quello che gli hai fatto.»

«Povero ragazzo?»

«Eh. Cercalo, domandaci perdono e fallo tornare. 'Sta casa aspetta a isso.»

«E addò 'o trovo? Aggie pruvato a chiammarlo sul cellulare, non mi risponde. Ma famme 'o piacere, mammà, tu e Tonino!»

Assunta mollò un violento schiaffone alla figlia.

Sulla guancia sinistra di Patrizia comparvero le impronte di cinque dita.

«Non ti permettere più di rivolgerti a me in questo modo! Se non ti stai accorta a quello che dici, te ne do pure un altro!»

Patrizia non provò nemmeno a replicare.

«Cerca a Tonino, vacci a parlare, spiegaci che hai sbagliato e che non lo farai più. Trova gli argomenti adatti, tu ce saje fa'.»

«Te l'ho detto: non so dove sta. Solo Enzuccio ci ha un mezzo contatto. Ogni tanto se sentono a telefono. Non ha voluto incontrare nemmeno a lui. Nun vo' 'ncuntra' a nisciuno.»

«Allora scrivici 'na bella lettera e daccela a Enzuccio, che ce la porta. Scrivila bene, come se dovessi fa' nu tema. Truove 'e parole adatte. Umiltà e sentimento. Non sbagliare, ca te spacco 'a capa!»

Patrizia, che in tutta la sua vita aveva scritto solo bigliettini d'auguri e qualche sms, si fece prestare da Tina un quadernone e con estenuante fatica di mano e di mente provò a redigere la lettera per Tonino. Abbozzò, scarabocchiò, corresse, assemblò alla rinfusa aggettivi e avverbi, stracciò un foglio dietro l'altro, consumò una penna intera.

Dopo sei ore di imbastiture e titubanze, copiò il testo in bella copia:

> Ammore mio Tonino caro,
> comme dice il grande Gigione in una sua canzone, io amo te, sulo a te, e te voglio tutta a vita cu me. Mi devi credere: io amo te, sulo a te, e te voglio tutta a vita cu me. Scusa si ripeto o cuncetto, ma è per farti capire ca songo sincera.
> Mò stai incazzato cu me, e nun te pozzo da tuorto. Aggio sbagliato, faccio pena, nun o faccio più. Quando o fatto è capitato, io mi sentivo trascurata da te. Non mi penzavi come na volta e stavi distratto da altre cose. Io songo na femmina verace, esuberosa, e si nun vengo stimolata e considerata adeguatamente mi vengono le inzoddisfazzioni. Tu nun può capì perchè sei masculo, io sì.
> Ti ricorderai ca in quel periodo a bonanima di tuo padre ci veniva a trovare a casa e si portava appresso a Pietro, ca faticava pe isso. E viene na volta, e viene due, Pietro accuminciò a guardarmi con l'occhio concupiscente. Io facevo finta di niente, era nu fatto normale. Lo sai, tengo nu fisico ca a fatto sempe vuta' a capa agli uomini, nun ce pozzo fa niente.
> Come fu e come non fu, nu giorno isso mi chiammò sul telefoni-

no. Nun saccio come si procurò o nummero, nun me la mai voluto confessare. Mi invitò a pigliare nu cafè perchè mi doveva dire delle cose importanti. Io penzai ca fosse qualcosa ca riguardava a tuo padre e ci andai. E là cascò il ciuccio. Nun saccio cosa mi successe. Più isso parlava e mi squadrava, più mi sentivo infoiata. Come ti devo spiegare… Tieni presente quando Maradona pigliava o pallone e si metteva a scartà i giocatori e tu nun eri capace di levarci lo sguardo da dosso? Ecco, proprietamente accussì.

Andai in trans.

Qualche giorno dopo mi chiamò e mi diede un altro appuntamento. Io ci andai di nascosto a te, e isso mi portò sopra al parco Virgiliano, da dove si vede tutta a città e pure Nisida. Camminando camminando mi mettette nu braccio sulle spalle e io mi stetti. Poi sotto a una pianta ci vasammo. E lì fu Napoli.

Ci siamo incontrati sì e no na trentina di volte. Andavamo dentro a certi alberghi ca isso conosceva. Alberghi di lusso, no come quelli che stanno sulla circonvallazione o vicino al lago Patria. Ci stavano i camerieri con i guanti bianchi. Una volta ci portarono nella camera le ostriche e lo sciampagno e ce la spassammo. Le ostriche erano crude e ci dovetti mettere un poco di limone. Però erano buone, qualche volta le devi accattare.

Inzomma la nostra relazione andò avanti per diversi mesi. Mi innamorai e mi azzeccai comme na calamita. Mi sentivo sporca, tenevo gli scrupoli, ma nun riuscivo ad abbandunarlo. Fu isso ca dicette basta. Mi disse queste parole, le tengo a mente come se fosse oggi: «Patty, abbiamo consumato troppo in fretta il nostro amore e mò nun tengo più attrazione pe te, mi dispiace. E dobbiamo pure tenere presente che stiamo facendo una infamità a Tonino, ca è nu guaglione meritevole».

Vedi? Penzò pure a te in quel momento. Ti chiamò meritevole, ci teneva.

Io la presi a male e mi venette l'esaurimento. Dovetti andare a visita da nu specialista dei nervi. Mi accompagnasti tu, ti ricordi? Ah, quanta sufferenza!

Ecco qua, t'aggio raccuntata tutta a verità. Da allora Pietro nun a rappresentato più niente pe me, te lo giuro su Padre Pio e su san Becienzo Ferrer. Mi so pentita e ti chiedo perdono. Mi devono cadere le mani, mi devo cecare e devo andare sotto a un treno, si te faccio e corne un'altra volta. A patto ca pure tu nun me fai a me. Ammenocchè nun me stai facendo già. In tal caso nun tengo diritto di lagnarmi. Andiamo a pareggio, ci mettiamo na preta sopra e accuminciammo tutto daccapo.

Torna, ammore mio Tonino caro. Come a detto mia mamma, sta casa aspetta a te. E si nun vuò turnà pe me, torna per i tuoi figli e per i tuoi animali. Tina, Genny, Totò e Peppina ti aspettano. Sanzone, Ivana e Giggetto stanno agitati e mi guardano come a dicere: «Quando viene papà?».

A proposito dello sproposito, Peppina ieri si è aizata dalla culla e a detto il tuo nome. Veramente! A detto «Tonino» e po si è coricata un'altra volta. Secondo me quella criatura tiene dei poteri para anormali, la dobbiamo far vedere.

Torna, core mio, ca ce stanno e bullette da pagare e i soldi stanno finendo.

Si è pure scassato o scarico del cesso grande e mò ci sta a puzza in tutta la casa. È venuto l'itraulico, nu bellu guaglione, e a detto ca a riparazzione costa duecento euri. E chi li tiene?

Torna!

Appassiunatamente, la tua femminona Patty

Patrizia chiuse la lettera in una busta, ci scrisse sopra A TONINO ESPOSITO - TROP SICRET e incaricò Enzuccio di fare da messaggero: «Portala a Tonino. La deve avere lui personalmente».

«Signora Patri', e se non mi vuole incontrare?»

«Cerca 'e convincerlo, è 'na questione di vita o di morte. E vedi come sta in salute, ca sicuramente si sta trascurando.»

Enzuccio chiamò Tonino: «Don Toni', lo so che volete stare da solo, ma ci dobbiamo incontrare».

«Pecché?»

«Questione di vita o di morte.»

«Azz! Che è stato?»

«Vi devo portare 'na lettera di vostra moglie.»

«E chesta è 'a questione di vita o di morte?»

«Sì, l'ha detto lei.»

«Che ci sta scritto nella lettera?»

«Nun 'o saccio, sta in una busta sigillata. Da fuori non si legge niente.»

Tonino si fece curioso: «Vediamoci. Portami 'sta lettera».

Patrizia mise a disposizione la sua auto, una Smart giallo canarino, ed Enzuccio andò a effettuare la consegna a mano. Luogo dell'appuntamento: l'ingresso del Villaggio Coppola, sulla Domiziana.

Tonino arrivò con il suo SUV. Trasandato, dimagrito.

A Enzuccio fece un certo effetto: «Don Toni', sto avvilito per tutto quello che vi sta succedendo. Mi mancate molto».

«Anche tu mi manchi. E mi mancano i miei figli. Me sento comme 'na *capuzzella* abbandunata. Dammi la lettera, vediamo la traditrice che cosa ha scritto.»

Tonino aprì la busta, e passeggiando intorno allo Yeti lesse l'epistola redatta dalla consorte. Su carta di quaderno e con inchiostro rosa. Si soffermò su alcuni passaggi, si grattò il mento, si toccò il brillantino all'orecchio, sbuffò, fece smorfie bislacche.

Poi si mise in tasca la missiva e tornò da Enzuccio: «Tieni un foglio di carta e una penna?».

«No, don Toni'.»

«Vedi nella macchina. Alle volte Genny ci lascia le cose di scuola.»

Enzuccio reperì nella Smart un pennarello e un volantino pubblicitario: «Vanno bene questi?».

«Vanno bene.»

Tonino appoggiò sul cofano del SUV il volantino, ne utilizzò il retro per scriverci un messaggio, lo piegò in quattro parti e lo diede a Enzuccio: «Portalo a mia moglie».

«Don Toni', quando ci rivediamo?»

«Non presto, Enzu'. Ho bisogno ancora di riflettere.»

Enzuccio rientrò alla Sanità e portò il messaggio di Tonino a Patrizia.

«Come l'hai trovato, Enzu'?»

«Male. Deperito.»

«Ti ha detto qualcosa per me?»

«No, solo di darvi questo foglio.»

Patrizia spiegò il volantino e lesse:

Non nominare il nome di Maradona invano.
Scordati che vado ad accattare le ostriche.
Gli alberghi del lago Patria non sono tutti come dici tu.
Non voglio essere nu guaglione meritevole.
Per le bullette arrangiati.
Invece del cesso grande usa quello piccolo.

Tonino nella sua camera d'albergo riguardò la lettera di Patrizia. Con un sottofondo lascivo: nella stanza a fianco una coppia stava cercando di imitare i versi delle rane in calore.

Sia la lettura sia gli anfibi lo stizzirono.

Uscì.

Sulle rive del lago Patria, mentre osservava un pescatore tirare su con la canna un'anguilla, gli arrivò una telefonata.

Il numero di Tina.

«Ciao, papà.»

«Cia', Tina» rispose Tonino, emozionato. «Penzavo ca te fusse scurdata 'e me.»

«E invece no, hai visto? Come stai?»

«Lassamme perdere... Che mi dici? A' scola tutto a posto?»

«Sì, tutto a posto. Dove stai?»

«Non lontano da Napoli.»

«Va be', non me lo vuoi dire. L'importante è che tu sappia che ti sono vicina. Non voglio entrare nei particolari di quello che sta succedendo tra te e mamma, ma devi sapere che siamo tutti preoccupati per te. 'A nostra probabilmente non è mai stata 'na vera famiglia, e io con te non ho mai avuto un vero dialogo. Ma se ti ho detto certe cose, è perché sei mio padre e ti voglio bene. Stavi sbagliando, e io avevo il diritto e il dovere di fartelo notare. Per le scelte tue e di nonno Gennaro, 'e camorristi so' arrivati al punto di spararci in casa. Ora so che stai cambiando, e ne so' contenta. Forse hai cominciato a capire quanti errori hai fatto.»

«Ci penso tutti i giorni, Tina. A tutte le ore. E voglio cambiare.»

«Ja', sentiamoci più spesso. Se proprio non vuoi tornare ancora a casa, vieni un sabato pomeriggio nella basilica di Santa Maria, mi trovi là. Ogni settimana mi sto portando pure a Genny.»

«'O flagello d' 'a famiglia! Come sta? Mangia sempe comme nu purcelluzzo?»

«Sempre. Se vieni, ti presento pure il mio ragazzo.»

«Ti sei fidanzata?»

«Sì.»

«È nu bravo guaglione?»

«Bravissimo. Ci ha diciotto anni, va all'università ed è molto buono.»

«Ne ho piacere. Come si chiama?»

«Christian.»

«Un bel nome.»

«Pure don Francesco sta in ansia per te, ti manda i saluti.»

«Ringrazialo da parte mia. E i gemellini che dicono?»

«Totò e Peppina so' due fenomeni, pa'! Li dovresti vedere.»

«E mia mamma?»

«Sta qua con me. Le vuoi parlare?»

Tonino rispose dopo un attimo di esitazione: «Ok».

«Cia', pa', mi raccomando!»

«Cia', piccere'.»

Tina passò il cellulare a Manuela: «Tonino...».

«Mammà, so' felice di sentirti.»

«Però non rispondi alle mie telefonate e non mi chiami mai. Quando terminerà questa tua nuova fuga?»

«Quando capirò certe cose dentro me stesso. E quando mi renderò conto ancora di più che ho avuto a che fare con gente falsa. Patrizia mi ha tradito, Rafele e Virginia mi hanno tradito, De Luca mi ha tradito. Avanti 'o prossimo.»

«Anche Raffaele? Che cosa ti ha fatto?»

«Non te l'ha detto? Domandaglielo, vedi se tiene il coraggio 'e te raccunta' 'a verità.»

«Glielo chiederò. Se questi sono i risultati, credo di non essere stata una buona madre.»

«No, mammà, hai fatto tutto quello che dovevi fare. Anzi di più. Quando hai saputo quello che faceva papà, avresti potuto andartene. Invece sei rimasta. Per noi. Io ti sto apprezzando oggi, a distanza di tempo. Mi si stanno aprendo gli occhi. E sto ricordando tutte le volte che ci tenevi con te e ci raccontavi tante storie appassionanti. Ci parlavi di libri, di arte, delle tradizioni di Napoli. Oggi sto capendo che lo facevi per tenerci lontani dalle cose brutte del mondo, per farci diventare uomini onesti e rispettabili. Tu sei stata una madre esemplare. Siamo noi che abbiamo sbagliato, che non ti abbiamo seguito e ascoltato. E ora sta a noi ripigliare i tuoi insegnamenti e farli fruttare. Nun sta' in pena, mammà. Io mi sto facendo il mio purgatorio. Quando l'avrò finito, ti verrò a riempire di abbracci.»

XIV
LE COLPE DEI PADRI

La Villa Comunale di Napoli respira sempre aria di mare. Stretta tra la riviera di Chiaia e via Caracciolo, si affaccia sul golfo partenopeo e offre scorci panoramici incomparabili. *Real Passeggio.* Così la denominarono nel Settecento i Borbone, che la fecero abbellire con aiuole, alberi, fontane, sculture. Un giardino nobile, oggi frequentato da famiglie, coppie di innamorati, babysitter, colf, amanti del jogging.

Tonino ci andò all'inizio di novembre, in un pomeriggio di sole. Gli mancava il contatto con la sua città, con le sue seduzioni. Napoli è così. Ci sei dentro e ne avverti con un po' di malumore la follia, l'invadenza, l'anarchia. Te ne allontani e ne senti subito i richiami, le lusinghe. Ti prende l'*appecundrìa*, una tristezza mista a nostalgia. *Saudade*, la chiamano i brasiliani. Napoli è proprio come la sua sirena: prima ti ammalia, poi ti soggioga.

Tra la Stazione Zoologica e la Cassa Armonica alcuni bambini giocavano con le bici. Da una panchina, con le braccia conserte e le gambe distese e accavallate, Tonino li osservava con aria pigra. Nel periodo del loro fidanzamento, lui e Patrizia venivano qui ogni domenica. Compravano un gelato, passeggiavano abbracciati fino al monumento allo Scugnizzo, poi andavano sul pontile di Mergellina, a guardare i movimenti delle onde.

«Lei conosce la poesia *Le foglie morte* di Jacques Prévert?

Le foglie morte cadono a mucchi come i ricordi e i rimpianti e il vento del nord le porta via nella fredda notte che dimentica.»

Una voce femminile. Delicata. Tonino si girò. Accanto a lui era seduta una donna. Immerso com'era nei suoi pensieri, non ne aveva notato la presenza. Castana, una quarantina d'anni, il profilo diafano, le mani infilate nelle tasche di un cappottino nero col bavero alzato.

«La conosce?» ripeté la sconosciuta guardando davanti a sé.

«No» rispose Tonino.

«*Ma la vita separa quelli che si amano, piano piano, senza fare rumore, e il mare cancella sulla sabbia i passi degli amanti divisi.*»

«È bella. Un poco malinconica, però bella. Come avete detto, di chi è?»

«Del poeta francese Prévert. Parla di un amore perduto. Sì, è un testo malinconico, struggente. Quando vengo qui non posso fare a meno di ricordarlo, soprattutto in questo periodo dell'anno. L'autunno è una stagione particolare, per me. L'indolenza mi cattura. Mi sento senza forze, priva di consistenza corporea. Italo Calvino disse che la malinconia è la tristezza diventata leggera. È proprio così.»

Tonino sciorinò la sua saggezza popolare: «'A vita è tosta, e nisciuno t'aiuta. Accussì va 'o munno, chi nuota e chi va 'nfunno».

La donna lo guardò con curiosità. Occhi da gatta, labbra carnose, un fascino che non passava inosservato.

«Mi perdoni, forse la sto annoiando.»

«No, figuratevi» fece Tonino. «Ascoltare 'na poesia è sempre un fatto positivo. Qualche mese fa mi hanno parlato di Leopardi. Lo volevo leggere, poi non ho tenuto il tempo.»

«*Nell'autunno par che il sole e gli oggetti sieno d'un altro colore, le nubi d'un'altra forma, l'aria d'un altro sapore.*»

«Chi è questo, il francese di prima?»

«No, Leopardi.»

«Grande Leopardi, era proprio nu campione! E voi siete preparatissima. Che studi avete fatto?»

«Sono laureata, ma le mie conoscenze poetiche prescindono dagli studi. Mio padre era un filologo, e mi ha trasmesso l'amore per le parole e per la letteratura. Aveva una biblioteca straordinaria, che ho in gran parte ereditato. I suoi libri mi tengono compagnia, soprattutto nei momenti difficili.»

«Siete stata fortunata, ad avere un padre così.»

«Non mi sono ancora presentata, mi chiamo Elena» disse la donna allungando la mano.

«Piacere, Tonino.»

«Possiamo darci del tu, Tonino?»

«Certamente.»

«Cosa fai nella vita? Lavori?»

«Per il momento no. Ultimamente ho lavorato nel ramo del commercio, facevo l'esattore. Guadagnavo pure bene. Poi un poco la crisi, un poco la voglia di cambiare, ho voluto pigliarmi 'na pausa. Mo' sto alla ricerca di una nuova occupazione. Ma con calma, perché devo prima risolvere dei problemi personali.»

«Che genere di problemi, se posso essere indiscreta?»

«Tieni l'aspetto di una persona perbene, quindi mi posso fidare: sto in crisi con mia moglie. Mi ha dato una forte delusione.»

«Tradimento?»

«Tradimento. Come l'hai capito?»

«Ce l'hai scritto negli occhi.»

«E tu sei sposata?»

Elena si strinse il bavero del cappotto sul mento: «Sono vedova. Mio marito è morto quattro anni fa, di questi tempi».

«Per questo sei triste in autunno?»

«Sì.»

«Tieni dei figli?»

«No. Ho soltanto un cagnolino, vivo con lui. Anch'io non lavoro, vado avanti con una rendita. Non sostanziosa, ma per le mie necessità mi basta. Scusami, ora devo andare, ho un appuntamento in centro con un'amica. Ci si rivede? Io domani sono di nuovo qui.»

«E pure io.»

Tonino non ci dormì la notte. Si agitò nel letto dell'albergo al lago Patria senza trovare pace. I guaiti di copulazione provenienti dalle altre stanze non lo sviarono dai suoi ragionamenti: "Che femmina strana! Nun aggie mai cunusciuto a una di questo livello. Per la miseria, sapeva a memoria 'e poesie come se stesse dicendo la formazione del Napoli! Qual era 'o nomme di quel poeta francese che ha nominato? Privè, me pare. Sì, Privè. E la poesia si intitolava *Le foglie morte*, questo me lo ricordo bene. Aspe', come faceva... *Le foglie si ammucchiano con i ricordi al nord di notte e quelli che si amano piano piano cancellano i sassi sulla sabbia...* Più o meno era accussì. Spero di non avere fatto 'a figura d' 'o cafone. Domani mi vesto meglio, mi profumo e vado alla Villa Comunale tutto acchittato. Ma sì, ce porto pure 'e fiori, ca so' sempe graditi. A Patrizia ce piacevano 'e mimose, però questo non è periodo. Ah, Patrizia, continuamente nel cervello a me perseguita'! La vorrei far scomparire, ma nun so' nu mago, come devo fare? È nu turmiento. Su quello che m'ha fatto, non ci posso proprio passare. Non so se riuscirò mai a perdonarla. È meglio ca evito di pensarci. Mo' mi devo concentrare su Elena".

Di mattina presto si recò in un centro commerciale e visitò tre boutique d'abbigliamento, una profumeria e un negozio di fiori. Acquistò un completo «fumo di Londra», due camicie, un paio di scarpe, un cappotto, una sciarpa, una boccetta di eau de toilette alla noce moscata e un super mazzo di rose. Poi rientrò in camera e dedicò due ore e tre quarti all'aggiornamento del suo look. Si lustrò anche il brillantino che portava all'orecchio, si depilò le ascelle e si strappò, tra atroci sofferenze, alcuni pelazzi che gli fuoriuscivano dal naso.

Tutto impupazzato e fragrante, andò in una rosticceria e consumò due calzoni fritti ripieni di ricotta e salame, quattro pizzette con melanzane e peperoni e tre lattine di chinotto. Gli venne un mal di pancia da urlo, ma evitò di urlare e di andare in bagno: si stava facendo tardi, Elena e la Villa Comunale lo attendevano.

La stessa ora e la stessa panchina del giorno prima.

Seminascosto dietro le rose e con una sigaretta accesa in bocca, Tonino sopraggiunse con passo da pavone.

Elena quasi non lo riconobbe: «Accidenti, che elegantone! Da dove vieni, da un matrimonio?».

Tonino sorrise, e la sigaretta gli precipitò tra i fiori. Scosse il mazzo per farla cadere, e una pioggerellina di foglie e petali finì su Elena.

«Scusami, scusami» fece mortificato.

«Non ti preoccupare» disse Elena ripulendosi.

«Queste rose le ho pigliate per te.»

«Non ti dovevi disturbare. I fiori non li gradisco molto. Mi ricordano il funerale di mio marito.»

Tonino infilò le rose in un cestino per i rifiuti e si sedette accanto alla vedova.

«Allora, sei stato a una cerimonia?»

«No, mi so' vestito cchiù aggraziato per venire all'appuntamento con te. Non sto bene?»

«Stavi decisamente meglio con l'abbigliamento casual di ieri. Eri più spontaneo. Così sembri ingessato.»

«Eh, infatti non mi sento proprio comodo» osservò Tonino mettendosi a posto un bottone della camicia slim che gli si era slacciato all'altezza dell'ombelico.

«Che profumo hai messo?»

«Alla frutta secca. Non ti piace?»

«Non tanto.»

"Ne avessi azzeccata una!" pensò Tonino.

«Stanotte non hai dormito?» chiese Elena.

«Perché?»

«Hai gli occhi lucidi.»

«Ho riposato poco. Mi so' messo a riflettere sulla poesia che hai detto ieri. Non quella di Leopardi, ma di quel tipo francese, Privè.»

«Prévert.»

«Eh, io che ho detto? Privè. Quello delle foglie secche.»

Elena lo guardò come se stesse studiando un mammifero di una specie rara: «Siamo così diversi. Però avverto una sensazione strana: qualcosa mi accomuna a te. Col tempo capirò di che cosa si tratta. Dove vivi?».

Tonino assunse un atteggiamento da uomo di mondo: «Un poco qua, un poco là, dove capita. Attualmente sto in un albergo sul mare, ma tengo casa in uno dei quartieri più belli di Napoli».

«Quale?»

«La Sanità.»

«Davvero?» fece Elena sorpresa. «Anch'io abito alla Sanità. Ecco un primo elemento di condivisione.»

«Io ti facevo come minimo proprietaria di un appartamento di lusso a Posillipo o al Vomero!»

«Be', un bell'appartamento lo si può avere anche alla Sanità.»

«In che posto stai, precisamente?»

«Nel palazzo dello Spagnolo.»

«Bellissimo! Quello che ci ha le scale che sembrano un nido di vespe?»

«È un paragone originale, ma abbastanza realistico. Sì, è proprio quello.»

«Dentro non l'ho mai visto.»

«Te lo porterò a visitare. Hai pranzato?»

A rispondere fu la pancia di Tonino, con un paio di fragorosi borborigmi. Nel suo stomaco, i velieri della ricotta e del salame, navigando su un mare di chinotto, avevano incrociato le navi corsare dei peperoni e delle melanzane e le stavano prendendo a cannonate.

«Da dove vengono questi rumori?» domandò Elena guardandosi intorno.

«Un piccione, è stato un piccione» disse Tonino per scagionare il suo apparato digerente.

«Non vedo piccioni…»

«Non te ne sei accorta, ma proprio adesso ne è volato uno in capo a noi. So' terribili i piccioni, Elena. Fanno un sacco di rumori e lasciano la cacca dappertutto. Ma che si mangiano, la ricotta con le melanzane? Io mo' devo scappare. Mi sta aspettando un cliente con cui devo concludere un affare grosso. Ci vogliamo scambiare i numeri dei cellulari, che magari ci sentiamo?»

«Certo.»

Dopo i saluti, Tonino filò verso uno chalet sul viale Dohrn e ne tenne occupato il bagno per una buona mezz'ora.

Lièvete 'a sotto. Levati da sotto.

Era questa la frase che i napoletani rivolgevano a Ferdinando

Sanfelice quando lo incontravano per strada. Perché era uno spilungone e perché gli edifici che ideava e faceva costruire sembravano, per la leggerezza delle forme, reggersi in piedi per miracolo. Molti evitavano di passarci accanto, per timore che potessero cedere da un momento all'altro.

Il grande architetto, tra i massimi esponenti del Barocco napoletano, progettò chiese, ville, macchine da festa, residenze nobiliari. E nessuna di esse crollò. La sua maestria raggiunse la massima espressione nel palazzo dello Spagnolo, realizzato a partire dal millesettecentotrentotto in via Vergini su commissione di Nicola Moscati, marchese di Poppano. Con il suo scalone monumentale a doppia rampa dotato di spettacolari aperture «ad ali di falco», l'opera fu un vero colpo di genio. Per accrescerne la magnificenza, i tre livelli della struttura, a cui se ne aggiunse un quarto nell'Ottocento, vennero abbelliti con stucchi, affreschi, statue, arredi preziosi.

Tra alterne vicende di compravendite, espropri e restauri, il palazzo riuscì a conservare tutto il suo fascino, e negli anni Venti del Novecento fu dichiarato monumento nazionale.

Fermo al centro del cortile principale, con un cappellino di lana sulla testa, Tonino stava ammirando questa meraviglia dell'architettura quando vide affacciarsi Elena da uno dei balconi: «Dai, sali!».

Era la prima volta che Tonino tornava alla Sanità, dopo l'allontanamento da casa. La salita dei Principi distava appena un chilometro dal palazzo dello Spagnolo, e la possibilità di incontrare nel quartiere parenti e conoscenti era molto alta. Ma alla fine aveva ceduto agli inviti di Elena e s'era deciso ad andarla a trovare. Negli ultimi giorni la loro attrazione reciproca era aumentata. Avevano avuto un altro incontro in Villa Comunale e si erano sentiti spesso al telefono. Consapevoli di appartenere a due realtà sociali differenti e di avere scarse affinità culturali, riuscivano comunque a dialogare con brio. A Elena divertivano molto gli strafalcioni verbali di Tonino, le sue goffaggini, il modo con cui riusciva a complicarsi l'esistenza anche nelle situazioni più sciocche. A Tonino piaceva la raffinatezza di Elena, la signorilità con cui viveva ogni momento della sua vita. Per certi versi gli ricordava sua madre Manuela: la profondità dello sguardo, le maniere soavi, le lunghe pause di silenzio.

«Benvenuto nel mio mondo.»

L'appartamento di Elena era all'ultimo piano. Sette stanze arredate all'antica, con mobili di pregio. Divani e cassettoni in stile Liberty, dipinti d'autore, busti in bronzo e in marmo, scrivanie e tavoli intarsiati, specchiere con stemmi gentilizi, candelabri e lampadari in porcellana. E libri. Libri ovunque.

«Ma tu non tieni 'na casa normale, tieni un museo!» esclamò Tonino.

«Mio marito era un collezionista» rivelò Elena, in tailleur porpora e camicetta bianca di seta. «Frequentava fiere e negozi d'antiquariato, acquistava solo pezzi di valore. Per questa sua passione ha speso una fortuna.»

«Che lavoro faceva?»

«Era farmacista.»

«Come fai a portare avanti 'na casa così grossa?»

«Mi faccio aiutare da un domestico che ogni mattina viene a rassettare e a prepararmi il pranzo.»

«E 'a sera?»

«Cucino io. Cena leggera.»

«Non t'acchiappa 'a solitudine?»

«Se mi *acchiappa*, come dici tu, esco. Cinema, teatro, incontri culturali: Napoli offre tante opportunità, tutti i giorni. Basta avere un po' di spirito d'iniziativa. E poi ho lui: il mio cagnetto. Aristide, vieni, ti voglio presentare un nuovo amico!»

Da sotto un divano spuntò uno Yorkshire Terrier. Di quelli talmente minuscoli che ti accorgi della loro esistenza in vita solo quando abbaiano. Col pelo untuoso, tra il beige e il rossiccio. Sembrava appena uscito da un barattolo di sottaceti.

«Come hai detto che si chiama?»

«Aristide. È un nome di origine greca, significa "il migliore", "il più bello".»

«È nu cane aristocratico, quindi.»

«Sì, ha finezza di portamento e un gran fiuto.»

Aristide odorò le scarpette di Tonino e si allontanò col musetto schifato.

«Cosa posso offrirti, un caffè o un liquorino?» chiese Elena.

«Un caffè, grazie.»

«Vado a prepararlo, lo gradisco anch'io. Tu intanto mettiti comodo. Qui di sedie ce ne sono in abbondanza. Oppure fatti un giretto per le camere.»

Tonino si mise a curiosare per l'appartamento. Esaminò una stampa che riproduceva una vecchia mappa di Napoli vista dal mare, aprì un portagioie in avorio intagliato, mosse i pezzi di una scacchiera di madreperla. Con uno stupore crescente, si affacciò in tutte le stanze. Tranne in una la cui porta era chiusa a chiave.

Elena uscì dalla cucina reggendo un vassoio con due tazzine, una zuccheriera e un bricco fumante: «No, Tonino, quella non è visitabile».

«Come mai?»

«Lì dentro morì mio marito. Da allora l'ho serrata e non ci sono più entrata.»

«Scusami, non immaginavo...»

«Andiamo in salotto» fece Elena, con le mascelle contratte.

Tonino capì di aver toccato un nervo scoperto, e mentre sorseggiava il caffè orientò la conversazione su argomenti leggeri: «Tra un mese e mezzo già è un'altra volta Natale. Tu rimani a Napoli o te ne vai fuori?».

«Resto qui. Vado in giro per presepi. Ne abbiamo di magnifici. A San Gregorio Armeno, nella certosa di San Martino, nella basilica di Santa Chiara, nella chiesa del Gesù Vecchio. A Natale cerco di ritrovare quell'idea di famiglia che non ho più.»

«Io quest'anno non so proprio che fare. Non ho ancora deciso se torno a casa. Mi mancano i miei figli, ma a mia moglie per il momento non mi voglio proprio accostare.»

«Perché non vieni a vivere qui per un po'?»

A Tonino la proposta sembrò incredibile: «Dici veramente?».

«Dico veramente. Ci facciamo compagnia.»

«Voglio essere sincero: non ho mai dormito a casa di una femmina.»

Elena gli sfiorò una mano: «Puoi cominciare adesso».

Tonino si attizzò: «A essere preciso, nun so' mai stato con una femmina diversa da mia moglie. T'avviso: io su certe cose so' pericoloso, eh!».

«Quali cose?»

«Quelle che si fanno tra masculi e femmine.»

«Ti sistemo nella camera degli ospiti» disse Elena con un sorriso. «Lì c'è anche un inginocchiatoio. Se ti vengono certe voglie, preghi il Signore che te le faccia passare.»

Tonino andò a recuperare le sue cose al lago Patria e si trasferì a casa di Elena. Nella camera degli ospiti. Letto a baldacchino, tende ricamate, armadio in noce con lesene scanalate, comodini in mogano, inginocchiatoio in castagno. Un botanico ne avrebbe potuto trarre spunti di ricerca.

"So' diventato un nobiluomo" pensò. "La casa è piena di antichità e ce sta pure 'o cane aristocratico. Mi manca solo lo stemma con le palle."

A cena Elena si mostrò raggiante: «Son proprio contenta che tu abbia accettato di venire da me. Come ti trovi in questa tua nuova dimora? Meglio l'albergo?».

«No, molto meglio qua. Solo 'na cosa, se posso fare un appunto: le luci della stanza so' troppo deboli, mi sembra di stare in un camposanto di notte.»

«Aiutano a conciliare il sonno.»

Elena aveva ragione: Tonino si appisolò subito. Ma non conoscendolo abbastanza, ignorava che il suo spazio onirico fosse più intricato di una foresta del Borneo. Né sapeva che la sua creatività da dormiente fosse ben altra cosa rispetto al sopore che mostrava da sveglio.

La prima creatura ad apparire in sogno a Tonino fu Heidi nel suo nido sui monti. Tenera, piccola, con un cuore così. Alla guida di un gregge di caprette crudeli, piccole, con delle corna così, pronte a infilzare chiunque passasse dalle loro parti, fosse anche stato san Francesco d'Assisi in missione di pace per conto dell'Onu. Altro che purezza d'animo: l'orfanella e le sue belanti amichette catturarono Tonino, lo rinchiusero in una stalla puzzolente e prepararono una salsetta alle erbe aromatiche per cucinarselo allo spiedo. Nonna Seseman provò a far notare alla nipotina adottiva che in Svizzera, patria della neutralità e della convenzione di Ginevra, quelle cose lì tanto brutte e disumane, oibò, non si dovevano fare, per di più ai danni di un napoletano sempliciotto che s'era avventurato con fiducia e amore, lui che veniva da un posto di mare, sui verdi pascoli alpini. Heidi ascoltò attentamente il rimprovero dell'anziana e saggia donna, poi la gettò in un dirupo. Non l'avesse mai fatto. Su Maienfeld si addensarono nubi nerastre e terrificanti, dalle quali per tre giorni e tre notti, come previsto da una profezia Maya, caddero saette, pezzi di grandine a forma di uova di struzzo, uno stormo di anatre migranti e lo scemo del villaggio che s'era lanciato con un parapendio per sfruttare il vento forte. Un fulmine polverizzò la porta della stalla e Tonino evase. Denutrito, maleodorante, scese a valle e bussò a varie baite. Ma non gli fu aperto. Sotto un pino silvestre incontrò il Gatto e la Volpe, che lo portarono a gozzovigliare in una taverna, lo fecero ubriacare e lo abbandonarono su una cassapanca dicendo all'oste: «Paga lui, noi dobbiamo andare, Tom e Jerry ci stanno aspettando». L'oste, mascherato come Belfagor, il fantasma del Louvre, lo sbatacchiò, gli spaccò sulla testa una bottiglia di grappa e lo minacciò con un coltellino svizzero: «O mi saldi il conto o chiamo in aiuto Zorro e ti affettiamo il culo».

Il lancinante grido di risveglio di Tonino si propagò dalla sua stanza all'intero palazzo dello Spagnolo, riecheggiò in tutte le abitazioni di via Vergini, fece tremare dalla paura circa duecento nuclei familiari del rione Sanità e causò la caduta di Aristide dal cuscino di pizzo su cui dormiva. Lo stesso Spagnolo si destò nel suo sepolcro, diede una testata alla lastra tombale e disse: «Porco Judá, qué diablos está pasando en mi edificio?».

Elena si precipitò nella stanza: «Tonino, che ti succede?».

«Zorro e Belfagor me vulevano taglia' a fette!»

«Oh, che cattivoni! Brutto sogno?»

«Bruttissimo. Ci stava pure Heidi. Era malvagia, però. Non teneva un cuore così.»

«Vuoi che ti coccoli un pochettino?»

«Sì.»

La vedova si sedette su una sponda del letto, si portò al grembo la testa di Tonino e iniziò a lisciarla come faceva da piccola con il bambolotto Cicciobello: «Piccolino dolce, il mio Tonino, ha fatto un brutto sogno. Ora però la sua mammina gli canterà una bella canzoncina, sì?».

Tonino, col naso sprofondato nei seni odorosi di Elena, entrò con gusto nella parte: «Va bene, mammina».

«*Ninna nanna, ninna oh, questo Tonino a chi lo do?*»

«A chi, a chi?»

«*Se lo do alla Befana, se lo tiene una settimana...*»

«No, la Befana no, non mi piace.»

«*Se lo do all'Uomo Nero, se lo tiene un anno intero...*»

«Non mi piace neanche l'Uomo Nero.»

«*Se lo do al Gatto Mammone, me lo mangia in un boccone...*»

«Insomma, non posso stare tranquillo con nessuno?»

«Con me puoi stare tranquillo» assicurò Elena, facendo scendere la mano verso il petto di Tonino. «Rilassati.»

«Sto rilassatissimo.»

La mano passò sui fianchi.

«Là ci ho il solletico.»

Le dita di Elena si spostarono più giù.

«Te l'ho detto, stai attenta: so' pericoloso.»

La mano non si fermò.

«E che cos'hai qui, piccolo Tonino, un serpentello?»

«No, nu traliccio dell'Enel.»

«Uh! Si prende la scossa?»

«Sì, ci stanno i fili scoperti.»

Elena fu brava come elettricista, anche se prese diverse scosse. Intenzionalmente.

Conclusi i preliminari, Tonino lanciò al galoppo le truppe cammellate delle sue fantasie erotiche. Nella posizione dello gnu diede il meglio di sé. Anche quelle dello schiaccianoci e dello yo-yo gli riuscirono bene.

Nella sua mente scattarono, inevitabili, i paragoni. Patrizia era una pantera, Elena un cerbiatto. A Patrizia piacevano i baci, a Elena le carezze. Patrizia ululava, Elena guaiva. No, non guaiva, ringhiava. Ringhiava? Forse non era Elena. No, non poteva essere lei. Troppo realistico, come ringhio.

Tonino mise in stand-by una delle sue posizioni preferite, quella del cavalluccio a dondolo, e si voltò. Giusto in tempo per vedere il luccichio delle piccole zanne affilate di Aristide, in volo verso il suo pube.

A mezzogiorno, dopo una gran dormita e l'applicazione di una pomata sulla parte inguinale morsa dallo Yorkshire, Tonino scese per andare a comprare le sigarette. Varcò il portale del palazzo dello Spagnolo, si stiracchiò e si accorse che sul marciapiede di fronte stazionava un papillon conosciuto. Al collo di un uomo attempato.

"O cazzo, mio suocero!"

Girò i tacchi e rientrò nel cortile. Stava per posare il piede sul primo gradino dello scalone monumentale, quando sentì una mano sulla spalla.

«Toni', mo' facciamo pure finta di non conoscerci più?»

«Buongiorno, don Gaeta'...»

«Ti ho fatto qualcosa?»

«No, voi non m'avete fatto niente.»

«Stai bene?»

«Abbastanza.»

«Li tieni due minuti?»

«Sì.»

«So quello che è successo tra te e mia figlia, e tengo il cuore spezzato. Un padre certe cose non vorrebbe mai venire a conoscerle. Patrizia ha sbagliato, e gliel'ho detto. Non doveva fare quello che ha fatto. Se non si ama più una persona o si sente il bisogno di concedersi un'avventura, di fare un'altra esperienza, bisogna essere chiari, onesti. Innanzitutto con se stessi. Si parla con chi si ha accanto e si dice la verità. Punto e basta. Poi ognuno fa le valutazioni che ritiene più opportune. Patrizia questo non l'ha fatto, e ha ammesso l'errore. Si è pentita amaramente, vorrebbe essere perdonata. Ti vuole bene e vorrebbe ricominciare tutto daccapo. Io mi metto nei tuoi panni, Toni', capisco il tuo stato d'animo. Hai tutte le ragioni di questo mondo. Però pensaci: hai dei figli, e volente o nolente ne devi tenere conto. Almeno incontrati con mia figlia, parlatevi, prendete 'na decisione. La situazione non può rimanere appesa così, fate del male a voi e a tutti quelli che vi vogliono bene.»

«Vi ha mandato lei?»

«No, ho preso io l'iniziativa, autonomamente. Ieri ho visto la tua macchina parcheggiata qua vicino, ho domandato in giro e m'hanno detto che stavi in questo palazzo. A Napoli ognuno sa un poco di tutto e di tutti. Mi so' appostato e t'ho aspettato. Sto qua fuori dalle otto.»

«Io in questi giorni ho fatto le mie considerazioni, e altre ancora ne voglio fare. Mi so' sentito con mia madre e sto sentendo Tina tutti i giorni, che mi sta aiutando molto.»

«Non lo sapevo, e ne sono molto contento. Tina è una ragazza d'oro. Tiene il fidanzatino, lo sai?»

«Sì, me l'ha detto.»

«Si vedono in parrocchia, e qualche giorno fa che so' andato a messa con Assunta, ce l'ha presentato. Mi è sembrato un ottimo ragazzo. Io e tua mamma le stiamo molto vicini. Così come stiamo vicini a Genny, che di tanto in tanto fa lo scavezzacollo.

Mo' mi sta insegnando a manovrare quel videogioco strano che usa lui, come si chiama?»

«Wii.»

«Eh, uì.»

«E sicuramente non siete mai riuscito a vincergli 'na partita.»

«Mai. Però mi diverto.»

«Don Gaeta', il vostro comportamento è ammirevole. E non mi meraviglierei di sapere che state pure aiutando economicamente a Patrizia.»

«Sì, senza nessun problema. Dei risparmi che ci ho da parte che me ne devo fare, me li devo portare nella tomba?»

«Vi restituirò tutto.»

«Toni', ma che mi devi restituire! Non voglio niente. Desidero solo il bene della tua famiglia, che è anche la *mia* famiglia.»

«Io sto facendo un percorso, e lo voglio portare a termine per diventare una persona nuova.»

«Ne hai il diritto.»

Dall'alto giunse la voce di Elena: «Tonino, tra poco è pronta la pappa!».

Gaetano alzò la testa e mise a fuoco la vedova: «Bella donna».

«È un'amica» disse Tonino, arrossendo.

«Non sei obbligato a precisarmi chi è.»

«Non dite a Patrizia che sto qua.»

«Lo sapevo che mi dicevi questo. Dalla mente non te la sei tolta, e penso neanche dal cuore. Jamme, va', se no la pappa si raffredda.»

Tonino visse giorni da pascià. Servito e riverito da Elena. Colazione e lettura di un quotidiano sportivo in camera, pranzo con posate d'argento e piatti dipinti a mano, cene a lume di candela. Si abituò anche a prendere il tè alle cinque, in pantofole e vestaglia.

L'unica attività fisica che praticava era quella amatoria. Dopo l'ultimo telegiornale della sera, Elena faceva addormentare Aristide leggendogli passi delle opere di Tolstoj e Dostoevskij, poi chiedeva a Tonino di dedicarsi per un paio d'ore alla letteratura erotica e ai suoi effetti pratici sulle superfici piane, concave e convesse: letti, tappeti, canapè, poltrone, pouf. E lui non opponeva obiezioni.

«Lo sai, mi sto affezionando a te» gli sussurrò una notte la vedova, abbracciandolo da dietro. «Pensavo che non mi potesse più accadere. Ero convinta di non poter più fare l'amore.»

«*L'ammore d' 'o lietto fa scurda' chillo d' 'o pietto.*»

«La mia attrazione per te non è dovuta solo al sesso. C'è qualcosa di più profondo, anche se continuo a provare, come i primi giorni, una sensazione strana, indefinibile.»

«Mo' mi conosci meglio, no?»

«Sì, ma tante cose di te mi restano ignote, anche perché finora ti sei aperto poco. Sei socievole, gioviale, e allo stesso tempo mostri ritegno, prudenza.»

«Io so' così di carattere.»

«Ti fidi di me?»

«A occhi chiusi.»

«Allora apriti, lasciati andare, raccontami la tua vita. Per sapere quale fosse il tuo cognome ho dovuto sbirciare nella carta d'identità che lasci sempre sul comodino. Sei carino in quella foto tessera.»

«È di dieci anni fa, quando tenevo molti più capelli. Il mio cognome non te l'ho mai detto per un semplice motivo: non ne vado orgoglioso.»

«Come mai?»

«Fino a mo' mi ha dato solo preoccupazioni. I figli pagano le colpe dei padri.»

«Non hai avuto un buon padre?»

«No.»

«Per quale motivo?»

Tonino diede spazio alla sincerità: «Era nu delinquente, nu camurrista».

Elena spezzò l'abbraccio: «Qual era il suo nome di battesimo?».

«Perché lo vuoi sapere?»

«Dimmelo!»

«Gennaro.»

«Dove faceva il camorrista?»

«Qui alla Sanità. Era lui il capo.»

«Quindi tu sei figlio di Gennaro Esposito, il boss ammazzato tre anni fa?»

«Sì.»

Con un movimento brusco, Elena si allontanò da Tonino: «Esci da casa mia!».

Tonino rimase sbigottito: «Non ti capisco…».

«Fuori! Subito!»

«Perché, Elena, perché?»

«Perché mio marito è morto per colpa di tuo padre!»

«Ma spiegami…»

«Spiegarti? Che cosa devo spiegarti? Tuo padre era un mostro! Estorceva soldi a mio marito, lo minacciava, arrivò a farlo picchiare. Lo fece indebitare, gli fece chiudere la farmacia. E lui, disperato, si ammazzò, con un colpo di pistola. Nella stanza che tengo sbarrata.»

«O Maronna santa…» fece Tonino mettendosi le mani sulla faccia.

«Vattene, non voglio più vederti.»

«Io non sono come mio padre...»

«Fuori! Non riuscirei a stare insieme a una persona che mi farebbe ricordare in ogni istante la morte dell'uomo che più ho amato in vita mia. Sarebbe un martirio, per me. Prenditi le tue cose e vai via. Qui non deve restare nessuna traccia di te. Ti ho accolto come un'ingenua nel mio mondo, nella mia casa, senza farti troppe domande. E senza farle a me. Mi sono lasciata andare, dopo anni di solitudine e dolore. Eppure avvertivo qualcosa di anomalo, come un presentimento. Ora ne ho avuto la riprova.»

Annichilito, Tonino iniziò a rivestirsi: «Putesse parla' ore e ore per cercare di convincerti a cambiare idea, ma già so che non ci riuscirei. Me ne vaco. Prima l'ho detto: i figli pagano le colpe dei padri. E non possono cambiare il passato. Però 'na cosa la possono fare: chiedere perdono al posto loro. Io ti chiedo perdono a nome di mio padre. Almeno questo consentimelo».

Elena si fece forza e gli donò un'ultima carezza: «Addio, Tonino. Abbi cura di te».

Poi andò a chiudersi nella sua stanza.

XV

LA RESA DEI CONTI

Periferia di Napoli, esterno notte. Un casolare di campagna protetto da un alto muro di cinta e da un sistema di videosorveglianza a circuito chiuso.

Le auto, di grossa cilindrata, arrivarono alla stessa ora, in fila indiana. Varcarono il cancello d'ingresso e si fermarono nello spiazzo davanti all'edificio. Gli occupanti, tutti uomini, scesero, si salutarono, si scambiarono battute. Il padrone di casa, fermo sulla soglia, ne fece entrare solo tre. Uno tracagnotto e grassoccio, uno occhialuto e un terzo vestito di nero.

Gli altri restarono fuori, a fumare e a chiacchierare. A sorvegliare, con le armi nascoste sotto i giubbotti, il summit di camorra.

I quattro uomini si radunarono in una sala al pianterreno arredata in stile country e riscaldata da un camino a legna. Al centro, un tavolo era imbandito con rustici e bottiglie di vino.

«Servitevi pure» disse il padrone di casa.

«Taurasi del duemilaquattro» disse l'uomo vestito di nero guardando l'etichetta di una bottiglia. «Ti tratti sempre bene.»

«Se campa 'na sola vota.»

L'uomo con gli occhiali, il più anziano, si accese un sigaro: «Molte persone questa cosa la sanno e se la ripetono ogni giorno, però non sanno campare».

«E noi dobbiamo aiutarli a farsi 'o viaggio all'atu munno» esclamò il tracagnotto. «Là forse camperanno meglio.»

Tutti risero.

Parlarono di affari, della difficile situazione economica, poi vennero al dunque.

Fu l'uomo in nero a fare la prima dichiarazione d'intenti: «Io la decisione l'ho già presa da tempo: Pietro De Luca ha da muri'. Leviamocelo dalle palle e nun se ne parla cchiù. Si sta allargando troppo, fa 'o squarcione, nun è affidabile. 'A guerra di quest'estate ha dimostrato che lui dell'alleanza tra le *famiglie* se ne strafotte. E allora perché noi ce ne dobbiamo fottere di lui? Perché dobbiamo mettere a rischio i nostri equilibri? Abbiamo fatto tanto per assestarci sul territorio e per mettere a squadra chi voleva entrare dove non poteva entrare, e non possiamo permetterci di tenere 'na miccia accesa in mezzo a noi. 'O cavallo che mena calci va addomesticato. Se non vuole addomesticarsi, lo si deve accoppare».

«Mi trovo d'accordo» disse l'occhialuto. «De Luca potrà aver avuto pure le sue ragioni per pigliarsela con quelli di Santa Lucia. Ma dopo ha esagerato. È venuto a soddisfare le sue vendette pure nelle nostre zone, senza manco avvisarci. Ha scatenato 'na faida che ci ha bloccati per settimane e settimane, con i carabinieri e la polizia addosso e con la Procura che ci ha messo ancora di più sotto la lente d'ingrandimento. Con uno così non si può avere a che fare. *'O Sistema* è fatto per le persone affidabili, per chi mantiene i patti, non per chi si sbatte senza sottostare alle regole e senza pensare alle conseguenze delle sue azioni. Io conoscendolo da quand'era cchiù guaglione, l'ho invitato alla calma, alla moderazione, ma non ha voluto starmi a sentire in nessuna maniera. Peggio per lui.»

L'uomo grassoccio si stravaccò su una poltrona: «A queste cose che avete detto, che mi trovano consenziente, ne va aggiunta un'altra fresca fresca: degli amici miei mi hanno informato che De Luca ha chiuso accordi con un gruppo di *famiglie* sudamericane per far arrivare a Napoli partite di droga in grande quantità. Droga buona e meno cara di quella che attualmente trattiamo. Secondo questi amici, gente garantita e ben informata, *'o Tarramoto* la sta già smerciando alla Sanità. Finché se la tiene là, si può pure chiudere un occhio, anche se poteva metterci al corrente di questa possibilità e darci modo di partecipare all'affare. Ma 'o pericolo è che i suoi spacciatori vengono nei quartieri nostri a fare il loro commercio. Già un mio uomo che mi controlla 'na piazza che sta sui confini tra 'a zona mia e 'a Sanità mi ha detto di aver avuto 'na discussione con un guagliunciello di De Luca che pretendeva di farsi spazio. Questi so' segnali chiari di una volontà di espansione che dobbiamo bloccare subito».

Tre falchi e una sola colomba, il padrone di casa: «Avete fatto tutti delle osservazioni giuste e precise, che non si possono contestare. Ma voi sapete che io sono sempre dell'idea di risolvere le questioni, fin quando è possibile, con il ragionamento, non con le armi. Non è che voglio trovare giustificazioni a De Luca, ma dobbiamo considerare che quelli di Santa Lucia gli hanno ammazzato una sorella e il marito di una cugina. E quando si toccano i parenti, poi la furia diventa cieca. Ve lo dice uno che, come sapete, ha avuto un fratello ucciso. E ben sapete come ho reagito. Allora io dico di chiamare a colloquio De Luca e di fargli capire per filo e per segno, per l'ultima volta, quali sono i limiti che non deve superare. Se ci vuole stare a sentire, bene. Si vo' continua' a fa' a capa soja, si togliesse da mezzo».

«Per me questo colloquio non servirebbe a niente» affermò l'uomo in nero. «Quando abbiamo fatto l'accordo tra di noi, ognuno ha giurato col sangue che l'avrebbe rispettato, ben sapendo a cosa andava incontro. L'erba infetta va bruciata. Ripeto: per me De Luca ha da muri'.»

«Approvo» disse l'uomo con gli occhiali.

«Altrettanto» fece il tracagnotto.

Il padrone di casa aprì le braccia: «Mi rimetto alle vostre decisioni».

L'uomo vestito di nero fece una smorfia di compiacimento: «Allora siamo tutti d'accordo. E se non avete niente in contrario, l'operazione me la gestisco io. Per non compromettere qualcuno dei miei, faccio venire due uomini dall'estero, che già mi sono serviti in altre situazioni. Due slavi assai capaci con le armi. A De Luca non lo faccio arrivare a Natale».

Mercoledì sette dicembre, pomeriggio. Abitazione dei genitori di De Luca, in via Sanità.

«Pietro, ti ho chiesto di venire perché tuo padre sta sempre più male. Dopo la morte di Monica si è aggravato. Le ultime analisi le abbiamo ritirate ieri, ed è arrivata la sentenza.»

«Che tiene, mammà?» chiese *'o Tarramoto*.

Con le lacrime agli occhi, la donna gli passò la cartellina di un laboratorio clinico: «Un tumore al pancreas. I medici hanno detto che si può operare, ma gli restano massimo sei mesi di vita».

Il boss guardò le carte: «Lui lo sa?».

«No, non gliel'ho detto. Però ha capito che è una cosa grave. Vai di là, ti sta aspettando, ha domandato di te.»

«Papà, buongiorno» salutò De Luca entrando nella camera da letto.

Il padre era sotto le coperte, con due cuscini dietro la testa e le mani intrecciate sul petto. Magro, gli occhi scavati, l'espressione rassegnata.

«Cia', guaglio', mettiti qua vicino a me.»

'O Tarramoto si sedette accanto al letto.

«Mi so' fatto un'altra volta gli accertamenti, e penzo ca nun so' usciti buoni. Tua madre nun me vo' dicere niente, ma si vede dalla faccia ca 'o fatto nun è positivo. Tengo dei dolori sempre più forti allo stomaco e dietro la schiena, mi sento spossato, senza forze. Penso proprio che sta arrivando la mia ora.»

«Ma che dici, pa'!» fece il boss con un gesto di disapprovazione. «Si' sempe stato 'na forza della natura, te la caverai pure stavolta.»

Il padre di De Luca si passò una mano tra i capelli: «'A morte quando sta arrivando ti manda dei segnali. Ti dice: "Preparati, sto ccà, dietro la porta. Tieniti pronto, che sto per aprire la maniglia". E io da qualche mese la sento. Sta dietro la porta, aspetta il momento buono per entrare. Tu puoi alzare 'na barricata, ma lei te la butta giù con un soffio. Io la sento, sì. Ascolto il suo respiro, sempre più vicino e spaventoso. E sento la voce di Monica che mi chiama: "Papà, vieni a farmi compagnia, mi sento sola". Allora io devo andare al più presto: tua sorella non può restare abbandonata, senza nessuno che le dà un poco di affetto».

«Anch'io a Monica la sento. Ci parlo tante volte. E ogni volta le chiedo perdono.»

«Una volta io e tua madre vi portammo in piazza Plebiscito. Era primavera, voi eravate piccerilli, splendenti più del sole. Monica teneva in mano un palloncino. Di colore rosa, me lo ricordo. Le scappò di mano il filo, e 'o palloncino se ne andò nel cielo. Lei non si mise a piangere. Guardò questo puntino rosa che andava sempre più in alto e disse: "Un giorno io farò come lui. Me ne volerò libera nel cielo, e voi da sotto mi starete a guardare". Così è stato, povera figlia bella.»

«È morta pe' colpa mia, e qualunque cosa io possa fare, sarà inutile.»

«Riportarla con noi è impossibile. Ma una cosa puoi cercare di farla, per me e per tua madre: non andartene come Monica. Non farti ammazzare. Quel giorno di primavera tenevi pure tu un palloncino. Era azzurro, si confondeva con il cielo.»

Casa Esposito, tredici dicembre, giorno del compleanno di Patrizia.

«Tonino t'ha chiamata per farti gli auguri?» chiese Assunta.

«Non m'ha chiamata.»

«Si sa dove sta?»

«Enzuccio mi ha detto che non risponde più nemmeno alle sue telefonate. So' preoccupata. Non vorrei che facesse qualche atto sconsiderevole. Mammà, che facciamo, chiamiamo a *Chi l'ha visto?*»

«Eh, così usciamo in televisione e ci facciamo riconoscere da tutta la nazione. Vengono qua con le cineprese e ti domandano: "Signora Scognamiglio coniugata Esposito, come mai vostro marito si è allontanato da casa?". E tu ci rispondi: "Perché ci ho fatto le corna". Patri', io a *Chi l'ha visto?* ci manderei a tuo padre, che se ne va camminando torno torno e si scorda la via di casa.»

«Eccomi qua, stavate parlando di me?» fece Gaetano entrando. Sulle sue clavicole erano accucciati Sansone e Ivana.

Patrizia lo guardò con sconcerto: «Papà, ma sei andato in mezzo alla strada con le iguane?».

«Sì, ci ho fatto fare un giretto qua attorno. Prima o poi dovevano conoscere il vicinato, no?»

«E nessuno ha chiamato il manicomio?» fece Assunta.

«Assolutamente. Però s'è fatta 'a folla. 'A signora Cettina, quella che abita sopra alla salita, quando s'è resa conto che le iguane non erano di plastica, s'è messa a strillare comme 'na pazza scatenata. Per lei sì che ci vorrebbe il manicomio! Patri', che dici, ti vado a pigliare 'na bella torta di compleanno?»

«No, papà, quest'anno non tengo nessuna voglia di festeggiare.»

«Non stare angosciata per Tonino, lasciagli fare il suo percorso.»

«E quanto è luongo 'stu percorso?»

«Due mesi, sei mesi, un anno, chi lo sa? In queste situazioni è azzardato fare previsioni. Comunque, visto che non devo uscire di nuovo, porto a Ivana e Sansone a giocare con Totò e Peppina. Dove stanno?»

«Olga ed Enzuccio se li so' portati di sopra.»

«E Genny e Tina?»

«Ancora non so' tornati da scuola.»

Assunta scrutò il marito con aria indagatrice: «Gaeta', visto che non ho mai assistito, e mai assisterò, a questo spettacolo terribile, ti volevo domandare: comme 'e faje juca' le iguane con le criature?».

«Ah, in tanti modi! A nascondino, a girotondo, a palla prigioniera. Alle belle statuine Sansone e Ivana vincono sempre. Oggi, visto che è la ricorrenza di santa Lucia, protettrice della vista, li faccio giocare a mosca cieca.»

Sabato diciassette dicembre, sera. Gradini San Nicandro, rione Sanità.

«Ciru', grazie per essere venuto. Ma ti sei cambiato 'o mezzo?»

«Sì, caro Tatore» fece *'o Schiattamuorto* smontando da uno scooter. «La enduro l'ho alienata, non mi occorreva più. Scevro dagli assilli degli inseguimenti e delle fughe, adesso mi sposto con questo confortevole veicolo.»

«Me pari nu studentello! Ma l'esame all'università l'he fatto 'n'ata vota?»

«Sì, l'ho sostenuto di nuovo.»

«Cu 'o stesso prufessore?»

«Lo stesso.»

«E quanto t'ha messo?»

«Ventotto.»

«Si' nu genio, Ciru'!»

«Per quale motivo hai chiesto di incontrarmi?»

«Sto in ansia per don Pietro. Nun sta bbuono.»

«È ammalato?»

«Fuori no, dentro sì.»

«Vale a dire?»

«Non tiene la febbre o malattie che da fuori si vedono. Sta male dentro. Parla poco, esce poco, sta sempre chiuso nel suo studio, è scorbutico. La notte non fa venire nemmeno più le femmine.»

«Hai provato a chiedergli che cos'ha?»

«Sì, e mi ha dato 'na spiegazione che non ho compreso. Gli ho detto: "Don Pie', vi vedo troppo triste, che vi sentite?". E lui ha risposto: "Tato', noi nella vita siamo come i palloncini. O si afflosciano e muoiono, oppure scappano di mano e volano liberi nel cielo". Secondo te che ha voluto dire?»

«Ha espresso una metafora sull'esistenza: o ci si spegne di vecchiaia, lentamente, oppure per un evento inatteso. La morte di sua sorella l'ha profondamente segnato.»

Tatore si fece pensoso: «Intanto deve essergli successa qualche altra brutta storia, Ciru'».

«Da cosa lo deduci?»

«Qualche giorno fa l'ho accompagnato a trovare i genitori. Mi ha fatto aspettare sotto al palazzo ed è salito da solo. Quando è sceso, teneva gli occhi lucidi. L'ho scortato fino al Moiariello, e per rispetto non gli ho domandato niente. Nel giardino della villa ha buttato il casco e la motocicletta a terra e se n'è scappato nelle sue stanze. Io mi so' fermato giù, vicino alle scale. E l'ho sentito piangere forte, alluccare. Mai, mai gli era successo.»

Villa Comunale, ventuno dicembre.

«Che friddo» disse tra sé Tonino, seduto sulla panchina su cui aveva conosciuto Elena.

Più passava il tempo e più si ritrovava a parlare da solo.

Infilò una mano nel giubbotto, ne trasse un sacchetto di granaglie e ne lanciò una manciata per aria. Una ventina di piccioni planarono sul posto per il banchetto.

«Pure loro devono fare Natale.»

Guardò il lungo vialone della Villa.

«Elena non verrà neanche oggi. Speriamo domani.»

Svuotò il sacchetto davanti alla panchina e si incamminò verso piazza Vittoria.

Prese un autobus diretto in centro. Da qualche giorno si spostava con i mezzi pubblici. Il SUV lo aveva lasciato in conto vendita da un concessionario d'auto, sperando di ricavarci una buona cifra con cui risollevare le finanze. Il suo conto in banca si era quasi prosciugato.

Scese in via Monteoliveto, percorse la calata Trinità Maggiore e arrivò in piazza del Gesù Nuovo.

Davanti alla mensa dei poveri c'era già un po' di gente in attesa.

«Un pasto caldo, sì, tengo bisogno di un pasto caldo.»

Ventiquattro dicembre, mattina. Casa Esposito.

«Nonna, è normale che faccia così?» chiese Tina.

«Ci sta lanciando dei messaggi» rispose Manuela. «Prima che si verifichi un evento grave, ad esempio un terremoto, gli animali diventano molto nervosi. Tua mamma mi ha detto che anche Sansone e Ivana oggi sono irrequieti. Sta per accadere qualcosa.»

«Che cosa?»

«Non lo so, cara. Nessuno può saperlo.»

Dall'alba il coniglio Giggetto mostrava una grande agitazione. Andava su e giù per le scale della palazzina, saltellava intorno alle persone della famiglia, non stava fermo un attimo.

Sembrava ammattito.

Ventiquattro dicembre, pomeriggio. La villa di De Luca al Moiariello.

Il boss scese nel suo bunker sotterraneo, distrusse decine di documenti, eliminò una serie di file dai computer e tornò in superficie.

Compose il numero del commissariato Stella e chiese di Capasso.

«De Lu', vuoi farmi gli auguri di Natale?»

«Sì, commissa', però ve li voglio venire a fare da vicino. E oltre agli auguri, ho bisogno di parlarvi. Vi devo dire delle cose importanti. Fino a che ora state in servizio?»

«Acca ventiquattro. Noi stiamo sempre in servizio, lo sai. Ti aspetto.»

Il boss fece un'altra telefonata: «France', stai nella basilica?».

«Sì, Pietro.»

«Tengo un appuntamento con il commissario Capasso, stavolta vado a confessarmi da lui invece che da te.»

«Ah...»

«Ma visto che tu hai contribuito a farmi arrivare a questa scelta, vorrei prima passare a pigliarmi la tua assoluzione. Questa volta me la dai o abbandoni di nuovo il tuo *gemello* al suo destino?»

«Questa volta te la do.»

«Arrivo fra dieci minuti» annunciò *'o Tarramoto* chiudendo la telefonata.

Padre Francesco posò il cellulare sull'altare della sacrestia e poi guardò in alto: «Ti ringrazio, Signore mio, mi hai ascoltato».

«Chi era?» domandò Tina, che stava aiutando il parroco a piegare dei paramenti liturgici e a sistemarli in un armadietto.

«Se te lo dico, te lo tieni per te?»

«Certo.»

«Era Pietro De Luca. Sta venendo qui. Vuole incontrarmi prima di andare al commissariato di polizia a confessare qualcosa. Evidentemente il suo pentimento è giunto a maturazione.»

«Scommetto che in questo pentimento c'è il tuo zampino...»

«Mi sono impegnato abbastanza.»

«Sei grande, don France'!» esultò Tina.

«Anche tu stai avendo ottimi risultati con tuo padre» sottolineò il sacerdote. «Stiamo facendo un buon lavoro a favore del bene.»

«*Mai arrendersi*: è il motto delle persone giuste, no?»

«Sì, la perseveranza premia sempre. Adesso, mentre tu finisci di mettere a posto, io vado ad accogliere De Luca davanti alla basilica, come un figliol prodigo.»

«Io ho terminato, vengo con te. Ho avuto un messaggio da

Christian: mi sta raggiungendo qua. Stasera lo porto a casa mia per la prima volta, per il cenone della Vigilia.»

«Andiamo, allora.»

De Luca indossò un paio di auricolari, accese l'iPod e scelse il brano da ascoltare. *Sleeping with ghosts* dei Placebo.

Si infilò il casco, salì sulla enduro e uscì dalla villa.

Come aveva fatto la mattina di Capodanno, si diresse verso la basilica di Santa Maria. Senza i suoi guardaspalle, stavolta. Disarmato. Senza la rabbia di allora. Con sentimenti nuovi, più umani.

Non si accorse di essere seguito. Da una moto con a bordo due killer slavi.

Padre Francesco e Tina erano sul sagrato ad aspettare.

In piazza Sanità stava calando il buio, e sui negozi già si erano accese le luminarie natalizie.

De Luca parcheggiò, si sfilò il casco e fece un sorriso al parroco. Al suo *gemello* di un tempo.

Tina vide arrivare Christian e si staccò da padre Francesco per andargli incontro.

I sicari non badarono a lei. Tirarono fuori le pistole e spararono.

Tina finì sulla traiettoria dei proiettili e fu la prima a cadere. Colpita alla schiena.

Un istante dopo, anche De Luca si accasciò.

Padre Francesco, sfiorato dalle pallottole, non trovò la forza per gridare. Crollò in ginocchio, con le mani giunte.

I due killer pronunciarono delle parole incomprensibili, poi fuggirono.

Christian corse da Tina, si chinò su di lei, le accarezzò il viso, la chiamò per nome senza ricevere risposta, iniziò a singhiozzare.

I negozianti abbassarono le serrande.

Ventiquattro dicembre, sera. Ospedale San Gennaro dei Poveri. Corridoio accanto alle sale operatorie.

Tina e De Luca erano sotto i ferri da più di due ore.

Patrizia, seduta su una panchetta, non aveva più lacrime da versare. Ai suoi lati, silenziose, Manuela e Assunta. Olga era rimasta a casa con i gemellini e con Genny.

«Hai avvisato a Tonino?» sussurrò Gaetano a Enzuccio.

«Sì, gli ho mandato un messaggio.»

Christian e padre Francesco erano ancora sotto shock.

«Colpa mia, colpa mia...» ripeteva il parroco.

«Non è colpa tua, France'» gli disse il commissario Capasso, affiancato da due agenti. «Non è per niente colpa tua.»

Poco più in là, la madre di De Luca, chiusa nel dolore. Accanto a lei, Tatore e Ciruzzo.

Un'attesa irreale.

Il primo a uscire fu De Luca, su una lettiga spinta da un paio di infermieri. Dietro, lo staff medico.

Capasso interpellò il chirurgo che aveva coordinato l'intervento: «Quali sono le sue condizioni?».

«Molto gravi. Siamo riusciti a estrarre tutte le pallottole, che non hanno intaccato le funzioni vitali. Ma il paziente è in coma.»

«Si salverà?»

«È troppo presto per dirlo. La prognosi per il momento è riservata.»

«E la ragazza?»

«I miei colleghi la stanno ancora operando. La sua situazione è particolarmente delicata.»

Padre Francesco si avvicinò al medico: «Se è possibile, vorrei impartire a De Luca il sacramento dell'estrema unzione».

«Venga, padre, la accompagno.»

Il respiro del boss si sentiva a stento. Era stato intubato, e dalle braccia gli pendevano i lacci delle flebo. Un monitor teneva sotto controllo il suo battito cardiaco.

Padre Francesco, in piedi davanti al letto su cui era disteso *'o Tarramoto*, si scavò nell'animo per trovare le parole giuste.

«Hai visto, Pie'? Sei finito come Cristo in croce. Tanta violenza, tanto odio, e poi? Il sangue non fa che richiamare altro sangue. La prepotenza conduce solo alla morte. Ma ti prego, non morire. Non farlo proprio ora che avevi deciso di farla finita con il tuo passato criminale. Lotta finché puoi. Tira fuori tutte quelle energie che hai impiegato per fare cattiverie e concentrale sulla tua salvezza. Fallo per tua madre, per tuo padre, per me. Sono certo che tu ora mi stia ascoltando. Per la tua mente staranno passando tanti ricordi. Concentrati su quelli più gioiosi. Io verrò qui a parlarti tutti i giorni, fino a che non ti risveglierai. Verrò a raccontarti di quando eravamo ragazzi, "amici per la vita", e volevamo spaccare il mondo. C'è una cosa che non ho avuto mai il coraggio di rivelarti. Un segreto. Prima che io entrassi in seminario, io e tua sorella, io e Monica, siamo stati fidanzati. Non te lo dicemmo perché tu, per gelosia, ti saresti arrabbiato. La nostra fu una storia dolcissima, tenera. Quando mi venne la vocazione, ci lasciammo. Anzi fu lei a incoraggiarmi: "Francesco, non pensare a me, ascolta la chiamata di Dio; se tu sarai felice, lo sarò anch'io". Era piccola, ma già così forte. E sai in chi ho trovato gli stessi tratti di Monica? In Tina, che ora sta lottando tra la vita e la morte. Tutte e due vittime innocenti della camorra, della sua stoltezza. Ma noi la camorra la batteremo. Perché non vale niente.»

Non avendo a disposizione dell'olio benedetto, il parroco con un pollice tracciò una croce sulla fronte e sulle mani di De Luca e pronunziò la formula di rito: «Per questa santa unzione e per la sua piissima misericordia ti aiuti il Signore con la grazia dello Spirito Santo e, liberandoti dai peccati, ti salvi e nella sua bontà ti sollevi».

Quando Tonino apparve in fondo al corridoio, le spalle curve, il volto invecchiato di mille anni, Patrizia si alzò e gli andò incontro. A un passo da lui, si fermò e aprì le braccia.

Tonino la fissò per un istante, poi le porse una mano, la attirò a sé, se la strinse forte al petto.

La porta che conduceva alle camere operatorie si aprì.

Tutti si voltarono di scatto, col fiato sospeso.

Un chirurgo uscì, si tolse i guanti di lattice, si abbassò la mascherina.

«Abbiamo fatto tutto il possibile» disse. «La ragazza sopravvivrà, ma un proiettile le ha trafitto la colonna vertebrale. Purtroppo resterà paralizzata alle gambe.»

NOTA E RINGRAZIAMENTI DELL'AUTORE

Venticinque giugno duemiladodici. Le otto del mattino. Casoria, cittadina a nord di Napoli. Andrea Nollino, quarantadue anni, sposato, tre figli, ha appena alzato la saracinesca del bar che gestisce con il fratello. È lunedì, inizia un'altra settimana di lavoro.

Si sente lo stridio delle gomme di un'auto che corre a forte velocità. Dietro, una moto con a bordo due uomini armati. Un inseguimento, un regolamento di conti. Dalla moto i malviventi sparano all'impazzata contro l'auto. Andrea non ha il tempo di ripararsi all'interno del locale. Un proiettile vagante lo colpisce a un fianco e gli trapassa i polmoni. Andrea smette di respirare.

Quindici ottobre duemiladodici. Ore ventuno e trenta. Periferia di Napoli, quartiere Marianella. Pasquale Romano, per gli amici Lino, trent'anni, operaio di Cardito, esce dal palazzo in cui abita la fidanzata. Sale sulla sua auto, è sereno, sorridente, come sempre. Deve raggiungere un gruppo di amici per una partita di calcetto.

Due killer di camorra gli si avvicinano e gli esplodono contro quattordici colpi d'arma da fuoco. Senza pietà, come se fosse un criminale. «Quando inizio a sparare non mi fermo più» dichiarerà poi uno degli assassini, arrestato dopo l'omicidio.

Ma Lino non era affatto un criminale. Era un ragazzo onesto, perbene. Ucciso per sbaglio, per uno scambio di persona: l'obiettivo dell'agguato non era lui.

Cinque dicembre duemiladodici. Mattina. Strade di Scampia. Due sicari sparano contro un pregiudicato. L'uomo, ferito, scappa a piedi, col terrore negli occhi. È una preda braccata. Si rifugia nel cortile di una scuola materna: una “zona franca” dove spera di potersi salvare. Invece i carnefici entrano anche lì, e lo crivellano di proiettili. A pochi metri dalle aule in cui i bambini stanno preparando la recita di Natale con le loro maestre.

Sul vialetto davanti all’ingresso della scuola la pioggia si mescola con il sangue dell’ucciso e forma un macabro rivolo rosso. A pochi passi dalla purezza.

Questi tre gravissimi episodi sono capitati nel periodo in cui stavo preparando questo libro, e hanno fatto crescere in me la rabbia e lo sdegno contro la violenza cieca della camorra. Contro una delinquenza brutale, senza cervello. Quando sono arrivato agli ultimi, drammatici righi del romanzo, ho battuto sulla tastiera del computer con una tale forza da romperla.

La criminalità ha assassinato in Italia più di mille persone innocenti. Con duecentocinquanta vittime, la Campania ha finora pagato il prezzo più alto. Un tributo inaudito. Numeri da guerra. La follia e la stoltezza della malavita varcano i limiti di ogni umana comprensione.

Eppure, esiste un’Italia diversa. Onesta, laboriosa, coraggiosa. *Benvenuti in casa Esposito* mi ha consentito di conoscere un Paese vivo, pulsante, indignato e impegnato.

Il libro è stato adottato da associazioni antimafia, scuole, istituzioni pubbliche, comitati civici, gruppi che si battono per la legalità. Decine di migliaia di lettori si sono appassionati alla storia e ai personaggi. Mi hanno sostenuto, incoraggiato, consigliato. Mi hanno scritto e telefonato. Hanno colto i valori contenuti nell’opera e hanno voluto incontrarmi, anche solo per stringermi la mano. E continuano a farlo. Che persone fantastiche!

Con loro e per loro voglio proseguire il cammino. Per regalare, con le mie parole, altri sorrisi e spunti di riflessione. Per onorare la memoria di chi ha perso la vita per mano di chi non sa cosa significhi vivere.

E ora i ringraziamenti. Doverosi, sentiti.

A tutti i lettori. Che vivano sempre sereni, felici e *cu tanta bona salute.*

Alla Giunti e al suo meraviglioso staff: il mitico editore Sergio Giunti, la direttrice editoriale Beatrice Fini, la editor Donatella Minuto, la responsabile dell'ufficio stampa Laura Guidi, il mio angelo custode Cristina Galeani, l'illustratrice Sonia Maria Luce Possentini, le ragazze della redazione narrativa Alida Daniele, Ippolita Douglas Scotti, Cecilia Lascialfari, Annalisa Lottini, Silvia Valmori e Adria Villa, le libraie e i librai delle "Giunti al Punto". A Lee Ann, Paola Corsini, Federico Gerace, Salvatore Mercaldo, Samantha Raugei.

A Martina Donati. Senza di lei gli Esposito non avrebbero mai visto la luce.

Al mio *legal trainer* Marco Patrizi.

Ad Alessandro Usai e alla "Colorado Film", con cui lavorerò per trasformare la saga degli Esposito in un'opera cinematografica o televisiva. Bello!

A Paolo Caiazzo, con cui scriverò un adattamento teatrale ispirato agli Esposito.

Agli amici vecchi e nuovi che mi hanno accompagnato, protetto, aiutato durante il lungo giro di presentazioni – ne ho fatte più di cento – di *Benvenuti in casa Esposito*: Susy Abbagnano, Maria Grazia Addeo, Daniela Adorno, Gina Affinito, Vincenzo Aiello, Michele Albano, Francesco Alessandrella, Enza Alfano, Rosario Alfano, Maria Almavilla, Eugenio Amaradio, Emanuele Amarone, Gabriele Ametrano, Antonio Amorosi, Salvatore Aulicino, Ugo Baldassarre, Arturo Balostro, Antonella Balzano, Luca Barbarossa, Cristiana Barone, Rosa Barone, Francesca Battistella, Angelo Belgiovine, Edgardo Bellini, Giuseppe Bellone, Marco Boccia, Enrica Bonaccorti, Benny Bottone & Riccardo Quadrano, Flavia Bruni, Massimo Cacciapuoti, Mimmo Cacciapuoti, Angie Cafiero, Claudio Calveri, Giorgio Campo, Nita Capasso, Salvatore Capone, Andrea Caputo & Grazia Gemellaro, Enzo *BodyCold* Carcello, Clementina Carfora e i docenti e studenti del "Bachelet" di Santa Maria a Vico, Matteo Carissimi, Francesco Caruso & Viviana Graniero, Alessandro Cascino, Enrico Cascio, Ramona Castellano, Marco Catizone, Raffaela Cavaliere, Mattia Chianese, Loreta Chieffo, Carolina Ciampa, Angelo Ciaravolo, Michele Ciciola, Francesca Saveria Cimmino, Paola Cipolletta, Giusy Clausino, Laura Collinoli, Mariateresa Comentale, Anna Copertino e tutto lo staff di “Road Tv”, Livio Costarella, Giuliana Covella, Alfredo Cozzolino, Peppe Cristiano, Luigi Cuomo, Maria Elena Curzio e l’Associazione Nazionale Cuoche a Domicilio, Ciro Daino, Salvatore D’Amico, Turi D’Anca, Fabio D’Angelo, Lino D’Angiò, Assya D’Ascoli, Raffaele De Biase, Carlo De Cesare, Maurizio De Angelis, Daniela De Crescenzo, Maurizio de Giovanni, Luigi de Magistris, Rino De Martino, Giancarlo De Simone, Fernanda De Vita, Marco Di Caterino, Francesco Di Domenico, Angelo Di Gennaro, Yuri Di Gioia, Giacomo Di Girolamo, Maria Teresa Di Maio, Angela Di Maso, Ugo e Tiziana Di Monica, Dino Di Palma, Mariella Di Vicino, Michele Docimo, Genny Esposito, Luisa Esposito, Milena Esposito, Barbara Fedele, Luigi Federico, Annarita Ferrante, Alessandro Ferrara, Emilia Ferrara, Emanuela Ferraro e i suoi allievi del “Club dei Grafomani”, Titti Festa, Francesco e Giuseppe Forlani, Michela Formisano, Amelia Franco, Nunzia Gargano, Giuliana Gaudyer, Vincenzo Gazzillo, Daniele Giakketta, Ivo Tiberio Ginevra, Paolo Giovannelli, Salvatore Gisonna, Ramona Granato, Annamaria Grasso, Marzio Honorato, Nicla Iacovino, Pina Ianiro, Mario Imbimbo, Giancarlo Indiati, Ida Iorio, Salvatore Iorio, Simona Izzo & Ricky Tognazzi, Eliana Iuorio, Maria Laterza, Paolo Legrottaglie, Tina Liccione, Tania Longobardi, Ottavio Lucarelli, Marilena Lucente, Vittorio Macioce, Ferdinando Maddaloni, Ernesto Mahieux, Monica Marchese, Franco Majello, Marco Marsullo, Umberto Marzuillo, Francesca Brigida Mastrobuoni, Massimo Maugeri, Carlo Masi, Arnaldo Tony Matania, Silvana Mazzocchi, Rosa Medaglia, Rosanna Meglio, Antonio Menna, Franco Mennitto, Marilisa Merolla, Fausto Mesolella, Massimo Moffa, Gabriella Mogavero, Rodolfo Monacelli, Michela Monti, Gerardina Morelli, Tonia Morgani, Nando Mormone e tutti i comici di “Made in Sud”, Pina Morra, Fabrizio Morrone, Lello Musella, Autilia Napolitano, Mariella Nica, Lucia Nicodemo, Marco Ottaiano e i suoi allievi del “Suor Orsola Benincasa”, Ciro Paglia & Stefania Nardini, Serena Pallone, Claudia Palumbo e la sua straordinaria famiglia, Maria Grazia Pani, Elena Paoloni, Arianna Pappalardo, Armida Parisi, Antonella Pasculli, Elisabetta Pasquali, Paolo Pasi, Chiara Pavolini, Italo Pavone, Carlo Pecoraro, Pietro Pellegrino, Titty Perna, Silvio Perrella, Anna Petrazzuolo, Aldo Pezzella, Gennaro Piccirillo, Giacomo Pilati, Cecilia Pingue, Francesco Pinto e il centro di produzione Rai di Napoli, Rocco Pinto, Sergio Pirozzi, Vincenzo Pirozzi e i ragazzi dell’Accademia della Sanità, Simona Poli, Marco Presta, Gianni Puca, Aldo Putignano e tutto il gruppo “Homo

Scrivens", Jacopo Quirino, Virginia Raffaele, Aurelio Raiola, Gabriella Ricci e i docenti e studenti del "Niccolò Jommelli" di Aversa, Massimo Rippa, Patrizio Rispo, Vito Rizzo, Nicola Ronchi, Laura Rossetti, Maria Rossi, Chiara Rozera, Lucio Rufolo, Anna e Cristina Russo e i ragazzi dell'associazione "Ibris", Enzo Russo, Giovanna Russo, Pasquale Sabbatino, Titti Sagristano, Piera Salerno e gli amici del "Clubino", Barbara Sardella, Giuseppina Scognamiglio e i suoi studenti della "Federico II", Piera Scuotto, Simona Sensale, Cicci Serra, Enzo Severino, Alessandro Siani, Antonio Sicignano, Fabio Stefanizzi e i ragazzi del 21° Gruppo Radar dell'Aeronautica Militare, Gabriella Striani, Azzurra Tesei, Salvatore Testa, Silvia Todesca, Roberta Todisco, Nevina Torrente e i docenti e alunni del "Giampietro - Romano" di Torre del Greco, Francesco Saverio Torrese, Nello Tortora, Dino Troisi, Donatella Trotta, Pietro Valente, Nando Varriale, Carmine Verazzo, Eliseo Verde, Giorgio Veturo, Letizia Vicidomini, Piera Vincenti, Marina Vitale, Rino Vitelli, Aldo Zaccà, Sonia Zeppieri, Monica Zuccarini, i ragazzi del carcere minorile di Nisida.

A tutti quelli che non ho citato. E sono tantissimi. Mi perdoneranno? Sì, perché mi vogliono bene.

A tutti i giornalisti e agli organi d'informazione che si sono innamorati degli Esposito e ne hanno benevolmente parlato.

Agli amici di Barcellona: Luisa Cangiano, Valentina Lamanna, Matteo Manfredi, Maria Marchese, Joan Queralt, Cecilia Ricciarelli, Marco Rossano, Francesco Russo, Vincenzo Vezzi.

A mia madre e ai miei fratelli Franco e Claudio.

A mia figlia Arianna, che mi ha suggerito il titolo di questo libro e che è molto più comica di me. E al suo fidanzatone Mario Maraucci.

A mia figlia Ilaria, che con la sua dolcezza di bambina mi fa sempre battere forte il cuore.

Al più grande Amore della mia vita. A Elisa che verrà.

Un ultimo pensiero per il professor Amato Lamberti, sconfitto da un male incurabile nel giugno dell'anno scorso. Tre mesi prima, mi rese l'onore di farmi da relatore a una presentazione a Salerno. Arrivò stanco, claudicante, sofferente.

«Che cos'hai, non ti senti bene?» gli chiesi.

«Niente, qualche piccolo acciacco, sto facendo delle analisi» mi rispose col sorriso sulle labbra.

Dopo la sua morte, ho saputo che quel giorno, poco prima di venire alla presentazione, aveva sostenuto una seduta di chemioterapia. I familiari gli avevano sconsigliato di uscire, ma lui non ne aveva voluto sapere: «Ho promesso a Pino di esserci e ci sarò. Se lo merita».

Grazie infinite, carissimo professore. Non potevi avere un nome più giusto e più bello. Perché hai vissuto tutta la tua vita in nome dell'amore. Amore per la libertà, per la legalità, per tutto ciò che poteva rendere migliore il nostro mondo. E ti sei fatto amare. Per la tua onestà, la tua intelligenza, il tuo coraggio. Per la tua generosità, per gli incoraggiamenti che donavi a tutti, anche nei momenti più difficili.

Eri un uomo umile, e te ne sei andato in silenzio, in punta di piedi, con quella delicatezza e quella dignità che accompagnavano ogni tua azione, ogni tua parola.

Sei stato per tutti noi un Maestro di Vita, e ci mancherai tantissimo. Ci mancheranno i tuoi gesti, la tua voce, la gioia che sei riuscito a darci negli anni che abbiamo vissuto con te.

Noi ora raccogliamo la tua eredità, e forti dei tuoi preziosissimi insegnamenti proseguiremo lungo la strada che ci hai indicato. Ti porteremo per sempre nei nostri cuori e nei nostri ricordi.

Tu seguici da lassù. Ora accanto a te ci sono tutte le vittime innocenti della criminalità, che tu hai sempre ricordato. Ora hai potuto abbracciare Giancarlo Siani. Ora i vostri sorrisi sono di nuovo uniti.

Noi quaggiù continueremo a combattere contro la camorra. E la sconfiggeremo. Perché non vale niente.

Napoli, febbraio duemilatredici

Pino Imperatore

INDICE

FSC
www.fsc.org

MISTO
Carta da fonti gestite
in maniera responsabile
FSC® C023532

Stampato presso Giunti Industrie Grafiche S.p.A.
Stabilimento di Prato, azienda certificata FSC®